S. FISCHER

LUNA ALI

DA WAREN TAGE

Roman

S. FISCHER

Aus Verantwortung für die Umwelt hat sich der S. Fischer Verlag zu einer nachhaltigen Buchproduktion verpflichtet. Der bewusste Umgang mit unseren Ressourcen, der Schutz unseres Klimas und der Natur gehören zu unseren obersten Unternehmenszielen.

Gemeinsam mit unseren Partnern und Lieferanten setzen wir uns für eine klimaneutrale Buchproduktion ein, die den Erwerb von Klimazertifikaten zur Kompensation des CO_2-Ausstoßes einschließt.

Weitere Informationen finden Sie unter:
www.klimaneutralerverlag.de

FSC www.fsc.org
MIX
Papier | Fördert gute Waldnutzung
FSC® C014496

Erschienen bei S. FISCHER

Satz: Fotosatz Amann, Memmingen
Druck und Bindung: GGP Media GmbH, Pößneck
Printed in Germany
ISBN 978-3-10-397550-5

Für A

»To write is to work for the dead, to create the conditions needed for the ghost to return.«
- Mirene Arsanios

»Ich habe nie in meinem Leben irgendein Volk oder Kollektiv geliebt [...] ich liebe in der Tat nur meine Freunde und bin zu aller anderen Liebe völlig unfähig.«
- Hannah Arendt

2011 – Angelus Novus
oder damit ein Anfang sei

Der 15. März 2011 war eigentlich ein ganz normaler Tag. Aber an diesem Tag sollten sich für Aras zwei Dinge ändern. Erstens würde er ab heute, wenn er gefragt werden würde, woher er kam, nicht mehr umständlich erklären müssen, wo Syrien auf der Weltkarte lag, nämlich südlich der Türkei, nördlich des Iraks, zwischen Urlaub und Krieg, da lag Syrien. Zweitens würde er in den folgenden Jahren einen Zustand entwickeln, der es ihm unmöglich machen würde, zwischen Realität und Einbildung zu unterscheiden. Er würde sich kaum an diesen Tag erinnern, weil dieser Tag so normal verlief, dass er ihm in den Jahren darauf wie ein Traum erschien.

Er war an besagtem Tag aufgewacht, aufgeweckt worden, von seiner Freundin Rhea, die wie jeden Tag in den Semesterferien früh zur Arbeit musste. Sie hatte nach einer Socke unter dem Bett gesucht und dabei nicht nur Aras geweckt, sondern auch den Hund. Der Hund bellte, wie jeden Morgen. Dieser Hund, ein Jack Russel Terrier, den sie Mila genannt hatten, mochte morgens nicht aufstehen, genauso wenig wie Aras, und so blieben die zwei im Bett liegen. Rhea zog sich eine Jeans und ein T-Shirt an, während Aras sie aus dem Bett heraus beobachtete. Weil ihm alles wie immer vorkam, ärgerte er den Hund noch einmal, indem er die Decke zur

Seite schob. Mila, kurz erstarrt, knurrte, grub sich wieder unter der Decke ein.

Aras setzte seine Brille auf, nahm sein iPhone zur Hand, öffnete Facebook: Knuts Gesundheitszustand verschlechterte sich, ein Artikel über das Verfassungsreferendum in Ägypten, eine ehemalige Klassenkameradin war zurück von ihrer Australien-Reise, in Fukushima drohte der Super-GAU, ein Anschlag in Kunduz, Werbung für nachhaltige Sneaker, in Bahrain wurden Demonstrationen niedergeschlagen. Irgendwann ging er ins Bad. »Vergiss nicht, dass wir heute Abend zu deiner Mutter müssen!«, rief ihm Rhea durch die Tür. »Ich weiß«, antwortete Aras, er hörte die Haustür ins Schloss fallen, stand auf, wusch sich die Hände, sein Blick fiel auf den Spiegel. Er sollte sich rasieren. Je länger sein Bart wurde, desto höher war die Wahrscheinlichkeit, am Bahnhof von der Polizei angehalten zu werden. Seine Brille allein konnte nicht von den schwarzen, kurzgeschorenen Haaren, den fast zusammengewachsenen Augenbrauen, der krummen Nase ablenken, seiner olivfarbenen Haut. Er griff zum Rasierer und dachte an alle Männer, die sich dem Trend hingaben, sich einen richtigen buschigen Bart wachsen zu lassen. Manchmal witzelte er mit seiner Schwester Lamia darüber, sie gehörten alle den Salafisten an. Der Islam auf dem Vormarsch, erst die Mode, dann die Weltherrschaft. Er ging in die Küche, ein, zwei Löffel Kaffee, es ging immer etwas daneben, setzte den Espressokocher auf den Herd, wischte die Kaffeekrümel in seine Hand, dann warf er sie in das Spülbecken, Wasser.

Auf dem Küchentisch stand noch das Essen von gestern. Rhea und Aras waren bei dem Versuch gescheitert, chinesisch zu kochen. Da sie zu viel Sojasoße benutzt hatten, war das Essen ungenießbar gewesen. Sie hatten sich stattdessen eine Pizza bestellt. Er öffnete die Schachtel und aß ein übrig gebliebenes Stück. Den Kaffee kippte er in einen Thermobecher und machte sich daran, den Hund für einen Spaziergang zu motivieren. Er riss die Decke vom Bett, Mila bleckte die Zähne. »De yallah u de yallah!«, rief ihr Aras mit gespielter Freude zu. Sie wedelte mit ihrem kleinen Schwanz. Aras suchte nach dem Halsband, sie bellte. »Ja, doch. Moment! Sei still! Mila! Aus!«, sie bellte weiter. Es war zu spät, ihr ganzer Körper wackelte hin und her. Aras griff nach dem Halsband, schwarzen Plastiktüten und öffnete die Tür.

Die Treppe runter, der Himmel grau, an einigen Stellen blau, ein kalter Wind. Ihm tat es leid für seine Schwester, dass trotz des Frühlingsanfangs der Frühling noch lange auf sich wird warten lassen. Sie wird in einigen Tagen Geburtstag feiern, wahrscheinlich wird es regnen. Sechzehn, er und ein Freund hatten angeboten, sie und ihre Freundinnen in einen Club zu begleiten, ihr Geburtstagsgeschenk, er wäre ihr Erziehungsbeauftragter oder, wie er es scherzhaft ausdrückte, Beziehungsbeauftragter.

Mila kannte den Weg, der Park um die Ecke, sie rannte. Durch das Tor, an der linken Seite ein Spielplatz, »Hunde an der Leine führen«, Aras ignorierte das Schild. Gegenüber dem Spielplatz, auf der Bank saß er, trank aus dem Thermobecher und stimmte leise den *Zenga Zenga Song* an. Mila stand vor ihm, einen Stock im Maul. Sie kämpften um den Stock, er gewann, warf ihn, sie rannte los, kehrte nicht zurück. Sie bäumte sich auf, und Aras sah, wie sie sich bereit machte, einen weiteren Haufen in die Welt zu setzen. Er lief zu ihr, holte einen kleinen, schwarzen Plastikbeutel aus seiner Tasche, griff nach ihrem Haufen, umschloss ihn, warm, weich, machte einen Knoten und warf den Beutel in einen nahestehenden Mülleimer. Er ließ die Schultern hängen, hob den Stock vom Boden und warf ihn Richtung Rückkehr. Mila blieb stehen, sie war leichtgläubig, aber nicht dumm. Aras strich sich mit der Hand durch die Haare, seufzte, übergab sich dem Schicksal und warf den Stock noch ein paarmal. Dann versuchte er sein Glück Richtung Zuhause. Das Glück war diesmal auf seiner Seite. Sie traten den Rückweg an.

Es musste schnell gehen. Hundefutter, Zähneputzen, umziehen, Laptop, Bücher, Karteikarten einpacken und dann *auf, auf zum Kampf! Zum Kampf sind wir geboren.* Der Kampf, die Prüfungen. Es ging in die Universitätsbibliothek. Er hatte das erste Semester überstanden, nun hieß es: Hausarbeit in Strafrecht Allgemeiner Teil. Ein kurzer Stopp an der Cafeteria, wo er sich einen zweiten Kaffee einschenkte. An der Kasse, eine etwas ältere Frau, schwarze Locken, auf dem an ihrer Brust gehefteten Schildchen stand »Frau Sabouni«, er lächelte sie an, fragte: »Min Halab?« – »Nein, mein Lieber. Aus Homs.« – »Seit wann arbeiten Sie hier?« – »Ich übernehme eine Schicht für eine Kollegin. Normalerweise arbeite ich in der Küche.« – »Und Sie haben es nicht geschafft, ihnen das Kochen beizubringen.« Sie lachte. »Darf ich Ihnen einen Witz erzählen?« Sie nickte. »Steht ein Homsi in der Wüste mit einer Autotür. Warum?« – »Verraten Sie es mir.« – »Wenn es ihm zu heiß wird, dann kann er das Fenster runterlassen.« Sie lächelte. »Den kannten Sie schon?« Sie nickte. Jemand stellte sich mit einem Tablett zu ihnen. »Wie heißt du, mein Junge?« – »Aras.« – »Das ist ein schöner Name!« Er reichte ihr seine Mensakarte zum Zahlen, nickte, lächelte mit leicht zusammengepressten Lippen, fast schüchtern, was er immer tat, weil ihm sein Name eher wie ein Denkmal vorkam.

Als seine Mutter, Nadia, mit ihm schwanger war, wohnten sie im Haus ihrer Schwiegermutter, in einer kleinen Stadt im Norden des Landes, einer Gegend, die die Insel genannt wurde, Al-Jazira. Was die Wüste zu einer Insel machte, war der Euphrat. Diese kleine Stadt, in der sie waren, wurde in Folge der Anfal-Operation, eine Antwort auf die Unabhängigkeitsbestrebungen irakischer Kurden, zum Zwischenstopp auf dem Weg nach Damaskus, wo all jene bei einer Botschaft vorsprachen, die die Hoffnung auf ein besseres Leben hatten, nicht mit den Toten begraben werden wollten. Ihre Schwiegermutter nahm zwei irakische Kurden, die sie auf der Straße getroffen hatte, bei sich auf. Zwei Brüder, eigentlich drei, einer war zuvor im Kampf gefallen. Ihr Viertel war von Saddams Schergen heimgesucht worden, die drei Brüder hatten sich einer kommunistischen Kampfeinheit angeschlossen. In einen Hinterhalt gelockt, gab es nur noch Angriff als Rettung. Der jüngste Bruder, ein guter Schütze, hatte ihnen den Weg freigeschossen, wurde dabei aber selbst zum Opfer. Betrübt über das Schicksal seines verstorbenen Bruders, erzählte der Älteste beim Abendessen die Legende von Arash, dem Namensvetter seines jüngsten Bruders:

»In einem Krieg vor lang vergangenen Tagen, ein Krieg der länger währte als Jahre, dessen Sieg sich sicher war der König von Turan, Afrasiab. Seine Armee stand vor den Bergen von Alborz. Ein Pfeil, geschossen vom höchsten Berg, würde Frieden und Grenze besiegeln. Die Perser, in Unruhe gestürzt, der Niederlage anheimgefallen, aus ihrer Mitte trat der Bogenschütze Arash. Er sprach zu den Menschen: In meinem Herzen trage ich die Hoffnung und in meinen Armen den Stolz. Er sprach zum Himmel: Ahora Mazada, deine Winde sollen meine Zeugen sein. Zum Pfeil gewandt: Meine Seele sei deine Flügel.

Er bestieg den höchsten Berg Damavand. Mit den ersten Sonnenstrahlen gelangte er an dessen Spitze. Leise flüsterte er zum Tod: Mein Leib sei dein Preis. Nahm einen Pfeil aus dem Köcher, setzte zum letzten Schuss an, ein Schuss, und sein Körper sank leblos nieder. Der Wind trug den Pfeil einen Tagesritt bis an den Fluss Oxus, dort fanden ihn die Reiter in einem Walnussbaum. Ein Regen wusch Arashs Körper fort, und niemand fand ihn jemals dort wieder.«

Eigentlich wollten Aras' Eltern ihn nach einem berühmten kurdischen Regisseur benennen, Yilmaz. Diesem Namen hing eine ebenso interessante wie verworrene Geschichte an, auch er war bereits vor Aras' Geburt gestorben. Aber als der älteste Bruder aufgehört hatte zu erzählen, sprach Aras' Vater: »Euer Bruder mag gefallen sein, das Kind im Bauch meiner Frau wird aber mit seinem Namen weiterleben.« Aras mochte seine Namensgeschichte. Wenn er danach gefragt wurde, dann erzählte er sie gern, aber er war froh, dass seine Eltern ihn nicht Arash genannt hatten, denn die Integration wäre sicher schwieriger verlaufen, wenn ihn alle, wenn auch nur spaßeshalber, Arsch genannt hätten.

Er kippte den Kaffee runter, warf den Becher in den nächstgelegenen Mülleimer, packte seine Tasche in einen Spind, mit dem Laptop, den Büchern bewaffnet betrat er die Universitätsbibliothek. Stille, unerträgliche Stille, jede Bewegung war ein Laut zu viel, nur hier konnte Stille eine derartig lähmende Funktion erfüllen. Leise ging er an den Bücherregalen entlang auf der Suche nach einem freien Platz. Er fand ihn, ein Fenster war sogar in der Nähe. Er klappte seinen Laptop auf, drückte direkt auf die Lautlos-Taste, E-Mails beantworten. Das nächste Plenum musste vorbereitet werden. Er fing an zu tippen, Tagesordnungspunkte, Aktuelle Halbe Stunde, Bildungsstreik, er hatte die Hoffnung noch nicht aufgegeben, Landesvollversammlung, Bündnistreffen zum 1. Mai, Pfingstcamp-Mobi, Soli-Party, Sonstiges. Für die Aktuelle Halbe Stunde hatte er einen Artikel über Gaddafi rausgesucht, den er in der Mail anhängte und abschickte. Gerade als Aras nach seinen Karteikarten über Strafrecht Allgemeiner Teil greifen wollte, vibrierte das Telefon in seiner Tasche. Jan schrieb ihm, fragte, wo er sei. »Zwischen Fe und Gi, BGB«, schrieb Aras zurück. Ein paar Minuten später saß er neben ihm. Jan, das blonde Haar fein säuberlich zerzaust, ein schwarzes T-Shirt und Shorts. »Ist das dein Ernst?«, Aras deutete auf die Shorts. Jan zuckte mit den Achseln. »Für wen ist die Soli-Party?«, flüsterte er. »Ferzad.« – »Was ist passiert?« – »Dublin, Geld für den Anwalt.« Jan nickte kurz, fragte: »Was müssen wir für die Soli-Party eigentlich vorbereiten?« – »Soundanlage wäre nicht schlecht.« – »Asta?« – »Wäre eine Option. Dachte eigentlich an die Ver.di Jugend.« – »Was noch?« Aras wollte nicht abweisend sein, doch kämpfte sich schließlich zu einer klaren Antwort durch, um das Gespräch zu beenden: »Meine Hausarbeit« – »Du hast doch vor Wochen angefangen.« – »Schreibt sich trotzdem nicht von selbst«, jammerte er, suchte nach seinen Notizen zur Strafrechtsvorlesung, die Karteikarten legte er zur Seite.

Aras hatte Jan eine Woche, bevor das erste Semester begonnen hatte, kennengelernt. Er war einer Facebook-Gruppe für Erstsemester Jura seiner Universität beigetreten, worauf er einige Tage später eine Nachricht von Jan bekommen hatte, ob er denn nicht Lust oder Zeit hätte sich zu treffen. Aras hatte Jans Profil angeschaut und erfahren, dass Jan aus einem kleinen Dorf kam, den Partybildern mit der freiwilligen Feuerwehr und auf dem Schützenfest entnommen. Dass Jan in Algerien Urlaub mit seiner Freundin gemacht hatte, er lächelte auf den Fotos sympathisch, zumindest nicht gestellt. Ein Post mit dem Witz »Iiiih, jetzt bin ich in Scheiße getreten« und einem Bild der NPD an einer Schuhsohle klebend verfestigte den Eindruck, dass Jan vielleicht nicht der typische Jurastudent war, den Aras an seiner Universität erwartete, und so stimmte er einem Treffen zu. Wie sollte es anders sein, um ein Bier zu trinken. In einem Irish Pub, das schien der sicherste Weg, um den Eindruck zu vermitteln, ein wenig abseits des Mainstreams zu stehen, aber nicht genau zu verraten, wie weit im Abseits. Sie bestellten sich Guinness, Aras ein Stout, Jan auch. Ihnen wurde ein Zettel ausgeteilt, ein Pubquiz war für diesen Abend angesetzt, Aras wollte eigentlich laut seufzen, denn Pubquizze, das war einfach nicht so sein Ding, wie er es sagen würde. Ihm fehlte das popkulturelle Wissen, auch waren ihm die meisten Kinderhelden nicht bekannt oder die entsprechenden Fernsehshows, denn für derlei fehlten ihm die mittelständischen deutschen Eltern, die, so stellte er es sich immer vor, ihm Kindergeschichten vorgelesen hätten oder ein riesiges CD- und/oder Vinyl-Regal gehabt hätten, zu jedem Album eine Erinnerung parat, mit denen er jedes Wochenende *Tatort* oder *Wetten, dass..?* geguckt hätte. Er hatte keine mittelständischen deutschen Eltern, und Jan zeigte genauso wenig Begeisterung neben ihm, vielleicht, hatte sich Aras in dem Moment gedacht, war dies der Beginn einer wunderbaren Freundschaft, vielleicht, weshalb er seinen Seufzer unterdrückte.

Es war eine recht kleine Bar gewesen, und so saßen nur vier andere Grüppchen um sie herum, die Konkurrenz war überschaubar. Auf die ersten Fragen hatten sie keine Antwort, zum Beispiel wie das baden-württembergische Derby VfB Stuttgart gegen 1899 Hoffenheim geendet habe oder Gebäude, die sie anhand von Bildern erkennen sollten. Dafür erkannte Aras die Zeilen aus einem Brecht-Gedicht, er erriet die jordanische Flagge, dies führte zur unausweichlichen Frage, ob Aras aus Jordanien käme. »Aus Syrien« –

»Seit wann lebst du hier?« – »Seit fast elf Jahren.« – »Warst du noch mal da?« – »Ja, letzten Sommer.«

Die nächste Frage unterbrach ihre Unterhaltung, der zweithöchste Berg Deutschlands, den Jan kannte, der Hochwanner, den Jan im Sommer bestiegen hatte. So ging es einige Fragen weiter, und Aras gestand sich ein, dass ein Pubquiz für diesen Anlass vielleicht doch ganz passend war, um sich kennenzulernen, und am Ende mussten beide feststellen, dass der Sieg ihnen nur knapp entronnen war. Dem gemeinsamen Ärger folgten noch ein paar Biere, und so spielte sich der Auftakt dieser Freundschaft bis zur letzten Runde ab: Ihre Gemeinsamkeiten reichten bis zum Berufswunsch, beide würden sich in Arbeits- und Sozialrecht spezialisieren wollen, wobei Jan noch Asylrecht im Kopf schwebte, was für Aras ein unausweichliches Schicksal schien.

Ein unausweichliches Schicksal war auch die näher rückende Abgabefrist seiner ersten Hausarbeit. Sein Professor hatte ihm einen Fall ausgehändigt, den es zu bearbeiten galt: Tatkomplex – Mord an P1. Y hatte während einer Polizeikontrolle das Feuer eröffnet, dabei P1 getötet, seinen Partner Z verletzt. Y und Z arbeiteten im Auftrag von X. Aras sollte den Ausgang des Verfahrens skizzieren. Diese Lösungsskizze hatte er vor Wochen fertiggestellt. Er hatte sich durch Skripte gearbeitet, er war auf der sogenannten Idiotenwiese, dem Stichwortverzeichnis am Schluss von Gesetzestexten. Dieses Verzeichnis sollte ihn zu den richtigen Kommentaren für seinen Sachverhalt führen. Er hatte die verschiedenen Schemata für ähnliche Fälle studiert und sich durch einige Theorien gelesen, um am Ende die besagte Lösungsskizze zu erstellen, die es nun wiederum im Gutachtenstil schriftlich zu erfassen galt. Die Hälfte war bereits geschafft, dabei war Aras in eine Krise geraten, weil er sich seiner Argumentation nicht mehr sicher war und auf die, das hatten die Dozenten immer wieder betont, käme es schließlich an, denn der Weg, hatten sie immer wieder gesagt, sei das Ziel.

Das erste Semester war in vielerlei Hinsicht eine Offenbarung. Die Dozent_innen überhäuften die Studierenden mit Anekdoten aus dem Alltag, es schien fast, als wäre das Jurastudium für das tagtägliche Leben gemacht. Würde Aras beim Bäcker auf ein Brötchen zeigen und fragen, wie viel es koste, der Bäcker aus Versehen einen anderen Preis nennen als jenen auf dem Schild, so könnte Aras sich auf den mündlich geäußerten Preis berufen. Würde Aras mit seiner zukünftigen Tochter durch einen Supermarkt gehen und sie, während er telefonierte, auf einem Salatblatt ausrutschen, sich verletzen, dann könnte er den Supermarkt verklagen. Er würde aber, weil auch er fahrlässig gehandelt hatte, nämlich seine Aufsichtspflicht gegenüber seiner Tochter durch die Unachtsamkeit während des Telefonierens missachtet hatte, nur einen gekürzten Schadensersatz erhalten. Und während Aras Treppen hochlief, auf die Straßenbahn wartete oder Schilder betrachtete, fielen ihm diese Anekdoten ein, während er mit Freund_innen ausging oder von Türstehern abgewiesen wurde, dachte er darüber nach, wie sich das Recht, denn so schien es, fortschrieb, um für jedes erdenkliche Handeln Vorkehrungen zu treffen, im Falle seines Bruchs.

Mit seiner Argumentation konnte Aras nicht so recht fortfahren, vereinbarte aber mit sich selbst, sie auf einem Blatt Papier aufzuschreiben, denn der Weg würde zumindest irgendwann schließlich doch zum Ziel führen müssen, so hoffte er. Er gab sich eine Stunde Mühe, las noch mal ein paar Kommentare, besorgt, vielleicht hatte er ein Detail übersehen, aber er kam zum gleichen Ergebnis, wie seine Lösungsskizze es vorhergesehen hatte. Er fing an, sie in den

Gutachtenstil zu überführen. Er schrieb: »Fraglich ist, ob X bezüglich der Haupttat vorsätzlich gehandelt hat. Ein Exzess des Haupttäters kommt hier in Frage. Der Exzess liegt vor, wenn der Haupttäter Tatbestandsmerkmale verwirklicht, die sich mit dem Rat des Anstifters nicht decken. Ob dies der Fall ist, muss durch Auslegung ermittelt werden. Je weniger die Tat konkretisiert ist, desto mehr könnte die Tat vom Anstiftervorsatz gedeckt sein. X hat Y und Z angewiesen, bei Polizeikontrollen sofort auf Polizisten zu schießen. Dass Y und Z aus dem Auto gesprungen sind und Y auf P1 geschossen hat, ist eine unwesentliche Abweichung. Genauso ist der Tod des P1 eine unwesentliche Abweichung von der Anweisung des X, weil davon ausgegangen werden kann, dass Menschen durch Pistolenschüsse verletzt und möglicherweise getötet werden. Ein Exzess liegt hiermit nicht vor. Indem er Y und Z angewiesen hat, bei Polizeikontrollen auf Polizisten zu schießen, hat sich X auch damit abgefunden, dass diese möglicherweise getötet werden. Ein Eventualvorsatz kann hier bejaht werden. X hat bezüglich der Haupttat vorsätzlich gehandelt.«

Aras' Herz klopfte etwas schneller, er bemerkte seine Erregung, erfreut über diese Logik, die aus ihm hervorquoll, schrieb er einen weiteren Absatz, und noch einen, dachte dabei, wenn ein Diktator den Streitkräften erlaubte zu schießen, dann nahm er den Tod von Menschen in Kauf, was eine Straftat war. Er wusste, dass Gesetze Unrecht zu Recht machen konnten, das war ihm bewusst, aber diesen verkomplizierenden Gedanken schob er zur Seite, denn diese Verantwortung lag im Bereich der Politik.

»Das Gesetz ist nur so gut, wie die Menschen, die es schreiben«, hatte ihr Professor für Rechtsgeschichte die erste Vorlesung begonnen, »und diejenigen, die es auslegen«, hinzugefügt, dabei blickte er wissend durch die Reihen der Erstsemester. Es folgte, wie es bisher in jedem Fach üblich war, eine Begründung, weshalb nun dieses Fach und kein anderes wichtig, besonders wichtig für das Jurastudium wäre. Der Professor der Rechtsgeschichte musste jedoch gestehen, dass sein Fach im Gegensatz zu anderen Fächern wie Strafrecht AT, BGB AT, Deliktsrecht und Staatsorganisationsrecht in besondere Erklärungsnot geraten sei, weil es ein geschichtswissenschaftliches Fach, ja, von dem flächendeckenden Wissen, was ihnen bis zum ersten Staatsexamen vermittelt werden würde, tatsächlich den geringsten Praxisbezug besäße. Aber, und hier horchte Aras auf, hier ginge es um die Fehlbarkeit eines jeden Juristen, um den Unterschied von Recht und Moral, denn Rechtsgeschichte und Rechtsbewusstsein seien untrennbar. Seine Aufgabe sei es, sie davor zu bewahren, zu Mördern in Robe zu werden, wie es viele Juristen während der NS-Zeit wurden, schloss der Professor seinen Vortrag ab.

Aras war nicht der Illusion verfallen, dass das Jurastudium ihn bemächtigen würde, für Gerechtigkeit zu kämpfen. Für ihn diente das Gesetz der Aufrechterhaltung der gesellschaftlichen Ordnung, und er wusste, dass diese Ordnung jene am meisten zu spüren bekamen, die in den Augen des Staates nicht entsprechend funktionierten, Arbeitslose und Ausländer. Weil sie nicht der Norm entsprachen, sah es der Staat als seine Pflicht an, in ihr Leben einzugreifen, ihr Leben zu regeln. Das Jobcenter kann einen dazu verpflichten, Maßnahmen zu besuchen, Bewerbungen zu schreiben, und die Ausländerbehörde einen daran hindern, umzuziehen oder, in Duldungsfällen, gar zu arbeiten, Einschnitte in das Recht auf Persönlichkeitsentfaltung, wie Aras fand. Aber wer in den Augen des Staates nicht Bürger genug war, der hatte auch weder Persönlichkeit noch das Recht, sich nach seinen Wünschen zu entfalten. Den Ausländer:innen und Arbeitslosen würden sich im Laufe der kommenden Jahre in Aras' Verständnis die Illegalen und Obdachlosen anschließen, während Ausländer und Arbeitslose noch Platz im Gesetz fanden, waren Obdachlose und Illegale aus dem Recht ausgeschlossen. Sie existierten nur, wenn sie durch das Verbrechen sich das Recht wieder herstellten. Nur das Verbrechen berechtigte sie zum Beispiel zu einer Unterkunft, auch wenn es nur eine Zelle war, zu Nahrung, auch wenn es nur das Gefängnisessen war. Nur das Verbrechen erwarb ihnen das Recht eines Beistandes, eines Anwalts. Alles andere waren Almosen.

Der Grund, weshalb Aras Jura studieren wollte, war, um zu erfahren, wie sich das Gesetz für seine Zwecke am besten auslegen ließe. Denn auch, wenn dieses System ungerecht war und seine Gesetze ebenso, waren Gesetze lückenhaft, und diese Lücken zu kennen, das wusste Aras, konnte das Leben erheblich erleichtern. Die Lücken kennen, diese Fähigkeit hatte seine Mutter in den Jahren ihres Studiums an der Universität der Hohen Künste in Damaskus perfektioniert. Kunstgeschichte, so schwor sie, bestand sie nur, weil sie alle wichtigen Daten auf ihren laminierten Studentenausweis mit Bleistift geschrieben hatte. Während der Prüfung lag ihr Ausweis, ein wenig mitgenommen sah er aus, auf ihrem Tisch. Das Wissen eines Semesters trug ihr Ausweis, und niemand hatte es bemerkte. Sie bestand die Prüfung. Sie war listig, prahlte mit ihrer List, und Aras hoffte, etwas von dieser List geerbt zu haben. Später würde Aras jedoch verstehen lernen, dass es nicht nur die Lücke war, nach der er suchte, sondern die Ausnahme. Denn für die Unterdrückten, so würde er in einigen Jahren verstehen, ist die Ausnahme die Regel und die Revolution lediglich *die Herbeiführung des wirklichen Ausnahmezustandes*. Deutschland war eines der wenigen Länder, welches sich die Herbeiführung eines solchen Ausnahmezustandes in die Verfassung hatte schreiben lassen, eine Verfassung, die sich selbst vor der Diktatur zu schützen sucht: Gegen jeden, der es unternimmt, diese Ordnung, die demokratische, zu beseitigen, haben alle Deutschen das Recht zum Widerstand, wenn andere Abhilfe nicht möglich wäre. Wie dies jedoch im konkreten Fall aussehen würde, wenn tatsächlich ein repressives Regime die Macht ergreifen würde, das blieb ungeklärt, wie sollte sich jemand auf dieses Gesetz berufen, wenn der Richter vor ihm das Recht auf Widerstand als Verrat auslegte.

Seine Gedanken stockten ein wenig, die Sätze nahmen mehr Zeit in Anspruch. Der Schreibfluss, in den er gekommen war, versiegte. Er griff nach den Karteikarten, wiederholte, was er in Strafrecht Allgemeiner Teil gelernt hatte, eine halbe Stunde noch, dachte Aras. »Mensa?«, kam es von links. »Mensa!«, die Erlösung. Jan und Aras, jeweils mit einem Teller Spaghetti Bolognese, setzten sich auf die Wiese vor der Mensa, um zumindest ein wenig frische Luft einzuatmen. An drei Tagen in der Woche aßen sie Nudeln mit einer anderen Soße für zwei Euro den Teller. Am vierten und fünften Tag genossen sie dafür Pizza oder einen Hamburger zur Abwechslung. Teuer war das Jurastudium bisher nicht, nur die Bücher. Ein erfolgreicher Lerntag, das hatten sie mittlerweile begriffen, stand und fiel mit dem Essen, von den Snacks ganz zu schweigen.

Die Mittagssonne hatte die grauen Wolken nicht vertrieben, immer noch kühl, und Aras wunderte sich, war ein wenig beeindruckt, dass Jan nicht einmal eine Jacke mit nach draußen genommen hatte, keine Gänsehaut. In den elf Jahren, die Aras schon in Deutschland lebte, fragte er sich Jahr um Jahr, ob er sich an die Kälte gewöhnen würde. Es gab Jahre, da glaubte er, es geschafft zu haben, aber an Tagen wie diesen war er sich nicht mehr sicher. »Wie machst du das?«, fragte er Jan. »Meine Eltern haben mich in einen Waldkindergarten gesteckt. Nur wenn es gestürmt hat, haben wir drinnen gespielt. Das härtet ab.« Aras musste an seine Kindergartenzeit denken, in einem verwinkelten arabischen Haus, Jasminsträucher in den Ecken, im Hof spielten sie, in den Zimmern saßen sie im Kreis und sangen englische Kinderlieder, für den Fall, dass die Eltern das Arbeitsvisum nach Kanada oder Neuseeland bekommen sollten. Vielleicht hätten sie ihn doch als Vorbereitung besser vor einen Kühlschrank setzen sollen, dachte Aras.

»Wann, glaubst du, geht es in Syrien los?«, fragte Jan und aß den letzten Bissen. Aras holte aus und erklärte, dass die Situation in Syrien eine andere sei, es gab keine Opposition wie in Ägypten, die seit Jahren schon die politische Vorarbeit geleistet hatte, wie die Streiks, die der Besetzung des Tahrir-Platzes vorangegangen waren, auch gab es in Syrien nicht das Erdöl, wie in Libyen, welches das Interesse der Weltmächte wecken könnte. Er folge auf Facebook syrischen Freunden, seinen Verwandten, aber niemand schien ein Wort über die Ereignisse in Ägypten oder Tunesien zu verlieren, verständlich, und er könnte auch nicht nachfragen.

Jan drehte zwei Zigaretten, reichte eine Aras. Nadia rief an, ihre Gespräche verliefen meist nach dem gleichen Prinzip. Erst fragte sie nach Aras' Befinden, was er tat, dann fragte Aras, was sie tat. Sie fragte ihn, ob er Obst eingepackt habe oder Möhren, das sei gut für die Augen, er habe ja schlechte Augen, dann bat sie ihn meistens um etwas. Diesmal eine Übersetzung für eine Ausstellung in einem Freizeitheim mit Anisa und Farha, weniger als eine halbe Seite, sie könne sich doch nur auf ihn verlassen, ob sie seine Schwester gefragt hätte, die könne nicht, Klausuren. »Bis wann?«, fragte Nadia. »Ich weiß nicht, Wochenende?«, sagte Aras ungeduldig, darauf bedacht, den Rauch leise auszuatmen. »Kannst du das nicht heute machen?« – »Ja, ok. Wenn ich bei dir bin.« – »Was willst du essen?« – »Ich weiß nicht.« – »Ma'loubeh, das magst du doch gern.«

Sie beendeten ihre Pause, gaben sich dem Lernen hin, zwischendurch eine Zigarettenpause. Aras schrieb noch eine Seite für seine Hausarbeit, las noch einige Kommentare, um ganz sicherzugehen, dass er mit seiner Argumentation nicht falsch lag, fügte hier und da noch ein paar erklärende Sätze ein. Er würde sich an diese Hausarbeit erinnern. Nicht nur weil er in zwei Monaten würde feststellen müssen, dass seine Note nicht für ein »Bestanden« ausreichte, er also die ganze Arbeit wiederholen müsste, sondern auch weil er in diesen Monaten viel über das praktische Gesetz lernte, dass es eben nicht allgemeingültig war, sondern nur da war, wenn es von Menschen lebendig gemacht wurde, wo kein Kläger, da kein Angeklagter, war die einfachste aller Regeln. Irgendwann erhielt Aras eine Nachricht von Rhea, die ihn fragte, wann er nach Hause käme. Er antwortete, sie könnten sich direkt bei seiner Mutter treffen, und so packte er seine Sachen, verabschiedete sich von Jan, der später gekommen war und daher auch länger blieb.

Die Straßenbahn wartete an der Haltestelle auf Aras, er stieg ein. Ihm gegenüber saß ein älterer Herr, ein kariertes Hemd schaute unter dem Pullover hervor, eine beige Weste rundete den Oberkörper ab, gepaart mit einer hellblauen Jeans. Seine Frau in einem beigen Trenchcoat saß daneben, das Gesicht hinter der Stadtzeitung versteckt. Der Mann blickte aus dem Fenster, Aras tat es ihm gleich. Als die Fenster keine bessere Aussicht boten als vorbeiziehende Häuser, Autos und Menschen, griff Aras nach seinem iPhone, beantwortete ein paar SMS, warf einen Blick auf die Nachrichten, er war gerne informiert. Manchmal las er auch Artikel rechter Zeitungen, einfach nur um zu wissen, was Neonazis in Deutschland durch den Kopf ging, nur noch selten verirrte er sich auch auf rechtsextremen Seiten wie Altermedia. Eine Zeitlang hatte er es sich zur Aufgabe gemacht, in den Kommentarspalten für Diskussionen zu sorgen, indem er esoterische Theorien in den Raum stellte, zum Beispiel über die unterschiedlichen Energiefrequenzen der Völker, wobei sich dadurch natürlicherweise Völker anzogen und andere abstießen. Manchmal flog der Schwindel auf, manchmal entbrannten Diskussionen, die sich wochenlang verfolgen ließen, Aras hoffte, damit einigen Nazis die Nerven zu rauben. Doch das zeitaufwendige Studium zwang ihn zur Einstellung dieses Hobbys.

Eine Frau mit Kopftuch stieg ein, sie telefonierte, ihr Handy steckte im Kopftuch, in ihren Händen zwei Plastiktüten von Saray Market, hinter ihr zwei Frauen mit Kinderwägen, sie unterhielten sich etwas lauter, als es Menschen gewöhnlich in einer Straßenbahn taten. Die eine Mutter erzählte, dass sie im Babygeschäft den teuersten Schnuller gekauft hatte, einen, der die Zahnentwicklung fördere, ihr Sohn habe sich dann aber für den billigen von Rossmann entschieden, den teureren hätte er immer auf den Boden geschmissen. Sie besprachen, welche der bei Stiftung Warentest präsentierten Milchpumpen am geeignetsten seien, wobei sie sich sicher waren, dass der Testsieger viel zu kostspielig wäre und beide sich für die zweitbeste Variante entschieden hätten.

Aras war froh darüber, dass er sich damit nicht beschäftigen musste. Rhea und er waren sich einig, ein Kind in diese Welt zu setzen, es wäre fahrlässig, abgesehen von der Arbeit, die ein solches Kind machte. Bei seinem Besuch in Syrien wurde er von seinen Verwandten mehrfach gefragt, wann Rhea und er heiraten würden, wann sie ein Kind bekämen, aber Aras wich diesen Fragen aus, mit einem Witz, einem Kompliment über die Kinder des Gegenübers, dann ein Themenwechsel, in dieser Reihenfolge, anschließend folgte immer der gleiche Kommentar seines Gegenübers: Er sei noch jung, er habe noch Zeit. Er war sich sicher, dass die Fragen mit den Jahren zunehmen würden, aber für die nächsten acht Jahre hatte er sein Studium als Ausrede, mindestens.

Die Straßenbahn hielt an einem Hochbahnsteig. Aras stieg aus, überquerte die Hauptstraße. Das Viertel, in dem seine Mutter wohnte, ließ sich durch die zwei Hauptstraßen, die sich zu einer Art Dreiecksspitze trafen, gut unterteilen, wobei sie so auch die sozioökonomische Verteilung des Viertels widerspiegelten. Hinter ihm lag nun jener Teil, der mit prachtvollen Villen am Rande eines Parks reichlich Platz für die Reichen dieser Stadt bot. Vor ihm die Reihenhäuser, erbaut während des zwanzigsten Jahrhunderts, der Versuch, der Stadtflucht des Mittelstandes Einhalt zu gebieten, zwischenzeitlich von britischen Soldaten bewohnt. Die langen Straßen, unsauber geteert, waren von Eichen umsäumt, ein historischer Charme. Hier lag seine ehemalige Schule. Er kam an einer Wiese vorbei, durch die zahlreiche Schülerinnen und Schüler auf dem Weg von der Straßenbahn zur Schule einen Pfad getrampelt hatten.

Ihm war erst in seinem letzten Schuljahr deutlich vor Augen geführt worden, wie sich das Einkommen der Bewohner*innen des Viertels in der Architektur widerspiegelte, als eine Mitschülerin ihre Facharbeit über die demographische

Zusammensetzung jenes Viertels vorstellte. Dabei fiel ihm noch ein weiterer Zustand auf, diese, seine Stadt, in der er lebte, aufgewachsen war, sie war so durchschnittlich, wie eine Stadt nur sein konnte, in jeder Hinsicht. Durchschnittlich, was die Anzahl an Rentnern betraf, die Anzahl an Singlehaushalten, ja, sogar die Anzahl an Menschen mit Migrationshintergrund. Trotz ihres Durchschnitts oder gerade deswegen, vielleicht auch unabhängig davon, diese Stadt war sein Zuhause. Aras war kein Mensch, der das Außergewöhnliche begehrte, im Gegenteil, er bekannte sich zum Mittelmaß. Er wollte ein normales, glückliches Leben führen.

Aber Aras wurde immer wieder deutlich gemacht, dass er nicht der Norm entsprach. Schon während seiner Schulzeit waren die Lehrer immer wieder erstaunt, wie schnell er Deutsch gelernt hatte, dass seine Noten so gut waren, dass er eine Klasse übersprang, dass er politisch aktiv war, dass er statt Werte und Normen den Religionsunterricht wählte, nicht einmal evangelisch, wie die meisten, sondern katholisch, er ruderte und nahm regelmäßig an Rennen teil. Damals fragte er sich noch, ob er wirklich überdurchschnittlich begabt war oder ob einfach nur im Vergleich zu seinen Mitschülern, von denen man derlei erwartete oder auch nicht, die meisten erwarteten Aras einfach nicht. Diese Frage gab er irgendwann auf, er gewöhnte sich an diese merkwürdige Position, bevorzugt gegenüber seinesgleichen, er sei nicht wie die anderen Ausländer, aber benachteiligt gegenüber der Mehrheit, denn er war immer noch einer.

Er wusste nicht, wie sich dieser Widerspruch überwinden ließ. Es kam ihm manchmal so vor wie ein Spiel. Es hatte gedauert, aber mit der Zeit hatte er gelernt, das Spiel zu spielen. Dieses Spiel bestand aus Bild und Gegenbild. Weil die meisten ein Bild von ihm hatten, war das Gegenbild, das er ihnen präsentierte, der Grund für ihr Erstaunen. Aras wusste, welche Aussage über sich selbst, welches Wort er zum Einsatz bringen musste, damit sich das eine Bild in sein Gegenbild verwandelte. Er wusste aber auch, dass er nie gefragt wurde, ob er das Spiel spielen wollte, und vielleicht erwartete niemand, dass er es spielen konnte. Er wusste aber, dass dieses Spiel sein Leben bestimmte.

Ein letzter Blick blieb an seiner ehemaligen Schule hängen, ein Spielplatz zur Linken, wo er mit seinen Schulfreunden den ein oder anderen Böller hatte explodieren lassen, das ein oder andere Bier getrunken, den ein oder anderen Joint geraucht hatte. Durch den Tunnel kam er zum letzten Teil dieses Stadtviertels, mit zahlreichen Wohngebäuden, gebaut für all jene, die sich zwischen unterer Mittel- und oberer Unterschicht bewegten. Er bog zweimal nach links, das alte Grau, welches sich seit den Sechzigern in die Wände der Wohngebäude eingenistet hatte, war vor zwei Jahren einem dunkel Rot für die Fensterrahmen und einem hellen Ocker-Farbton für die Fassade gewichen, die Vermieter hatten sich für einen neuen Anstrich entschieden.

Er klingelte, hörte sogleich Mila bellen. Lamia öffnete ihm die Tür, er umarmte sie, gab ihr dabei einen Wangenkuss, trat ein, sie ging ins Wohnzimmer. Er hörte sie laut rufen: »Er ist da.« Mila an seinem Bein, sprang an seinem Bein hoch, er schüttelte sie ab. Aras zog seine Schuhe aus, nahm sich Hausschuhe aus dem Schrank. Aus der Küche hörte er eine laute, etwas schrille Männerstimme. Nadia hatte die Gewohnheit, beim Kochen Nachrichten zu hören, dabei stritten sich meist Männer in Hocharabisch über das politische Geschehen in der Region, sie sprachen schnell, schnitten die Sätze des anderen ab, ihre Worte waren scherengleich, entschieden, scharf. Aras öffnete die Tür, ging auf seine Mutter zu und gab ihr einen Kuss auf die Wange: »Das Essen ist gleich fertig. Ich muss nur noch den Topf umdrehen. Kannst du Joghurt aus dem Kühlschrank rausholen?« – »Was gibt's Neues?« – »Ach, du weißt schon, Protest hier, Protest da. Es gab wohl eine kleine Demonstration in Damaskus.« – »Wirklich?« – »Ja, aber keine Nachrichten. Ein Freund hat mir geschrieben. Nur ein paar Kommunisten, wurde wieder aufgelöst.« – »Es kommt sicher noch.« – »Ich wurde nicht mit Geduld gesegnet, mein Sohn«, antwortete Nadia. Rhea stand an der Küchentür: »Da bist du endlich!« Aras gab ihr einen Kuss. »Weiß sie, was es heute geben wird?«, fragte seine Mutter. »Nein. Ich glaube nicht«, antwortete Aras. »Ich habe es ihr schon erklärt«, antwortete Lamia aus dem Wohnzimmer. Rhea schaute ihn fragend an, er übersetzte, nahm dabei Teller und Löffel aus Schrank und Schublade. »Kannst du den Joghurt aus dem Kühlschrank holen?« Seine Mutter gab Rhea eine Schüssel, sie füllte Joghurt in die Schüssel. »Bring ihr Hausschuhe, Aras. Sie kriegt noch ganz kalte Füße.« Lamia kam um die Ecke, Hausschuhe in der Hand. »Hier«, sie landeten vor Rheas Füßen. Sie gingen ins Wohnzimmer.

Ein großes Ecksofa, in verschiedenen Rottönen, nahm den Großteil des Wohnzimmers ein, die Wände mit vier oder fünf zusammenlaufenden Linien in eben diesen Farben verziert, ein weißes Sideboard mit einem großen Fernseher, überall hingen Bilder von ihrer Familie. Sie zeigten sie im Türkei-Urlaub vor vier Jahren, wo sie Nadias Familie zum ersten Mal nach ihrer Flucht trafen. Da war ein Bild von Opa und Oma, ein Foto, wo sie sich alle auf seinen Onkel geworfen hatten, sein Lachen, schmerzverzerrt vom Gewicht der Kinder. Auf einem anderen Foto war Aras vor einem Wasserfall zu sehen, eins zeigte Lamia mit einem weißen

Kaninchen, das sie mitnehmen wollte, aber natürlich nicht durfte, Tiergesundheitsgesetz. Hier und da, im Zimmer verteilt, waren eine blaue Vase mit Plastikblumen, auf einem kleinen Nachttisch ein Drucker, ein Massagegerät mit Vibrationsbändern, mitten im Zimmer ein großer Wohnzimmertisch aus Marmor, an dem sie aßen, wenn die Anzahl der Gäste die Küche sprengte. Mila tapste unter dem Tisch zwischen den Menschenbeinen umher in der Hoffnung, dass jemand etwas Aufmerksamkeit auf sie herabfallen lassen würde.

Nadia legte einen großen flachen Teller über den Topf, griff nach den Henkeln, zählte bis drei, und in einem Schwung drehte sie den Topf auf den Kopf. Den Teller setzte sie auf dem Wohnzimmertisch ab, klopfte ein paarmal gegen den Topfboden, dann, ganz langsam, langsam hob sie den Topf hoch, Dampf stieg empor, gab Auberginenscheiben preis, die die Form des Topfes angenommen hatten, wie ein Kuchen sah es aus. Sie kratzte den Topfboden aus, garnierte das Gericht mit allerlei gebratenen Nüssen, jeder bekam eine große Portion, sie aßen. Im Fernsehen lief eine Scripted-Reality-Sendung, seine Mutter fragte ihn, wie sein Tag gewesen sei, Lamia sprach über die Schule, sie hätten heute über Sarrazin diskutiert, ihr sei vorgeworfen worden, dass sie nicht ein Buch kritisieren könne, welches sie nicht gelesen habe. Nadia erzählte, dass sie letztens auf dem Weg zur Arbeit durch die Schrebergartensiedlung gefahren sei, dort stünden einige Gärten zum Verkauf, ob es nicht schön wäre, einen Garten zu kaufen, für den Sommer. Aras warf ein, ein Garten sei viel Arbeit, sie könne den Garten mit jemandem zusammen kaufen, dann könne sie sich die Arbeit teilen. Aras und Lamia wechselten sich ohne viel Absprache mit dem Übersetzen für Rhea ab. Wie die Übersetzung war sie selbstverständlicher Teil der Familie geworden, wie es in Zukunft noch andere werden würden, die nur oft genug zum Essen kamen. Es würde zu einem Aufnahmeritual werden.

Nach dem Essen schnitt Nadia Obst in kleine Stücke, für die Verdauung, wie sie immer behauptete, sie aßen artig auf, sprachen kurz über Lamias Geburtstag, wen sie eingeladen hatte, ihre Schulfreundinnen, wann Aras und Thomas kommen sollten. Lamia steckte noch in einem Alter, in dem sie nicht wusste, dass es in Ordnung war, noch nicht zu wissen, wer sie war. Langsam ging es auf das Abitur zu, und diese Frage, was sie studieren wolle, mit was sie ihre Lebenszeit verschwenden solle, wie Lamia es ausdrücken würde, zog ihre Kreise um sie, und die Kreise wurden immer kleiner, denn bald, so wusste sie, müsste sie sich zumindest entscheiden. Sie wollte auf keinen Fall Medizin studieren, auch wenn sie ihre Mutter damit glücklich gemacht hätte, mit Zahnmedizin sogar noch glücklicher. Eine Ausbildung kam für ihre Mutter nicht in Frage, und die Diskussion wollte sich Lamia ersparen. Aras wusste genauso wenig weiter, wusste aber, dass er nicht die Rolle des Mannes oder Ersatzvaters im Haus spielen durfte, denn wenn es etwas gab, was seine Mutter, die wie viele Frauen aus Aleppo stur, willensstark und schattenweise diktatorisch war, verabscheute, dann einen Mann, der meinte, Entscheidungen für andere treffen zu können.

In dieser Konstellation blieb Aras nichts anderes übrig als abzuwarten, Lamia und Nadia allein den Kampf austragen zu lassen, einzugreifen nur auf Einladung, und diese wurde noch nicht ausgesprochen. Lamia, das wusste Aras, hatte den zaghaften wie vagen Wunsch Soziale Arbeit zu studieren, aber er wusste nicht, wie Lamia Nadia davon überzeugen würde, dass sie, Lamia, mit ihren sehr guten Noten nicht ein Fach mit einem höheren NC anstrebte. So hatte man sich zu entscheiden, auch wenn Nadia selbst einen anderen Weg gewählt hatte, ihre Kinder sollten es ja einmal besser haben. Zu tief saß diese Demütigung, den eigenen Beruf nicht weiter ausüben zu können, dachte Aras, auch wenn Nadia diese Demütigung nicht als solche empfand. Überhaupt empfand sie selten Demütigung, so schien es. Dieser Gedanke war Aras gekommen, als der Antrag seiner Mutter auf Einbürgerung abgelehnt wurde, sie sich zu einer Anwältin aufmachten, die ihnen erklärte, dass seine Mutter zumindest für ein Jahr arbeiten müsste, dass es keine Ausnahmen für Künstlerinnen im deutschen Recht gebe, solange sie Geld vom Jobcenter bezöge, seien ihre Chancen gleich null. Daraufhin gab seine Mutter ihr Dauerstipendium vom deutschen Staat auf, wie sie Hartz IV bezeichnete, bewarb sich auf einen Job bei einer Textilreinigungsfirma, wo sie nun acht Stunden am Tag an der Kasse stand, Hemden bügelte, Hosen wusch, nett und freundlich lächelte.

Nadia riss Aras aus seinen Gedanken heraus. Heute sei ein Mann in Anzug in der Wäscherei gewesen, mit einem zerschlissenen Hemd, es war sicher vor ein paar Jahren ein sehr schönes Hemd gewesen, nun aber so zerschlissen, dass Nadias Chef ihn nach Hause geschickt habe. Aras wusste nicht recht, was er darauf antworten sollte, bat sie um den Text, den er für sie übersetzen müsse. Sie reichte ihm den Zettel, Kugelschreiberblau war die Schrift. Ein Seufzer entfuhr ihm, warum sie den Text nicht abgetippt habe, fragte er sie, es würde ihn mehr Zeit kosten, ihre Schreibschrift zu entziffern. Er wartete ihre Antwort nicht ab, las, übersetzte im Kopf, las weiter, setzte Worte um, las. Der Text war in jenem Arabisch geschrieben, welches sich versuchte, über die Menschen zu erheben, als Autorität. Aras versuchte, einen

Keil zwischen die Worte zu treiben, nicht um sie voneinander zu lösen, aber ihren Zusammenhang zu lockern, er baute einen Text mit Luftkanälen wie durch eine Altstadt. Er übersetzte: »Wir sind die Stadt. Drei syrische Künstlerinnen zeichnen ihre Heimatstädte. Wir blicken auf unsere Heimat. Heimat ist kein Ort. Heimat ist eine Zeit. Der Blick richtet sich weder auf die Vergangenheit noch auf die Gegenwart, sondern auf die Zukunft.« Er verglich die Übersetzung mit dem Original, verglich den Inhalt, er hatte gelernt, nicht mehr wörtlich zu übersetzen. Aras dachte manchmal darüber nach, sich zehn Jahre Erfahrung als Übersetzer in den Lebenslauf zu schreiben, ließ es aber. Er würde in den nächsten Jahren lernen, dass die Behördengänge, die einen Teil seiner Lebenszeit eingenommen hatten und wieder einnehmen würden, Arbeit seien, für die andere Menschen Geld bekämen, Anerkennung, Arbeit, die für ihn selbstverständlich war, wenn nicht sogar Pflicht, für andere stellte sie politischen Aktivismus dar. Er würde sich dumm vorkommen, nicht selbst auf diesen Gedanken gekommen zu sein.

»Welche Bilder wirst du ausstellen?«, fragte Rhea. Nadia führte sie in Aras' altes Zimmer, das sie in ein Atelier verwandelt hatte. Früher hatte seine Mutter auf dem Boden vor dem Fernseher Holz gesägt, denn sie stellte die Rahmen ihrer Bilder selbst her, um nicht im Viereck zu malen, um Geld zu sparen, während Lamia und er sich lauthals darüber beschwerten, dass sie kein Wort ihrer geliebten Sendung verstünden, ihre Mutter nur gereizt antwortete, dass sie wohl kaum nach zweiundzwanzig Uhr würde sägen können, dass sie Geduld haben sollten, wie sie mit ihnen Geduld gehabt hatte, als sie kleine Kinder gewesen waren. Dann hatten Aras und Lamia immer laut aufgelacht, denn Geduld, das war Nadias Stärke nicht.

Überall auf dem Boden des Zimmers lagen Holzreste, die Säge auf einem Tisch platziert, eine Staffelei, unbenutzt, die eine Wand voll gestellt mit Bildern, an der anderen hingen zwei, an denen Nadia arbeitete, da waren Regale mit Farben. Nadias Bilder waren für Aras' Geschmack zu abstrakt, sehr bunt, manchmal sah es eher so aus, als würde sie schreiben, wie Kalligraphie, die Objekte, Häuser, Menschen, waren schemenhaft zu erkennen. Als sie während ihrer ersten Ausstellung in Deutschland ihr erstes Bild für dreihundert Euro verkaufte, gingen sie Kebab bei einem Imbiss um die Ecke essen. Der Kebab war gut, er war mehr als gut, ungewöhnlich, gewürzt mit den berühmten sieben Gewürzen, sieben, die heilige Zahl: Nelken, Zimt, Ingwer, Kreuzkümmel, Koriander, Pfeffer und Anis. Es war ein Fest, der Einzige, der damals nicht mitfeierte, war sein Vater, es war nur ein paar Jahre nach ihrer Flucht. Daran konnte Aras sich erinnern, dass jemand fehlte, während sie feierten.

Rhea und Lamia diskutierten, welches Bild sie am meisten mochten, beide waren sich einig, dass es ein älteres Bild war, keine Städte, keine Menschen, sondern ein Dornengestrüpp, der Farbverlauf blau zu lila, schwarz. Nadia behauptete ganz stolz, dass sie es nicht verkaufen würde, denn es war Lamias Lieblingsbild. Mila schnappte nach einem Stück Holz, wedelte aufgeregt mit dem Schwanz, so dass wieder ihr ganzer Körper wackelte. »Ich glaube, es wird Zeit«, sagte Rhea.

Sie verabschiedeten sich, nicht ohne die Worte seiner Mutter, dass es doch zu kurz war, dass sie doch noch Attaief gemacht hätte. Es war ihr vor kurzem endlich gelungen, eine Füllung zusammenzustellen, die dem Original nahekäme. Seitdem hatte sie Woche für Woche das Rezept verfeinert. Rhea blieb bei ihrem Wort, sie sagte: »Ich muss morgen früh zur Arbeit.« Aras fügte noch hinzu, dass er seine Hausarbeit weiterschreiben müsse. Nadia, die allen widersprach, wenn es sich anbot, unterließ den Widerspruch in Rheas Anwesenheit.

Der Weg von Nadias Wohnung zu Aras war nicht weit, im Auto schaute er aus dem Fenster. Mila saß auf seinem Schoß, im Radio liefen die Nachrichten: Fukushima hatte zur Folge, dass keine Laufzeitverlängerung für AKWs ausgesprochen wurde, Bundespolizei und Bundeskriminalamt würden nicht zusammengelegt werden, eine Luftwaffenverbotszone für Libyen wurde im UN-Sicherheitsrat diskutiert, eine schnelle Einigung würde es wohl nicht geben. Aras atmete durch. Er versuchte, sich einer Unruhe zu entledigen, die sich in seine Brust eingeschlichen hatte. Dieses Ausatmen ließ Rhea aufhorchen. »Was denkst du?«, fragte sie. »Als ich bei meinem Onkel auf dem Balkon saß. Ich konnte die Zitadelle sehen.« Seine Schwester und er waren gerade angekommen, die Nacht hatten sie am Flughafen in Berlin verbracht. Er erinnerte sich an die Hitze, die ihm entgegenschlug, als sie das Flugzeug verließen. Sie waren direkt zu seinem Onkel gefahren. Sie hatten sich vier Jahre nicht gesehen, wahrscheinlich auch so lange nicht gesprochen. Da war er auf diesem Balkon gewesen, wieder der Blick auf die Zitadelle, er hatte seinen Onkel damals ganz lapidar gefragt, wie die Lage wäre, worauf sein Onkel antwortete: »Wie immer, hier passieren die unglaublichsten Dinge, aber weit und breit keine Veränderung«, er wiederholte diese Worte für Rhea. Eine Sehnsucht machte sich in ihm breit, die er nicht kannte. Er strich Mila über das Fell. Das Licht der Straßenlaternen brach über sie herein, wechselte sich ab, die Straßen waren so gut wie leer. Aras schaute auf seine Hände, seine Beine, zwang sich ein Lächeln ab, es spielte um seine Lippen, als würde es ihn beruhigen.

2012 – Subjektivität würde voraussetzen, dass es ein Subjekt gibt

Umzingelt war das Haus. In die Augen schaute er seinem Vater, ein Schatten war da, Trauer vielleicht, er nickte seinem Vater zu, wie die Tür eingetreten wurde, hörten sie. Laute Stimmen, die Stimme seines Onkels, worüber sie sprachen, er verstand es nicht, verriet er sie oder versuchte er, Zeit zu gewinnen. An der Wand lehnte sein Vater, mit dem Rücken, er sah schwach aus, einen gestreiften Schlafanzug trug er. Um sich blickte Aras, klein war das Zimmer, ein kleines Zimmer, nach oben blickte er, kein Dach, die Sterne, über die Wand klettern, vielleicht könnten sie doch fliehen. Sein Herz, ein lautes Klopfen, sie waren da. Warum klopften sie? Auf einen Stuhl deutete Aras, den Kopf schüttelte sein Vater, sein Blick auf dem Stuhl. Ihn zurücklassen, musste er. Das Wissen darum warf Aras zurück, in einen Tunnel. Das Klopfen, gerade noch in ihm, wurde lauter, eine Sirene, eine Sirene hörte er, öffnete die Augen.

Aras trat aus einer Tiefe heraus, das Zimmer um ihn herum nahm Umrisse an. Die Umrisse, der alte Schrank von Rhea, die weiße Kommode mit seiner Kleidung, ein großes Fenster, die blauen Gardinen zugezogen, den Kopf drehte er zur Seite, der Nachttisch. Nach seinem iPhone griff er und schaltete den ersten Wecker aus, atmete durch, gegen seine Brust schlug immer noch sein Herz, den Kopf schüttelte Aras. Das Haus war ihm unbekannt. Wovor versteckten sie sich? An die Decke starrte er, weiß. Auf der frisch bezogenen Bettdecke lagen seine Hände, die Bettwäsche, sie war noch etwas steif, die Hitze spürte er aufsteigen, schob ein Bein zur Abkühlung unter der Bettdecke hervor. Es war acht Uhr morgens, in einer Stunde müsste er zum Hauptbahnhof fahren, um in einer Herberge, in einem Dorf zu sein, wo er bei einem Einführungsseminar teilnehmen würde, musste, denn um sein Studium zu finanzieren, hatte er sich für ein Stipendium beworben.

Zur anderen Seite drehte er sich, auf seinen zweiten Wecker wartend. Über der Bettdecke bewegte er seine Hand, den Schatten beobachtete er, den seine Hand auf das Weiß der Bettdecke warf, als würde er Tasten spielen, hielt inne, die Handbewegung verzögerte sich, dachte, ein Schatten ist kein Geist, was machte das für einen Unterschied, seine Finger tänzelten, das Licht, es veränderte sich, vielleicht verwies der Schatten auf das Leben und der Geist auf den Tod. Ein Geist geht um, Gespenst, das ergab keinen Sinn. Vielleicht war es doch umgekehrt, der Schatten, der Tod, der Geist, das Leben. Sie hießen nicht umsonst shabi7a, dachte Aras. Sein zweiter Wecker riss ihn aus seinen Gedanken heraus. Rhea lag neben ihm im Bett, er drehte sich zu ihr, ihre Hand streifte über seinen Arm. Sanft, streichelte sie seinen Arm, sagte: »Das heißt, wir müssen?« – »Schätze schon«, antwortete Aras. Einen Kuss gab er ihr, sie standen auf.

Rhea ging in die Küche, sie streckte sich, griff nach zwei Schüsseln aus einem Schrank, Müsli, Joghurt und begann, eine Banane zu schneiden, einen Apfel zu reiben, während Aras den Kaffee zubereitete. Auf Rhea ging Aras zu, nah, er legte seinen Kopf in ihren Nacken. »Komm schon! Vielleicht lernst du ein paar nette Menschen kennen«, waren ihre Worte. »Du bekommst richtig viel Geld von denen. Das sollte sogar für ein Lächeln ausreichen.« Mit seiner Schüssel und dem Kaffee ging Aras ins Wohnzimmer. »Lass uns in der Küche essen«, rief ihm Rhea hinterher. »Im Wohnzimmer, bitte«, antwortete er mit mitleiderregender Stimme. Sie setzten sich auf die Wohnzimmercouch und aßen. Da saßen sie, ihre Arme berührten sich, immer dann, wenn sie einen Löffel zu ihren Mündern führten, sie aßen. Mila lag in ihrem Körbchen, beobachtete die zwei. »Hast du schon gepackt?«, fragte Rhea. »Gestern«, gab Aras zurück. Da war sie noch arbeiten, im Café, wo sich ihr Mathematikstudium anders einsetzen ließ, um zu beeindrucken, das Vorrechnen gab mehr Trinkgeld.

Rhea lernte Aras bei einer Geburtstagsfeier in seinem ehemaligen Ruderverein kennen, an einem See. Sie hatte sich zu ihm an den Steg gesetzt, gemeinsam blickten sie auf die andere Uferseite. Es war kurz vor den Sommerferien gewesen. Aras hatte sie gefragt, ob sie wüsste, dass die Statuen auf der anderen Uferseite aus der Nazizeit seien. Er hatte bereits zu viel Erdbeerlikör getrunken, was öfter geschah, als er siebzehn Jahre alt war, seine Grenze hatte er noch nicht richtig einzuschätzen gelernt. Obwohl der Abend damit endete, dass sich Aras in den See übergab, waren sich beide trotzdem sicher, dass ein Wiedersehen unausweichlich war. Was ein Wiedersehen unausweichlich gemacht hatte, war, dass Rhea auf Aras' Bemerkung hin genickt und ergänzt hatte, dass der See im Zuge einer Arbeitsbeschaffungsmaßnahme angelegt worden war, sie sei vor ein paar Jahren mit ihren Eltern in einer Ausstellung gewesen, der Künstler habe das Museum mit Schlamm gefüllt. Sie waren jung, in einem Alter, in dem derlei Aussagen einen verworrenen Lauf annehmen konnten, ein Alter, in dem jede neue Erfahrung das Herz rasen machte. Weil Aras auf Rheas Zukunftspläne, nämlich Mathematik zu studieren, nicht mit der üblichen Antwort begegnete, sie könne ihm Nachhilfe geben, sondern damit, dass Mathematik eine Philosophie sei, war die Sache auch für Rhea entschieden. Sie sahen sich wieder, und wieder, und wieder.

Sie selbst ruderte nicht. Sie spielte Fußball, surfte, wanderte, fuhr manchmal tagelang ein Rennrad, bestieg Berge, sie war durch und durch ein aktiver Mensch, und dafür hatte Aras mehr als Bewunderung übrig. Manchmal hoffte er, dass sich ein wenig von dieser Energie auf ihn abfärben könnte, nachts, während er neben ihr lag, dass er eines Morgens aufwachen würde und plötzlich diese Energie hätte. Stattdessen quälte er sich morgens aus dem Bett, immer schien ihm alles, als müsste er, ohne Eigenantrieb. Beiden war schnell klar, dass sie sich gefunden hatten.

»Ich werde heute zum Friseur gehen.« – »Schickst du mir dann ein Bild?« Rhea neigte den Kopf zur Seite, lächelte ihn an: »Vielleicht.« Sein Frühstück aß er, machte sich wieder in das Schlafzimmer auf, griff nach einer dunkelblauen Hose und einem schwarzen Pullover, zog sich um. »Geht das so?«, fragte er, stand vor Rhea im Wohnzimmer, sie nickte. Aras ging ins Badezimmer, nahm die Zahnbürste, Zahnpasta, putzte sich die Zähne, packte anschließend alles ein. Im Flur stand eine Kiste mit Flyern, sie erinnerte Aras daran, Rhea darum zu bitten, sie zu seiner Mutter zu bringen.

Die Flyer hatte er gestern drucken lassen. Neben dem Studium, seiner Freundin, der Familie, seinen Freunden, seiner politischen Arbeit, hatte er für seine Mutter die Demonstration zum Jahrestag der Revolution angemeldet, zu der er nun nicht einmal selbst gehen würde, hatte die letzten Wochen damit verbracht, ihr einen Lautsprecherwagen mit Generator und Soundanlage zu organisieren, den Aufruf übersetzt, an andere politische Gruppen gesendet und die besagten Flyer drucken lassen, es jedoch nicht geschafft, sie zu ihr zu bringen. Abholen konnte sie sie selbst nicht, dafür war die Kiste zu schwer. Er fragte eine Frage, von der beide wussten, dass es keine war: »Wenn du zur Demo heute gehst, kannst du die Kiste mit den Flyern mitnehmen?« Natürlich würde sie das tun, auch wenn Rhea kein politisch aktiver Mensch wie Aras war, so wusste sie, dass es ihn zumindest beruhigen würde, seiner statt hinzugehen. »Ich mache auch Fotos.« Glücklich über ihre Antwort packte er seine restlichen Sachen, Rasierer, Aftershave, Aufladekabel und Laptop ein, streichelte Mila in ihrem Körbchen zum Abschied, küsste Rhea und verschwand durch die Tür.

Der Wind war schwach, strich ihm über die Wangen, sachte. Der Himmel, blau. Die Sonne schien, ein guter Tag für eine Demonstration, dachte sich Aras, atmete durch. Rhea und Aras waren umgezogen, sie hatten die Wohnung einer Freundin übernommen, in einem Stadtteil, der für diese Stadt einen ungewöhnlich hohen Anteil an Altbauten beherbergte. Hier reihte sich die libanesische Imbissbude an die russische Änderungsschneiderei an den türkischen Gemüsehändler, zwischendurch ein spanisches Restaurant, ein Supermarkt, ein Bäcker und neuerdings auch Cafés mit veganem Frühstück.

Das erste Mal, als seine Mutter ihn bat, mit ihr in diesen Stadtteil zu fahren, um im Frauenzentrum nachzufragen, ob sie dort ihre Bilder ausstellen dürfte, regnete es, grau war es. Im Gegensatz zu ihrem Stadtteil, eine halbe Stunde entfernt auf der anderen Seite der Stadt, war die Straße hier voll von Menschen, trotz des Regens. Da war eine Frau gewesen, sie schob einen Kinderwagen mit der einen Hand und mit der anderen hielt sie einen Regenschirm, das zweite Kind hielt sich an ihrem langen schwarzen Kleid fest. Ein alter Mann mit einem Gehstock, in der anderen Hand eine Plastiktüte voll Gemüse. Er trug eine weiße Gebetskappe auf dem Kopf und jene Hosen, die seine Mutter als Bauernhosen bezeichnete, eine graue Leinenstoffhose mit reichlich Stoff zwischen den Beinen. In den fünf Jahren, die er damals bereits in Deutschland gelebt hatte, war dieser Anblick neu für Aras, ein Mann, der aussah wie einer seiner Onkel väterlicherseits.

An der Straßenbahnhaltestelle stand er, die Haltestelle säumte die Mitte einer Brücke, ein Fluss verlief unter ihr, die Gebäude drumherum zum Teil abgedeckt, weil sie renoviert wurden. In eine Imbissbude blickte Aras; ein Mann in einem roten T-Shirt, Hamid, wie Aras wusste, kam aus dem Libanon, Palästinenser. Dankbar war Aras Hamid, denn er hatte ihm nach fünf Jahren in Deutschland die erste Falafelrolle gemacht, und es war die köstlichste Falafelrolle, die er je gegessen hatte. Die Sehnsucht hatte jeden Geschmackssinn überdeckt, denn in Wahrheit war es eine mittelmäßige Falafelrolle. Die Falafel waren zu trocken, schon vorgemischt und vorfritiert, für den Verkauf nur noch mal kurz erhitzt. Mit Rot- und Weißkraut statt Tomate und m5lal, etwas Salat, Petersilie, Knoblauchsoße statt Tahin mit Joghurt. Hamid stand hinter dem Tresen und schnitt Salat. Manchmal blickte er kurz auf, starrte in die Luft, manchmal hingen seine Augen einem vorbeifahrenden Auto nach. Die Straßenbahn schnitt Aras das Sichtfeld ab.

Sein Telefon vibrierte, aus der Hosentasche holte er es, schaute darauf, eine Nachricht von Haidar. Vor einigen Tagen, während Aras durch seinen Facebook-Feed gescrollt hatte, entdeckte er eine Liste mit den Namen von Spitzeln an der Universität Aleppo. Haidar hatte sie gepostet. Aras las sich die Liste durch, nicht in der Erwartung, einen Namen wiederzuerkennen, er wollte wissen, wer so etwas tat, die eigenen Kommiliton*innen an das Regime verraten. Die Liste war lang gewesen, die Namen unbekannt, bis er den Namen einer seiner Cousins erkannte. Sein Magen hatte sich verkrampft. Wie diese Liste zustande gekommen war, fragte er sich, woher die Verfasser:innen wussten, dass diese Personen für das Regime spitzelten. An seine Mutter dachte er, die mal gemeint hatte, man erkenne sie an der Kleidung und an den Autos. Die Liste mit der Frage, ob, sie, seine Mutter davon wusste, von dem Sohn ihrer Schwester, schickte er an sie ab. Sollte er seinen Cousin zur Rede stellen? Es wäre zu gefährlich, vielleicht war er gegen das Regime und würde aber aus Sicherheitsgründen anders antworten. Haidar hatte er geschrieben und gefragt, wie sicher er sich wäre. Seine Antwort, sehr.

Haidar war ein Nachbarsjunge, den Aras noch aus Kindertagen kannte, sie waren keine Freunde, bis Haidar Aras eine alte Münze geschenkt hatte, die er beim Abhang am Ende ihrer Straße gefunden hatte. Weil sich Aras darüber so sehr gefreut hatte, hatte ihm Haidar einige Tage später noch eine Münze gebracht. Warum Aras sich gefreut hatte, warum er Münzen sammelte, mit denen man sich nichts kaufen konnte, verstand Haidar nicht, das Sammeln, das Finden und auch das Besitzen von Dingen, die nur einen Wert hatten, weil sie gesammelt und gefunden wurden, dass dies ein Gestus der oberen Mittelschicht war, würde Aras auch erst später verstehen, dass Erinnerungen an Gegenstände geheftet wurden wie Wert an Geldscheine. Doch wusste Haidar eben auch nicht, dass eben diese zwei Münzen, die er Aras geschenkt hatte, sehr alt waren und daher auch sehr wertvoll. Sie waren aus dem 11. Jahrhundert und trugen die Signatur »la ilaha illallah wa muhammad rasul allah«.

Diese Erinnerung setzte sich in Aras' Gedächtnis zusammen, als er Haidar 2011 auf Facebook gesucht hatte, seit einigen Wochen hatte er bereits damit begonnen, seine alten Freunde zu suchen. Nicht aus einem bestimmten Grund, vielmehr waren es verschiedene, undefinierte Gründe, Fragen, mit denen Aras sich rumschlug und die seine Suche erst in Bewegung setzten, hoffend, sie, seine Freunde aus vergangener Zeit, könnten die Fragen einer zukünftigen Zeit für ihn beantworten. Weil ein Zeugnis Zeugen brauchte, wollte Aras wissen, was sie gerade taten, was sie über die Proteste dachten, ob sie sich engagierten, weil Aras wissen musste, was dort jeden Freitag vor sich ging in dieser Straße, in dieser Stadt, in diesem Land. Es war mehr als reine Neugier, es war nicht nur der Wunsch, alte Schulfreunde wiederzutreffen. Da mischten sich mit der Zeit unmerklich Sorgen, Schuldgefühle und Misstrauen in diesen Impuls. Haidar fand er schnell, von den Münzen erzählte er ihm, dass er sie nach Deutschland mitgenommen hatte, dass seine Mutter versucht hatte sie zu verkaufen, der Antiquar sie aber nur kopfschüttelnd an das nächste Museum verwiesen hatte, wo sie aber kein Geld bekommen hätten.

Haidar hatte mit Lach-Smileys geantwortet, die mit den Tränen in den Augen, dass er gewusst hätte, dass die Münzen nichts wert wären. Haidar hatte sich den Protesten angeschlossen und berichtete Aras, dass er nie geglaubt hätte, jemals auf offener Straße das sagen zu können, was er dachte, ohne in Gefahr zu sein, auch wenn das mit der Gefahr relativ war. Denn obwohl sich ihre Heimatstadt Zeit ließ, bis sie sich den Protesten anschloss, so tat sie es schließlich doch. Es seien aufregende Zeiten, hatte Haidar geschrieben und Aras ein Video geschickt, von ihrer Straße und wie Menschen in dieser Straße tanzten und sangen. Vor seinem Laptop hatte Aras gesessen, sein Körper war zu keiner Regung fähig, was er empfand, war nicht Freude, aufgeregte Trauer. Warum konnte er nicht dieselben Sprüche rufen wie sie? Wie war er zu dieser Position gekommen, vor einen Bildschirm gebannt? Schließlich hatte er doch sein halbes Leben damit verbracht, politisch aktiv zu sein, aber einen Aufstand hatte er damit nicht provozieren können. War das nicht das Ziel all seiner Bemühungen? All der Stunden, die er in Plena saß, in denen er Unterschriften sammelte, in denen er Demonstrationen organisierte, Unisäle besetzte. In jenem Moment, da er das Video gesehen hatte, wurde ihm deutlich vor Augen getanzt und gesungen, dass alles, zu dem er sich verpflichtet gefühlt hatte, in Wahrheit ein Recht war. Es hieß nicht mehr, wenn Unrecht zu Recht wird, dann wird Widerstand zur Pflicht. Zu lang war Unrecht Recht, zu einfach konnte Unrecht Recht werden. Einen Widerstandsimperativ für Unterdrückte gab es nicht. Aras war nicht dazu verpflichtet, die Demonstration anzumelden, weil es sonst niemand tat, die Flyer zu verteilen, weil sonst niemand Lust hatte, das Bündnistreffen zu besuchen, weil sonst niemand Zeit hatte. Niemand auf diesem Video war verpflichtet, im Gegenteil, sie hatten sich von ihrer Pflicht losgelöst. Denn politisch zu handeln war ein Recht, das teuer bezahlt wurde, mit Blut, mit Tod, mit Gewalt, teuer erkämpft, nicht geschenkt. Es war nicht seine Pflicht, weil es ihm erlaubt war. Und es war nicht ihr Recht, weil es ihnen verboten war. Anzuerkennen, dass kein Pflichtgefühl sein Handeln leiten sollte, war, als hätte sich die Welt einmal in die entgegengesetzte Richtung gedreht.

Als hätte sich ein weiteres Fragment dazugesellt, ungefragt, ein hypothetisches, ein rückwärts aufschauendes Fragment, ein verwirrtes, verwirrendes, das abwägte, Fragen im Takt der Ungeheuerlichkeiten des Regimes produzierte, ein Ich, das anfing sich vorzustellen, was wäre, wenn ich … denn gleichzeitig hatte Aras Angst um Haidar, denn er hatte schon von Scharfschützen gehört, die auf Demonstrant_innen schossen, und schrieb es Haidar, der geantwortet hatte, das könne ihn nicht davon abhalten, auf die Straße zu gehen, denn diese Freiheit könne man ihm und keinem hier wieder wegnehmen, die Häuser der Straße und die Herzen der Menschen seien ihre Zeugen. Die Zeit, so meinte Haidar, sie sei unumkehrbar. Was nun passiere, das sei ein Einschnitt. Keine Antwort blieb Aras, außer einer theoretischen: Diese Proteste hatten, seiner Meinung nach, keine weitreichenden Forderungen gehabt. Sie forderten ein paar Reformen, Würde, und gleichzeitig dachte Aras, wie konnte Haidar hoffen, wie konnte irgendwer hoffen, dass sich dadurch alles ändern könnte, wie konnte man nur glauben, dass sich dieser Diktator zu einer Reform bewegen lassen würde. Das hatte er Haidar nicht geschrieben, denn er wollte ihn nicht verärgern.

Stattdessen führte Aras mit seiner Mutter eine Diskussion, die mit gleicher Begeisterung wie Haidar von den Protesten sprach. Sie sprach von einer Revolution des syrischen Volkes. Worauf ihr Sohn einwandte: Aber der Diktator, war er nicht Teil dieses Volkes? Wer sei dieses Volk überhaupt? Was wäre denn mit jenen, die jahrzehntelang aus dieser Volksgemeinschaft ausgeschlossen waren? Und überhaupt müsste es denn nicht um Arbeit und Brot gehen, statt Freiheit und Würde? Doch je mehr Schüsse fielen, desto radikaler wurden die Forderungen auf der Straße. Es ging nicht mehr nur um die Freilassung von Schulkindern oder ein neues Parteiengesetz. Ein halbes Jahr später forderten die Menschen den Sturz des Regimes. Nizam bedeutet System, womit auch Aras überzeugt war, dass eine Revolution nur sei, wenn eine radikale Umwälzung aller bestehenden Verhältnisse gefordert wurde. Erst mit den Jahren würde Aras verstehen, dass jemand, dem seine Menschlichkeit entzogen wurde, weder an Essen noch Trinken denkt, sondern daran, wieder Mensch zu werden in den Augen seines Unterdrückers. Das Wissen darum, welchen Schmerz dieser Wunsch verursachte, dieser Schmerz würde sich in seine Brust eingraben.

Dass die Straßenbahn voll war, bemerkte Aras erst, als er eingestiegen war. Um sich blickte er, an einer jungen Frau blieben seine Augen haften, sie saß neben einem Mann, wobei sie am Rand saß, um möglichst viel Abstand zwischen sich und dem Mann zu wahren. Sie strich sich mit den gemachten Nägeln über das Gesicht, strich sich eine Strähne aus dem Gesicht, sanft, zärtlich, die Strähne sollte nicht im Gesicht sein, als würde ihre Fingerspitze sie bitten, führte sie die Strähne hinter das linke Ohr. Es wunderte Aras, was sein Blick angezogen hatte, bis er den Widerspruch erkannte. Auf die Nachricht von Haidar blickte Aras. Was war zu tun?

Die junge Frau strich nun über ihre Hose, sie hatte ein Haar entdeckt, welches sie zwischen Zeigefinger und Daumen ergriff und entfernte, wobei die Geste, so bestimmt sie auch erschien, erst ihre Unsicherheit offenbarte. An eine Antwort dachte Aras, an eine Beleidigung, einen Fluch, den er gegen seinen Cousin aussenden könnte. Sein Körper war regungslos, der Arm ließ sich nicht bewegen, er hing ihm schlaff an der Schulter, schwer fühlte er sich an, seine Finger versuchte er zu bewegen. Manchmal als Kind, da hatte er sich gewundert, wie es sein konnte, dass seine Finger sich bewegten, bevor er den Entschluss gefasst hatte, dass sie sich bewegen sollten, und nun schien das Gegenteil einzutreffen. Er konzentrierte sich. Seine Finger regten sich, langsam, es glückte, nun galt es, das Handgelenk zu bewegen, weiter, das Handgelenk. Wenn er es schaffen würde, nun den Nacken einmal nach links zu neigen, den Kopf, und nach rechts, sein Arm war wieder frei. Eine Durchsage, er stieg aus.

Bahnhöfe machten Aras nervös. Die Gefahr, den Zug zu verpassen, sie war zu groß. Zu spät sein, das hatte Konsequenzen, manchmal unabsehbare. Etwas zu essen kaufte sich Aras, einen Kaffee, begab sich direkt zum Gleis, zu früh war er. Nun galt es, die Aufmerksamkeit immer wieder auf die Auskunftstafel zu richten, sich nicht aus Versehen in einen Gedanken so sehr zu vertiefen, so dass der Zug an ihm vorbeiziehen würde, dies war ihm in letzter Zeit schon ein paarmal mit der Straßenbahn passiert. Stehen geblieben war er dann meist, den Blick auf etwas fixiert, und doch richtete er sich ins Innere, bis auf den fixierten Punkt war alles verschwommen, dann las Aras, schrieb Nachrichten, schaute zwar ab und an auf, aber seine Aufmerksamkeit sprang von einem Gedanken zum nächsten, führte Listen an Erledigungen, Listen an Vorhaben, Listen an Aktionen, Listen an Namen, Listen an Orten, diese Listen führte er nie zu Ende. Sie waren unvollständig, abgebrochen.

Den Bahnsteig lief Aras also ab, auf den Boden blickte er, auf die Auskunftstafel, auf seine Uhr, Boden, Auskunftstafel, Uhr, warum hatte das Zimmer kein Dach? Im Traum schaute er in den Himmel, da hatte es sich kurz so angefühlt, als läge er auf dem Dach seiner Großmutter väterlicherseits, aber das ergab keinen Sinn, war es doch der Onkel mütterlicherseits, der an die Tür ging. Wer verfolgte sie? Sicherheitsbehörden? Eine Durchsage, sein Blick, die Auskunftstafel. Der Zug fuhr ein.

Die Suche nach einem geeigneten Platz fing bereits auf dem Bahnsteig an. In leeren Abteilen saß Aras nicht gern, meist suchte er das Ende des Zuges auf, der vorletzte Wagen war ihm am liebsten. In der Mitte saß er ungern, denn dann hieße es beim Aussteigen warten, aber auch zu nah an der Tür mochte er nicht. Einen Fensterplatz, am besten zwei Sitze für sich, den einen für seine Tasche, auf dem anderen saß er. Zu eben jenen Menschen gehörte Aras, die gerne Platz um sich hatten, niemandem zu nahe treten wollte er, aber auch dass niemand ihm zu nah komme, die intime Distanzzone, die hier einen erweiterten Radius hatte, war in Aras' Augen ein Segen. Unangenehme Zuggespräche waren so zu vermeiden.

Ein Platz war sofort in Sicht, als Aras einstieg. Auf dem benachbarten Gleis war ebenfalls ein Zug, der losfuhr, in Erwartung, sich in Bewegung zu setzen, für einen Augenblick dachte Aras, er müsse sich festhalten, doch kein Ruck war zu spüren. Seinen Laptop packte er aus, bereit, noch ein paar E-Mails zu schreiben. Seine Arme wieder schwer, vielleicht, so dachte er, brauchte er noch eine Stunde Schlaf, nur eine Stunde lang die Augen schließen, vielleicht. Aus dem Fenster blickte er, sie fuhren nun aus der Stadt, an Wohnungen und Häusern vorbei, er erkannte die Kreuzung, der alte Wasserturm, Wiesen, Felder.

Eine Frage seiner Tante schlich sich ihm in den Sinn. Bei seinem Besuch in Syrien vor drei Jahren, da hatte sie ihn gefragt, wie es sei, zurück in der Heimat zu sein, wobei sie ihn auf Kurdisch gefragt hatte und seine Cousine es ihm übersetzen musste. Denn Kurdisch, das hatte er nie richtig gelernt, weder dort noch hier. Çawa und welatê hatte Aras nur verstanden, wobei er aber in dem Moment nicht wusste, ob sie Deutschland oder Syrien, oder vielleicht die Region Jazeera meinte, die bald Rojava heißen würde. Wie ist die Heimat?, war, was er verstanden hatte, nicht *zurück*. So viel hatte er auch nur deshalb allein verstanden, weil sein Vater oft Ciwan und Şivan gehört hatte, nur auf langen Autofahrten. Welatê min hatten beide gesungen, meine Heimat, aus dem Arabischen willaya, das hatte ihm sein Vater erklärt. Dê çawa be, heger tu dîsa vegeriya welatê xwe?

Sein Blick aus dem Fenster durchwanderte nun Felder, sie blieben nicht hängen, Strommast, ein Wäldchen, Feld, ein Haus, wieder ein Strommast, ein Teich, Feld. Die Felder wechselten ihre Farben, da waren einige schon grün, während andere noch nackte Erde. Jan hatte ihm letztens Fotos aus seinem Urlaub in Dänemark geschickt. Er hatte gemeint, dort sei die Landschaft schön, da seien keine Strommasten, die den Blick versperrten. Die Strommasten störten Aras nicht, er dachte, willaya, das ist die Provinz, das ist die administrative Einheit, nichts Sinnliches, nichts, was einen gefühlsmäßig an einen Ort binden würde, eine reine Verwaltungsangelegenheit. Verwaltet werden, das ging überall auf der Welt, das wüssten die Kurden wohl am besten, das Wort mochte er, denn es entkoppelte den Ort vom Gefühl. Dieser Mensch, der er war, konnte, musste sich an Menschen binden, nicht an einen geographisch messbaren Raum, kein Stein, nichts Beständiges, nur Sterbliches. Nur so entstand Sehnsucht, und was hielt jeden mehr am Leben als unerschütterliche Sehnsucht? Seine Antwort fiel damals entsprechend aus, freuen würde er sich, die Verwandten zu sehen, nach so vielen Jahren, aber was hätte es denn mit dieser Hitze auf sich, das sei er nicht mehr gewöhnt, er wusste, das würde die Tante zum Lachen bringen. Sie hatte herzlich gelacht und qurban zu ihm gesagt.

Sein Blick schweifte in die Ferne, vor ihm trocknete die

Erde aus, sie war nicht mehr dunkelbraun, sie war heller, das erste Grün wurde blass. Der Himmel war blau. Ein kleines Haus entdeckte er, es schien nicht größer zu sein als ein Zimmer, man hatte es gerade erst gebaut. Verputzt war es nicht, bekannt kam es ihm vor, daneben ein weißes Tier, vielleicht ein Schaf, eine Ziege? Seinem Blickfeld entzog es sich. Jemand schnippte ihm vor der Nase, der Schaffner: »Fahrkarte … bitte!« Die Fahrkarte rückte Aras heraus, der Schaffner: »BahnCard!«, auch diese hatte Aras, der Schaffner: »Ausweis!«, auch den hielt er dem Schaffner hin, ein prüfender Blick, Prüfung bestanden, der Schaffner zog weiter.

Wenn sie ihn fragten, und mit sie waren sowohl Fremde als auch seine Verwandten gemeint, Bekannte oder auch mal scherzhaft seine Freunde, ob er Deutscher sei, er hatte den deutschen Pass, es war nicht mehr dieser blaue Reisepass, der am Flughafen für Erstaunen sorgte, und nicht wie ihn die zukünftigen Geflüchteten haben werden, ein elegantes Plastikkärtchen, dann war seine Antwort, nein, nicht weil er Syrer war oder Kurde, sondern weil er die Idee ablehnte.

Er wollte nicht wie Bushido einen Bambi bekommen für seine Integration, darum ringen, dass er doch anerkannt wird, als einer von ihnen, die ihn nie wollen werden. Er sei in schwierigen sozialen Verhältnissen groß geworden, er habe sich nach oben durchgeboxt, seine Texte hätten unterschiedliche Menschen verletzt, doch jeder Mensch hätte eine zweite Chance verdient, hatte man über Bushido gesagt. Er hatte sich entschuldigt, er habe sich geändert, er nahm den Preis mit einer Rede an, verworren war sie, aber er nahm den Preis an, er nahm den Preis an für die Menschen, die das Publikum, vor dem er stand, wahrscheinlich noch nie in ihrem Leben je gesehen hätten, sagte er. Obwohl Anis Mohamed Youssef Ferchichi sich nie fremd gefühlt hatte, in seiner

Heimat, in Deutschland, hatte er einen Integrationspreis erhalten. Diesen Widerspruch, nichts anderes zu kennen außer Deutschland, in Deutschland geboren zu sein, ja, seine Mutter war Deutsche, den Vater kannte er nicht gut, meinte Aras in der Körpersprache Bushidos wiederzuerkennen, ein wenig gebeugt war er, das Mikrophon war ein wenig zu tief eingestellt, in der überhasteten Wahl der Worte. Bushido wusste, dass der Hass, der ihm da entgegenschlug, kein persönlicher war, er spürte, dass er einem Kollektiv angehörte, wofür also nahm er den Preis an, für »ein bisschen mehr Toleranz«, war Bushidos eigene Erklärung.

Auch wenn Aras in den folgenden Jahren immer wieder hören würde, dass man an seinem Verhalten kaum erkennen würde, dass er nicht in Deutschland geboren sei, vielleicht an seinem Aussehen, aber sein Verhalten, daran würde man nichts merken, dann bestärkte es seine Antwort, Deutscher war er nicht, allein schon aus Prinzip, weil es genug Menschen gab, die es nicht sein, nicht werden konnten.

Bis zur Ankunft musste sein iPhone herhalten, die Nachrichten: Erdogan solle eine Ehrung erhalten, E-Mails von Assad wurden geleakt, das zweite Mal nun, Neuwahlen in NRW, die norwegische Polizei entschuldigt sich für ihr zu langsames Eingreifen, Jahrestag, er öffnete den Artikel, das meiste wusste er bereits, Revolution niedergeschlagen, Kämpfe zwischen Rebellen und Regime, Flüchtlinge, Aufruf des UN-Sicherheitsrats, Jubelfeier in Damaskus, der Slogan »Wir lieben dich Assad«.

Ein Sturm wütete in Aras, der Wind, die Trauer, der Regen, der Schmerz, der Donner, der Hass, die Hitze, die Wut, die Kälte, eine Gleichgültigkeit als Damm zwischen sich und der Welt. Der Sturm verschwand, wie er gekommen war, plötzlich. Sein Entstehungsgrund war nicht die Tatsache, dass der

Ort seiner Kindheit zerstört wurde. Es ging Aras nicht um dieses Land, nicht die Kultur, von wegen Gastfreundschaft und gutes Essen. Er, Aras, glaubte nicht, ein sentimentaler Mensch zu sein, und hing daher keinen abstrakten Ideen wie einer Heimat hinterher. Was ihm Schmerzen zu bereiten schien, war die einfache Tatsache, dass er ihre Sprache verstand. Wenn ihn seine Tante qurban nannte, dann lag in ihrer Sprache ein Glaube, als wäre Aras in ihren Augen tatsächlich ein Segen von Gott gesendet und als solcher von Gott wieder empfangen. Und wie das Schöne sich einpflanzt, so schlägt auch der Schmerz seine Wurzeln.

Während Schönheit den einen zum Objekt macht, machte Schmerz den anderen erst zum Subjekt. Wo eine Wunde, da eine Innerlichkeit, die ineinander verschmolzen, doch grenzte Aras' Schmerz, seine Trauer, Wut nahe an der Melancholie, sein Verlust, spürbar und doch abstrakt. Er wusste nicht, was er verloren hatte, aber dass er im Begriff war, etwas zu verlieren, das spürte er. Seine Welt ließ sich nicht mehr über die simplen, tagtäglichen Beziehungen erklären. Die Frau an der Kasse war keine Frau an der Kasse. Er hatte eine Vergangenheit, deren Koordinaten eine andere Bedeutung besaßen. Die Revolution hatte ihm seine Vergangenheit vor Augen geführt, ihm eine Gegenwart geboten, in der alles hätte anders sein können, für ihn, Aras, die schiere Unendlichkeit an Möglichkeiten. Und doch war er eben nicht dort. Er war hier. Die Durchsage im Zug kündigte den nächsten Halt an. Eigentum, etwas seine Heimat nennen, dachte Aras, ist der Verlust der Beziehung zur Erde. Nächster Halt: Eschede.

Eine Handvoll anderer Menschen stieg mit Aras aus. Das iPhone zur Hand gab er die Adresse der Herberge ein, lief ein paar Schritte in die eine Richtung, dann in die andere, beobachtete den Punkt, den auf der Karte in seiner Hand er darstellte, erkannte die Richtung und folgte ihr. Der Bahnhof, insgesamt zwei Gleise, ein kleines Gebäude, darin ein Gasthof, Automaten und Sitzbänke, der Vorplatz war sauber. Die Straße, ein Reihenhaus reihte sich an das nächste, Doppelhaushälften, langsam ging Aras einen Hügel hoch, blieb stehen, blickte sich um, hinter ihm lief ein junger Mann, einen kleinen Koffer hinter sich her rollend.

Er hatte langes schwarzes Haar, zu einem Dutt gebunden, ein Stirnband hielt jene Haare gefangen, die zu fliehen drohten. Eine schwarze Jacke, eine Trainingshose und Turnschuhe trug er. Der Koffer, den er hinter sich her rollte, passte nicht zum restlichen Bild, silbern schimmernd, als wäre er ihm aufgedrängt worden. Ihn lächelte Aras an. Er lächelte zurück. Als Fremde auf dem Weg in dieselbe Richtung erkannten sie sich, und so kamen sie ins Gespräch, tauschten, wie es sich gehörte, erst ein paar allgemeine Informationen aus, ihre Namen und die Städte, aus denen sie angereist waren, das Studium. Um das Gespräch nicht abebben zu lassen, ergriff Phil die erstmögliche Chance, eine Frage zu stellen: »Jura, das ist echt anstrengend, oder? Also ich meine, nicht nur der ganze Lernstoff, aber auch die Kommilitonen. Warum tust du dir das an?«

Aras entfuhr ein Lachen, über diese Frage war er froh, denn sie bedeutete, dass er eben nicht als der typische Jurastudent wahrgenommen wurde. Auch mit Stipendium fehlte Aras das Geld, ein elitäres Stilbewusstsein zu markieren durch spitz zulaufende Lederschuhe, die Stoffhose, weil gerade von der Segelyacht runtergesprungen und direkt in den Hörsaal geflitzt, oder mal was ganz Verrücktes, eine Bermudashorts im Sommer, das Poloshirt am besten umspielt von einem Pullover, wenn es doch mal kalt werden sollte, die Steppjacke und, nicht zu vergessen, die Überheblichkeit, mit der der eine oder die andere Kommilitonin sich auf dem Campus zur Schau trug. Es war jene Überheblichkeit, die Aras von einigen Mitschüler*innen aus der Schulzeit bereits kannte, sie saß in den Augen, die nie an anderen Menschen zu lang hafteten, sie saß im Körper, in den Gliedmaßen, die selbstverständlich den Raum durchschritten, mit einer leichten Neigung nach vorne, in der Brust, denn dieser Körper beanspruchte mehr Raum, als für ihn notwendig gewesen wäre.

Phils Koffer ratterte, während sie weiterredeten, aufsteigend den Hügel, redeten sie über Phils Studium, Elektrotechnik, Phils WG, unordentlich, Phils Anreise, lang, sie fluchten einige Male, als sie ankamen, anstrengend war der Gang zur Herberge, anstrengend genug, um aus ihnen so etwas wie Freunde zu machen. Der große Parkplatz verdeckte den Eingang, es schien vielmehr mehrere Eingänge zu geben, als wären da ein Haupt- und zahlreiche Nebengebäude, beide liefen sie umher und fanden schließlich jenen Eingang, der sie auch direkt zur Rezeption führen würde. Die Schlüssel für ihre Zimmer nahmen sie in Empfang. Sie trennten sich.

Aras ging die langen Gänge, Glasfenster, groß, entlang. Bevor er in den Seminarraum gehen würde, wäre da noch ein Mittagessen. Auf die Uhr schaute Aras, eine halbe Stunde bis dahin, das erste Treffen, bevor sie in einem Stuhlkreis sitzen würden, vorne wäre eine PowerPoint-Präsentation, die den Titel der Stiftung trüge. Heute würden sie nicht nur die Entstehungsgeschichte der Stiftung kennenlernen, sondern auch wie sie sich engagieren könnten und wie für ihren Erasmus-Aufenthalt zusätzliche Förderung zu beantragen sei.

Nur dreimal war Aras im Ausland gewesen, seitdem er in Deutschland lebte. Einmal in der Türkei, wo seine Familie aus Syrien über die Grenze angefahren kam, sie in einem Ferienhaus vier Wochen gemeinsam Zeit verbrachten. Einmal in Frankreich mit einem Freund, über Silvester. An der Grenze wurden sie angehalten, um zu überprüfen, ob sie nicht illegale Flüchtlinge wären, und einmal auf Mallorca mit seiner Rhea, fernab der Touristenmeile, hatte er sich einen Sonnenbrand an den Füßen geholt. Ins Ausland wollte Aras unbedingt. Es machte sich sicher gut in seinem Lebenslauf, an die Botschaft in Jordanien oder Beirut dachte er. Den Besuch in Syrien vor einigen Jahren zählte er nicht mit.

In seinem Zimmer war ein weiteres Bett, eine Tasche war daran gelehnt. Zurück warf Aras sich aufs Bett, die Arme nach hinten über die Schultern, den Kopf ausgestreckt, Schlaf, aber keine Zeit, zur Decke blickte er. Bestimmt war es das Regime, das sie verfolgt hatte, hatte sein Cousin sie verraten, vielleicht deshalb der Traum. Ein Jahr, dachte Aras, ein Jahr, in einem Jahr ist nichts gewonnen und nichts verloren. Das Blatt konnte sich noch wenden. Die Menschen gingen noch auf die Straße, hier, dort. Die Bilder, Videos der heutigen Demonstrationen, die ihm Haidar geschickt hatte, seine Timeline hatte er sich heute noch nicht angeschaut, zu früh. Die Augen schloss er, hörte kein Geräusch, spürte seine eigene Abwesenheit ihn traurig machen.

In der Kantine, ein Tresen auf der einen Seite, in der Mitte eine Salatinsel, die Küchenhilfe erinnerte Aras an Frau Sabouni. Letztes Jahr, da hatten sie sich noch einige Male gesehen, euphorisch hatten sie sich immer wieder begrüßt, wenn Aras sich vor dem Bibliotheksgang einen Kaffee gekauft hatte. Die Euphorie war bei Frau Sabouni jedoch schneller vergangen, das letzte Mal hatte sie ihm auch das Lachen geraubt. »Was macht ein Homsi auf einer Demonstration?«, setzte sie zum Witz an, hatte Aras gedacht. Ohne seine Antwort abzuwarten, sagte sie: »Sterben.«

Das Hühnerfrikassee mit Erbsen, Möhren und Langkornreis, der Leberkäse in Soße mit Petersilienkartoffeln und Sauerkraut, die Currywurst mit Wellenschnittpommes standen zur Auswahl. Hühnerfrikassee sprach zu Aras, der Langkornreis weniger, der Leberkäse zog ihn an, Sauerkraut schreckte ihn ab, und Currywurst ging immer, aber warum es Wellenschnittpommes sein mussten, das verstand er nicht. Für den Leberkäse entschied er sich, da wären noch die Kartoffeln dabei, das Sauerkraut würde er einfach nicht essen. Er blickte in den Essbereich, in der Hoffnung, erkennen zu können, wer seine Gruppe sei, nicht viele waren da, ein Schildchen auf mehreren Tischen gab zu erkennen »Stipendiat/Innen«, da saßen schon drei, unter anderem Phil. Neben ihm waren Karl, der Maschinenbau studierte, und Sabrina, Kommunikationswissenschaften. Sie diskutierten darüber, ob die SPD noch eine wählbare Option wäre, denn Hartz IV und die Verabschiedung der Rente mit 67 seien nicht die Politik einer linken Partei. Sabrina, die selbst Mitglied der SPD war, hielt dagegen, erklärte, die Fehler der Partei lägen an ihrer Kompromissbereitschaft, zwischen Markt und Sozialpolitik, man könne und solle eine Partei mit einer so langen Tradition nicht einfach abschreiben. Aras, der sich bis zum Schluss rausgehalten hatte, beendete die Diskussion mit der Frage: »Wer hat uns verraten?«, was eigentlich als Witz gemeint war, aber von Sabrina nicht als solcher aufgefasst wurde, weshalb sie alle schweigend weiteraßen. Ihr Referatsleiter setzte sich dazu, zwei Teller, Hühnerfrikassee und Salat, fragte, wie ihre Anreise gewesen sei.

Waldemar, das schüttere Haar nach hinten gekämmt, stand kurz vor der Rente, dies würde er später in der Vorstellungsrunde erzählen, aufgewachsen sei er in Leipzig, hatte Psychologie studiert, natürlich auch Marxismus und

Leninismus, abgebrochen und war dann in den Westen geflohen. Nach der Wende habe er sich bei der Gewerkschaft engagiert, was ihm dann schließlich den Job bei der Stiftung verschafft hätte. In eben dieser Vorstellungsrunde würde Aras erzählen, dass er in Syrien geboren und in Deutschland aufgewachsen sei, Politik schon immer eine Rolle in seinem Leben gespielt habe, er Jura studiere.

Für einen kurzen Moment, wie immer in letzter Zeit, würde er ein Schweigen über sich ruhen spüren, wie ein Wort den Raum kurz in Ohnmacht versetzen konnte, Stille, wie es oft geschah, sobald dieses Wort fiel, zumindest bildete sich Aras das ein. Dass dieses Wort ein Gespräch nach sich ziehen würde, wahrscheinlich am Abend, wenn sie alle beisammensaßen und ein Bier tranken, das wusste Aras, und so kam es auch. Nachdem sich alle vorgestellt hatten, die Präsentationen gehalten worden waren, die Fragen gestellt, die Antworten gegeben, erklärte ihnen Waldemar, dass der heutige Abend von der Stiftung übernommen werden würde, was nicht hieße, dass sie morgen nicht trotzdem früh aufstehen müssten, denn wer saufen könne, könne auch arbeiten.

So saßen sie in der Bar, an einem langen Tisch, tranken, diskutierten, erzählten von ihrem Studium und wo sie aufgewachsen waren, als wieder Syrien fiel. Für einen kurzen Augenblick, die Stimmung um Aras veränderte sich, nicht direkt zu fassen, etwas, was es zu überbrücken galt, und für diese Verschiebung der Verhältnisse hatte Aras Verständnis. Ein Land, von dem die meisten nie etwas gehört hatten, bis es sich in die tiefste Krise seiner bisherigen Geschichte gestürzt hatte. Natürlich wurde direkt anschließend der Fragenkatalog ausgepackt, seit einigen Monaten, stets dem gleichen Muster folgend:

Jemand: Woher kommst du eigentlich?

Aras: Aus Syrien.

Jemand: Oh.

Aras: Ja.

Jemand: Seit wann lebst du hier?

Aras: Seit 12 Jahren.

Jemand: Das ist ja gar nicht so lang. / Das ist ja eine Weile.

Aras: Ja, ach, die Zeit vergeht wie im Flug.

Jemand: Hast du Familie dort?

Aras: Ja.

Jemand: Und wie geht es ihnen?

Aras: Niemand ist verletzt, ihnen geht es so weit gut. Ein Teil der Familie ist im Norden, da ist es ein wenig ruhiger.

Jemand: Was denkst du, wie lange sich Assad noch halten wird?

Aras: Das ist schwer zu sagen. Alle bisherigen Proteste in der Region haben zu einem schnellen Amtsabtritt geführt. Manche meinen, das Assad-Regime sei zu Beginn noch kompromissbereit gewesen, andere wiederum, dass es nie einen Kompromiss in Erwägung gezogen habe und bis zum bitteren Ende an der Macht festhalten wird.

Ein solches Gespräch, das wusste Aras, konnte zu jedem Anlass stattfinden: ein Grillabend bei Freund:innen, im Urlaub, in der Straßenbahn, in einem Seminar, in einer Bar, in einem Club. Einmal hatte ihn ein Mann im Park vor ihrer Tür angesprochen, weil Aras Mila nicht an der Leine geführt hatte, hatte gefragt, woher Aras käme, und dann folgte das »Oh« auf die Antwort.

Die immer gleiche Abfolge von Fragen nach der Herkunft, nach der Familie und nach seiner politischen Einschätzung führte dazu, dass, je nachdem, wer die Fragen stellte, mal mehr, mal weniger erklärt werden musste. Einerseits wurde Aras dadurch immer wieder bewusst, wie wenig über Syrien bekannt war, und andererseits fühlte sich die Wiederholung der immer gleichen Erklärungen wie auswendig gelernt an. Es war ihm eine Aufgabe zu erklären, aufgetragen, weil, so schien es, als sei ihm mehr bekannt, und dann fiel es ihm schwer, die Überzeugung in der Stimme, bei den ständigen Wiederholungen, zu wahren. Um überzeugend zu klingen, legte er daher immer noch ein bisschen mehr Gefühl hinein, immer ein bisschen mehr Dringlichkeit, die er gewiss verspürte, aber von der er nicht wusste, woher sie stammte und wie es sein konnte, dass sie so einfach mitschwang, als sei sie schon immer Teil seiner Stimme gewesen. Manchmal, das wusste Aras, musste die Dringlichkeit unterdrückt werden, ruhig, rational wirken, denn mit Dringlichkeit käme er bei dieser einen Person argumentativ nicht weit.

Irgendwann stellte sich ihm die Frage, ob diese Gefühle, Schmerz, die Hoffnung, Sehnsucht, die Unruhe, Angst, überhaupt seine eigenen waren. Schließlich war er hier, in Deutschland, knapp dreitausend Kilometer entfernt, keine Gefahr drohte ihm, sie würde ihm auch in Zukunft nicht drohen, denn nach Syrien zurückkehren hatte er nicht vor. Im Falle einer geglückten Revolution würde er genauso wenig verlieren wie gewinnen. Den meisten seiner Verwandten in Syrien stand er nicht sonderlich nahe, von einigen hatte er die Namen schon lange vergessen oder erst gar nicht gekannt. Aus politischer Sicht war die Sache für Aras wesentlich klarer: Die Menschen in Syrien wollten das Ende der Diktatur. Eine berechtigte Forderung, auch wenn er manchmal daran verzweifelte, wem diese Forderung in die Hände spielte und welches Ende Syrien bevorstand, sollte es zu einer Intervention kommen. Aber die Intervention, sie ließ auf sich warten, und hoffend abzuwarten wurde ein integraler Bestandteil seines Lebens.

Wenn ein solches Gespräch angestoßen wurde, dann gab es eine gewisse Zeit, die es dem Thema zu widmen galt, aus Respekt, wie es für Aras den Eindruck machte, das Gespräch würde er in Zukunft immer früher beenden, denn in ein paar Jahren würde die Situation mehr nach einem Patt aussehen als je zuvor. Auch erschienen ihm die Situationen, in denen ein solches Gespräch aufkam, nicht geeignet, um die Situation in Syrien in all ihrer notwendigen Ausführlichkeit zu analysieren und daraus Schlüsse zu ziehen. Manchmal erinnerte es ihn an den Schulunterricht, wenn sie in Politik über ein fremdes Land sprachen und die Lage als komplex beschrieben wurde, die zahlreichen Rebellengruppen, die ethnischen und religiösen Minderheiten, die internationalen Beteiligten und die Ressourcen vor Ort, sie schienen sich jeglicher Analyse zu entziehen, das Fazit würde immer wieder aufs Neue heißen, dies sei eine neue Form des Krieges. Das Rituelle eines derartigen Gesprächs hatte Aras daher schnell verinnerlicht, weil es selten Variationen gab, der immer gleiche Ablauf an Fragen, es führte dazu, dass er an der Authentizität des Mitgefühls seines Gegenübers zweifelte, seine Antworten unterstrichen in seinen Augen nur die Absurdität der Situation, er kam sich dabei selbst lächerlich vor, als hätten die Schlüsse, die er zog, irgendeine Konsequenz.

In Allgemeinplätzen verblieb Aras also, erklärte Zusammenhänge oberflächlich: dass die ersten Forderungen nicht der Sturz des Regimes waren, sondern die Freilassung von Kindern, ein neues Parteiengesetz, das Ende der Notstandsgesetze. Dass es kurz so aussah, als würden Reformen in Erwägung gezogen werden. Dass erst die kleinen Städte protestiert hatten und die Großen auf sich warten ließen, weil sie wirtschaftlich vom Regime abhängiger waren. Dass die gewaltvolle Antwort auf die Demonstrationen zu Desertionen geführt hatte und diese Soldaten wiederum nur die Sprache der Gewalt kannten, denn dem Kolonialisierten blieb nur die Gewalt, wenn er schon alles andere verloren hatte, hatte doch Fanon schon festgestellt. Dass es ein Zirkel war: Je mehr Tote, desto mehr trauerten und protestierten am darauffolgenden Freitag. Dass die ethnische und religiöse Segregation des syrischen Staates zwangsläufig auch zu einer politisch-sozialen führte, gerade weil jegliche andere Opposition vor Jahrzehnten in den Gefängnissen des Regimes verschwunden war. Dass die Revolution in Syrien wahrscheinlich nur militärisch gewonnen werden konnte, weil das Regime selbst keine andere Alternative akzeptierte: Assad oder wir brennen das Land nieder. Dass trotz der zahlreichen Toten Assads Rücktritt international viel zu spät gefordert wurde.

Während derlei von ihm aufgezählt wurde, füllte sich sein Kopf mit Details, die sich nicht einfach aussprechen ließen, die wesentlich mehr Gewicht in sich trugen: Gesang und Tanz auf öffentlichen Plätzen, während er sich zwang, die eigene Trauer zu unterdrücken, der tote Körper von Hamza al-Khatib, Tage, an denen er Revolutionslieder summte, eine Frau, die nach ihrem Kind rief, während ihre Peiniger sie auslachten, Menschen auf den Straßen bewegten sich schnell in verschiedene Richtungen, Schüsse, einige Körper fielen, Verletzte, die getragen wurden, Ärzte, die sich über Patienten beugten, Soldaten mit geschulterten Gewehren, die von Fahnenflucht sprachen, die Straße, in der sie gelebt hatten, voll mit Menschen, er suchte nach bekannten Gesichtern.

An diesem Abend wollte er nicht lange über Syrien reden. Homs hatte der Belagerung nicht standgehalten und war wieder fast vollständig in die Hände des Regimes gefallen. So erklärte er das Gespräch nach einer halben Stunde für beendet, müde sei er, man solle ihm bitte den Joint rüberreichen. Der erste Zug, der bekannte Geschmack, noch ein Zug, ein dichter Nebel, sein Bein fühlte sich schwer an, noch ein Zug. An der linken Seite seines Oberschenkels wurde es heiß, mit der Handfläche strich er darüber.

An den Katzenkönig dachte Aras, sein Cousin war nicht Täter, oder, anders gesagt, sein Cousin war nicht selbst voll verantwortlicher Vorsatztäter der Tat, hoffte Aras, auch wenn offen stand, wen er denn verraten hatte. Ein mittelbarer Täter wäre er nicht, wie H, die R durch gezielte Täuschungen und Irrglauben dahingehend beeinflusst hatte, eine N zu töten, als Opfer für den Katzenkönig, um die Welt zu retten. Er wäre mit einem vermeidbaren Verbotsirrtum schuldig gesprochen. H war die mittelbare Täterin, H hatte die Willensherrschaft. Assad hatte die Willensherrschaft kraft organisatorischer Machtapparate. Aber als Jurist konnte Aras so ungenau nicht sein. Ob sein Cousin jemanden durch seinen Verrat überhaupt in Gefahr gebracht hatte, ob seinetwegen jemand gefangen genommen, eventuell gefoltert worden war, vielleicht unter Folter andere verraten hatte, selbst dabei gestorben war oder jemand, den der Verratene verraten hatte, dabei ums Leben gekommen sei, das war eine Frage der Wahrscheinlichkeit, die so nicht zu klären wäre. Dass er in diesem Augenblick alles aufeinander bezog, lag wahrscheinlich auch am Gras.

Aus der Runde verabschiedete sich Aras, das iPhone in der Hand, die Bilder von Haidar, die Timeline, sie warteten, sie haben lange genug gewartet, warten müssen. Ein ganzes Selbstverständnis verbarg sich hinter dem Akt, die Bilder warten zu lassen, aber sie sehen zu wollen, einen inneren

Drang zu verspüren, sie sehen zu müssen. Rhea hatte ihm drei Bilder geschickt. Ihre neue Frisur, zwei Bilder von der Demonstration. Seine Mutter hatte sich wie bei einem Fußballspiel die syrische Fahne, die Fahne der Revolution, auf die Wangen gemalt, grün, drei rote Sterne auf weiß, schwarz, ihre Wangen waren rund, die Fahne gegen das osmanische Reich, aus der Feder der späteren Kolonialherren, dann auch gegen die Kolonialherren. Das zweite Foto zeigte, wie Lamia die Flyer verteilte. »Wie viele waren da?«, war eine Nachricht an Rhea.

Am Ende schüttelte Aras den Kopf und sagte sich, all das ergebe keinen Sinn, so wenig wie Şahmarans Tod, halb Frau, halb Schlange, Weisheit und Geheimnis in einem Körper. Er hatte sich die Geschichte als Kind so oft erzählen lassen: Şahmaran würde sich opfern lassen, damit ihr Geliebter überlebt, sie wurde zu einer Suppe verkocht, um den Wesir zu töten und den Sultan zu heilen. Honig war der Anfang. Das Wissen wie die Unkenntnis schlossen den einen ein und den anderen aus. Aras stand vor seiner Zimmertür, den Schlüssel in der einen Hand, der Beweis seiner Trauer in der anderen.

2013 – Den Prozess in Gang bringen

Das Pflaster war uneben, an einigen Stellen hatten sich die Wurzeln den Weg nach oben erkämpft, die Pflastersteinplatten aufgebrochen, Moos, an den Rändern, umgarnte den Stein. Dann eine Straße, keine Autos, Fahrradstangen, wenige Fahrräder, eine Treppe, ein Geländer, Metall. Eine braune Steinfassade, die ein Seufzen in Aras hervorbrachte. Dieses Gebäude wurde von ihm gehasst und weil er es so sehr hasste, diesen Anblick, diese raue Steinfassade, hasste er auch alles um ihn herum, ein bisschen auch sich selbst. Er war nicht allein, wahrscheinlich auch nicht mit diesem Hass. Das Pflaster neben ihm machte Platz für seine Mutter und seine ehemalige Deutschlehrerin. »Danke, dass Sie mitgekommen sind. Das bedeutet uns wirklich sehr viel!«, sagte Aras zu Frau Hoffmann. Er war dankbar, er nickte.

Frau Hoffmann war eine groß gewachsene Frau, kurze graue Locken, ihre Tränensäcke waren angeschwollen, die Nächte wurden kürzer mit dem Alter. Sie hatte ein langes, faltiges Gesicht und eine leicht gebeugte Haltung, nicht durch den Druck, den Schulalltag und den dazugehörigen Stress. Die meisten Schülerinnen und Schüler waren klein, wie sie in ihren Stühlen vor ihr saßen. Sie hatte sich angewöhnt, nicht auf sie hinabzusprechen. Aras hatte sich bei ihr wahrscheinlich ein paar hundertmal bedankt, und sie hatte ihn gebeten, sie zu duzen. Aber es war zu früh, und in Aras'

Kopf war sie immer noch seine Deutschlehrerin, eine Respektsperson. »Ich mache das doch gerne!«, antwortete Frau Hoffmann.

Seine Mutter stand daneben, in den Händen eine Mappe mit reichlich Papier. Frau Hoffmann wandte sich an Nadia: »Ich weiß nicht, ob Aras Ihnen das erzählt hat, aber ich habe tatsächlich mit meiner Familie einmal Urlaub in Aleppo gemacht. Eine außerordentlich schöne Stadt, wunderschöne Stadt.« Nadia neigte den Kopf und fragte: »Waren Sie am Schloss?« – Zitadelle, korrigierte sie Aras. »Ja, natürlich. Ich habe gehört, sie wurde zerstört.« – »Nur die Rückseite«, antwortete Aras. »Nur die Rückseite«, nickte Nadia.

Als kleiner Junge hatte sich Aras dort regelmäßig verlaufen, in der Zitadelle, immer auf der Suche nach einem neuen Schauplatz, einmal mit einem seiner Cousins, sie hatten den Hügel gesucht, auf dem Abraham angeblich eine Kuh gemolken hatte, weshalb die Stadt, in der sie lebten, Halab hieß, weiß wie die Milch, die gemolken wurde. Sich in der Zitadelle zu verlaufen war so etwas wie ein Ritual, darin verschwamm die Zeit, jedes Mal gab es etwas zu entdecken. Einmal, mit einem anderen Cousin, fanden sie das Grab von Salah al-Dins drittem Sohn. Ein andermal kletterten sie in die Kerker, in die früher Säure gekippt wurde. Die Suche führte sie auch irgendwann in die Thronhalle, einer von zwei Räumen, die noch im Original erhalten waren, dass es sich wirklich um die Originaleinrichtung handle, daran glaubte niemand. Aber die Muster, die Geometrie, Aras hatte sich gesetzt und versucht, die Quadrate, Dreiecke, die Abfolge zu zählen, doch es nahm kein Ende. Die Zitadelle war ihm ein riesiges Labyrinth, ein Abenteuerspielplatz, nie würde er dort verloren gehen, von anderen Besuchern, die es gewohnt waren, Kinder ohne Eltern zu erspähen, wurde Aras immer am

Haupteingang abgegeben, wo er mit den Wärtern wartete, dort konnte er sich die Schlachten vorstellen, in denen die Zitadelle nie eingenommen worden war, weil der Graben schlicht zu tief gewesen war, bis seine Familie wieder herauskam und er sich ihnen anschließen musste. Dass die Zitadelle weiter in Mitleidenschaft geraten würde, war ihnen zu diesem Zeitpunkt noch nicht bewusst, und dass die zunehmende Zerstörung der Stadt nur die verkehrte Vorhersage einer Vergangenheit gleichen würde, in der der Kosename Aleppos *al-Shaba'*, das Weiße gemischt mit dem Schwarzen, damals den Marmor meinte und nun die Asche und den Schutt.

Der Boden bot seinen festen, unebenen Grund anderen, umherstehenden Menschen an. Ihre Blicke wurden von Uhren an Handgelenken, auf Handys angezogen, nervöse Blicke. Zigaretten fanden sich in manchen Mündern wieder, wiederum andere unterhielten sich mit ihrer Begleitperson. Allein waren die wenigsten, die, die allein gekommen waren, blickten sich um, um allein hier zu sein, brauchte es starke Nerven, dachte Aras, lächelte ihnen zu. Die Vergabe von Terminen würde erst noch eingeführt werden, dann würde das eigene Telefon einen jeden in eine Warteschleife leiten, alphabetisch sortiert.

Die Türen öffneten sich, wer direkt vor ihnen stand, den metallenen Türen, wurde verschluckt. Wer zuerst gemahlen wurde, kam zuerst, die Mühlen mahlten langsam. Der Eingang empfing Frau Hoffmann, Aras und Nadia. Ihr Gang war langsam, ein Gang, nicht gehetzt, nicht voreilig, nicht widerwillig, nicht ohne Bestimmung, aber ohne allzu großes Vertrauen. Der Boden gab ihre Schritte wieder, gefliest, ein Empfangstresen stand direkt gegenüber der Eingangstür, zur Rechten ging es zum Bürgeramt, ihr Weg führte sie nach links, die Treppe hoch. Das Silikon am Treppengeländer war rot, abgenutzt. Die Tür, der sie nun gegenüberstanden, war mintgrün, die Klinke silbern, von Ringen abgewälzt. Um sich herum versammelte die Tür fünf Personen. Eine Reihenfolge war nicht ersichtlich. Aras merkte sich die Gesichter, in der Hoffnung, dass die Gesichter, und vielleicht auch die Tür, sich sein Gesicht merken würden, wenn das sechste Gesicht käme, um deutlich zu machen, wer später als Nächstes dran wäre.

Das letzte Mal hatte dieses Gebäude Aras vor vier Jahren verabschiedet, und er hatte geglaubt, es wäre wirklich das letzte Mal, es war ein glücklicher Abschied, dabei war er kein leichtgläubiger Mensch. Als sich also jeden Freitag Spruch um Spruch ein Toter zu den Gesängen gesellte. Als Städte von Strom, Wasser und jeglicher Kommunikation abgeschnitten wurden, immer mehr Verhaftungen folgten, immer mehr verschwanden. Als sich der Diktator, der sein eigenes Volk als zu ungebildet für Reformen bezeichnete, dafür entschied, die Revolution mit kugelhageldichtem Himmel zu ersticken, Assad oder wir brennen das Land nieder, sprachen die Wände, Assad bis zur Ewigkeit, sprachen sie immer wieder. Als Soldaten, die nicht auf ihre Brüder und Schwestern, auf ihre Freundinnen, Nachbarn und Verwandten feuern wollten, sich zur Freien Syrischen Armee zusammenschlossen, während Nadia abwechselnd vor dem Computerbildschirm saß oder auf der Straße, vor Botschaften, Landtagsgebäuden oder dem Reichstag stand, in der Hoffnung, die eine Nachricht zu hören, die alles beenden würde. Da wurde Aras klar, dass es nicht lange dauern konnte, ehe dieses Gebäude seinen Blick wieder einnehmen würde, und nun, nach zwei Jahren, war es der Fall, Abschiede sind nie für immer.

Während also die Europäische Union am selben Tag, an einem Tag wie diesem, darüber debattierte, ob die syrischen

Rebellen mit Waffen beliefert werden sollten, Deutschland hielt es für keine gute Idee, denn es würde nur bedeuten, dass auch die Gegenseite sich ebenfalls weiter aufrüsten würde, bot das Geländer gegenüber der mintfarbenen Tür Aras ein wenig Halt. Die Fliesen zu seinen Füßen bereiteten ihm Sorgen. Sie nahmen seine Aufmerksamkeit ein, schwarz waren sie, an einigen Stellen gerissen, gespalten, ob irgendwer sich gegen ihre Macht gewehrt hatte, wütend mit den Füßen diesen Ort zerstören wollte, immer wieder, immer wieder andere, ein kläglicher Versuch. Ob die Risse ein Beweis waren, dass hier die Polizei mit dem Boden einen Pakt geschlossen hatte, dem Boden immer wieder verschiedene Gesichter anbot, und der Boden, im Gegenzug, die Härte der Staatsgewalt ausübte, Aras' Blickfeld füllte sich rot.

Neben ihm unterhielten sich Nadia und Frau Hoffmann. »Kannst du bitte übersetzen?«, bat ihn seine Mutter: »Ein Mann steht vor Gericht, und die drei Richter haben ein Todesurteil ausgesprochen.« Aras übersetzte. »Ihm wurde noch ein letzter Wunsch gewährt, wie das oft üblich ist. Normalerweise wünschen sich die meisten, die Mutter wiederzusehen, Essen, derlei. Der Mann aber dachte, er sei clever, und wünschte sich, Deutsch zu lernen«, Nadia baute sich für die Pointe ein wenig auf. »Der erste Richter sagte: ›Nein, diesen Wunsch können wir ihm nicht erlauben.‹ Der zweite Richter stimmte zu: ›Es wird viel zu lange dauern. Es wird nie zur Urteilsvollstreckung kommen‹«, Aras fiel ein, dass er den Witz bereits kannte, und machte sich für Frau Hoffmanns Reaktion bereit. »Der dritte Richter sagte: ›Wir sollten ihm den Wunsch gewähren. Er wird das Todesurteil dann selbst verrichten‹«, die umstehenden Menschen, die Aras wieder in den Sinn kamen, stimmten in das Lachen von

Frau Hoffmann ein. »Den werde ich meinen Schülern erzählen«, sie lachte. »Köstlich.«

Eine Stille überkam sie, als die Umherstehenden wieder realisierten, wo sie waren, sie schauten sich wissend in die Augen. »Wann wart ihr das letzte Mal dort?«, fragte Frau Hoffmann, um die Stille zu durchbrechen, die für sie keinen Anlass hatte. »Meine Mutter war jetzt mehr als dreizehn Jahre nicht mehr dort. Ich war ein Jahr vor der Revolution zu Besuch, glaube ich. Im Sommer.« Vor kurzem erst hatte er sich die Bilder aus dem Urlaub angeschaut. Es waren keine Urlaubsbilder mehr, überlagert, mit einer Schwere, die einen anzog in die Tiefe. Aras hatte nie Höhenangst, aber Angst davor zu fallen. Er fragte sich, ob die Schwere eine Sehnsucht war, doch ohne den Schmerz würde er sich sicher nicht danach fühlen.

Das Geländer trug seinen Blick nach unten, und er meinte zu sehen, dass es noch drei Etagen tiefer ging, dabei waren sie nur eine gestiegen. Bevor er dem Rätsel nachgehen konnte, ging hinter ihm die Tür auf. Zwei Personen gab die Tür preis, zwei nahm sie auf. Aras' Telefon meldete sich in der Hosentasche. Khalid fragte: »Kommst du heute zur Kundgebung?«, worauf Aras' Finger eine Antwort eintippten, dass er gerne kommen würde, aber noch nicht wisse, wie lange es dauern würde. Khalid wünschte ihm viel Erfolg.

Drei Personen waren noch vor ihnen, eine hatte einen großen Briefumschlag in der Hand, eine andere hatte ihr Papier in einer Klarsichtfolie, die letzte in einer weißen Plastikmappe. Die weiße Plastikmappe erinnerte Aras an die Milch, an Khalid, im Lidl, Khalid hatte die Milch gesucht, während Aras sich noch mal die Einkaufsliste von Nadia am Telefon hatte aufsagen lassen, Joghurt, zehn Prozent Fett, den gab es nun endlich auch bei Lidl, nicht nur beim Türken, zu dem man eine halbe Stunde in die Stadt fahren musste, Gurke, Tomaten, die großen, Knoblauch, kleine Zwiebeln, sie wollten grillen. Khalid war Aras ein paar Gänge gefolgt, dann auf ihn zugegangen, humpelnd, fragte, ob Aras aus Aleppo sei. Diese Frage, im Lidl, Aras nickte überrascht, nickte nur, dass jemand ihn so erkennen würde. Khalid erzählte, er wäre in einem Hotel in der Nähe untergebracht, er warte auf seinen OP-Termin, er sei vor vier Tagen aus Syrien gelandet, hier, mit einem medizinischen Visum, er brauche Hilfe, er könne weder Deutsch noch Englisch, er wisse nicht einmal, wo hier die Milch sei, noch kenne er irgendwen in dieser Stadt. Aras dachte nur, Khalid sei ein Wunder, und schreckte vor ihm zurück, wusste nicht, was er antworten sollte, zeigte ihm die Milch, ging, kam wieder und lud ihn ein zum Grillen.

Im Gemeinschaftsgarten saßen sie dann, Khalid, war nun Aras aufgefallen, sah aus wie ein typischer arabischer Künstler, Locken hatte er, ein roter Schal umschlang seinen Hals, obwohl es Sommer war, eine Röhrenjeans trug er, mit Stiefeln, schwarz. Er erzählte, er sei bei einer Demonstration angeschossen worden, ins Bein, und Fremde hätten ihn davongetragen, er sei im Delirium gewesen, irgendwann sei er in Beirut aufgewacht, man habe ihm erzählt, dass er nach Deutschland fliegen würde, um operiert zu werden. Wer all dies für ihn arrangiert hätte, wisse er nicht, ein Engel müsse es gewesen sein. Man hätte ihn verhaften wollen, seine Schüler seien erschossen worden, die Sonne schien, das Essen, Kebab, Berouaz, gegrillte Zwiebeln, Mtabbal vor ihnen, Mila rannte um sie herum, bellte ab und zu als Bitte, jemand möge doch ein Stöckchen werfen.

Khalid erzählte, als würde er die Einrichtung seines Ateliers beschreiben, da stand die Leinwand, Aras saß ihm gegenüber, und es war, als würde er jede einzelne Sekunde inhalieren, er stellte sich vor, wie Khalid auf einer Trage davongetragen wurde, in einer Straße, die mit Steinen übersät war, in der Rauch aufstieg, Schüsse fielen. Kaum erreichte Khalid eine Pause, riss er die Augen auf, die Beine zitterten, ein Starren ins Leere. Wahrscheinlich gab es keine Trage, wahrscheinlich hatten die Fremden Khalid untergehakt und ihn hinter sich hergeschleppt, die Beine schleiften am Boden. Niemand an diesem Tisch würde je wissen, wie Khalid davongetragen wurde. Ob er Asyl beantragen wolle? Er würde sicher Politisches bekommen. In Deutschland wolle er nicht bleiben, hier kenne er niemanden, in Schweden, da wäre zumindest sein ältester Bruder, der sei schon in den Achtzigern nach Schweden ausgewandert.

Da waren noch die Tische, Arbeitstische, mit dieser Stimme erzählte er, dass er Waffen gekauft hätte. Er habe mit seinem Vater darüber gestritten, und einmal waren sie sogar da, sie, die shabi7a, sie hätten das Haus durchsucht, einmal wäre er beinahe erwischt worden, zum Glück hatten sie den Dachboden vergessen, dort waren die Waffen versteckt. Eine Pause, die Arbeitstische standen am Rand, in der Mitte war immer das Bild, an dem er arbeitete, Farben, Stoff, Holz, überall verstreut in den Ecken, an den Wänden noch mehr Bilder. Sein Schüler habe Milch kaufen wollen, ganz kurz, Khalids Mutter hätte ihn gebeten, der Schüler wäre sofort aufgesprungen, hätte noch gesagt, er sei sofort wieder zurück. Er verspätete sich, Khalid habe sich nichts dabei gedacht, vielleicht wäre er aufgehalten worden von einem Freund, der ihn um einen Gefallen bat, von einem Nachbarsmädchen, in die er vielleicht verliebt war, die Araber verlaufen sich im Alltag und lassen sich ja bekanntlich Zeit, schnell, was ist das schon. Aber der Schüler sei nicht zurückgekommen. Der Bruder seines Schülers habe Khalid am Abend angerufen. Er sei tot, sein Schüler, mein Bruder. Erschossen. Am helllichten Tag, ein Scharfschütze. Er starb mit der Milch in der Hand. Ohne den Tod romantisch verklären zu wollen, sagte Khalid, mit der Milch in der Hand, so fand man ihn. Er habe mehrere Wochen nicht mit seiner Mutter sprechen können. Er habe so viele sterben sehen, vor seinen Augen, als sei Krieg, aber es gab keine Soldaten. Er habe einen Krieg erlebt, den man nicht einmal Krieg nennen würde. Niemand am Tisch ahnte, dass sich in den darauffolgenden Jahren kein anderes Wort mehr finden lassen würde als das Wort Krieg, zumindest auf Deutsch.

In Aras' Kopf mischten sich die Erzählungen von Khalid mit jenen von Haidar, dem er schrieb und der nur sporadisch antwortete, mal weil der Strom ausfiel, das Internet, weil es keine Zeit gab, weil die Zeit, die es gab, in der musste das Nötigste zum Leben erledigt werden, die Milch. Während Khalid vor Aras saß, dachte Aras an Haidar und wann Haidar wohl vor ihm sitzen würde, denn es war nur noch eine Frage der Zeit. Die Hoffnung auf einen Sturz war nicht vergangen, sie war einer Zuversicht gewichen, dass es ein langer Kampf sein wird, entbehrungsreich. In seinem Kopf würden noch andere auftauchen, die auch vor seinen Augen sich zeigten, die noch mehr Geschichten erzählten, Geschichten gab es genug. Es war einfacher zu denken, dass es nur Geschichten waren.

Ein Knallen, Nadia schrie auf, Aras drehte sich um, die Tür war zugefallen. Er fragte sie, ob alles in Ordnung sei. »Ja, ja. Alles gut«, sie sei in letzter Zeit ein wenig schreckhafter als sonst. »Noch zwei«, sagte Aras in den Raum hinein, als könnte Nadia nicht zählen und Frau Hoffmann nicht sehen. Er fing an, die Haut an seinen Fingernägeln abzureißen, dabei ließ er die kleinen Hautstückchen zwischen dem Geländer und der Treppe nach unten fallen, drei Stockwerke. Der Blick nach unten, die Treppen erinnerten ihn an das Gebäude des Geheimdienstes. Im Keller, hatte der Beamte gesagt, da würde es fließen, was fließen würde, das sagte er nicht. Nadia strich ihm über die Hände. Was sie oft tat, denn sie hielt es für eine schlechte Angewohnheit, es sah einfach nicht schön aus in ihren Augen.

Ihre Augen hatten in den letzten zwei Jahren viel Unschönes gesehen. Wenn das erste Opfer des Krieges die Wahrheit sei, so war Nadia sich sicher, dass die Wahrheit noch quicklebendig war. Sie kannte die Propaganda des Regimes, es war eine manchmal plumpe und selten raffinierte, aber für sie immer eine durchschaubare. Ganz am Anfang der Revolution gab es eine Mutter, die in ein Krankenhaus gebeten wurde, um ihre Tochter zu identifizieren. Der Körper der Tochter war verstümmelt, ihr Gesicht auch. Die Mutter nahm den Körper und gab ihm zurück, was er nicht mehr besaß, ein wenig Würde. Die Opposition sah jede Verletzung auf dem Körper als Beweis für die Monstrosität des Regimes.

Die Fotos, Vorher-, Nachher-Bilder, hatte Nadia sich genau angeschaut: Das erste war ein Porträt, ein junges Mädchen, sie hatte lange gewellte braune Haare, eine Spange, braune Augen, eine große Nase. Das Bild war bearbeitet, ihre Haut war weiß, sie strahlte, sie strahlte wie die Sonne, so dass man kaum auch nur die Lachfalten sehen konnte. Die anderen Bilder, die Augen blau unterlaufen, die Lippen angeschwollen, der Körper geschmückt mit blauen Flecken, an einigen Stellen lila, braun, Wunden, rund, von Zigarettenstummeln, mit Blitz geschossen, alles etwas graugelb, blass, drei Fußnägel und vier Fingernägel fehlten, das Fleisch rosa, eitrig, dreckig.

Wenige Wochen später erschien ein Mädchen im Fernsehen, sie behauptete eben jenes Mädchen zu sein, dieser vermeintliche Beweis, was den Töchtern Syriens durch das syrische Regime angetan würde. Sie erzählte, dass sie vor ihren Eltern davongelaufen sei, weil sie sie geschlagen hätten, weil sie sie verheiraten wollten, weil ihre Brüder sie misshandelt hätten. Obwohl sie aus der Stadt kam und es üblich war, den harten Buchstaben Qaf nicht auszusprechen, tat sie es im Interview, immer wieder, die Luftzufuhr verschlossen durch den hinteren Teil ihrer Zunge, unterbrochen wurde die Atemluft dabei, ganz kurz, die Zunge berührte das Gaumenzäpfchen, als würde sie jemand würgen. Für Nadia war es das Zeichen dafür, dass sie vom Regime gezwungen wurde, diese Worte zu sagen. Aus Angst passte sie sich dem Dialekt der Mächtigen an. Nadia stritt mit ihren Geschwistern darüber, über viber, auf Facebook, auf WhatsApp, immer wieder, jeden Fall aufs Neue, es gab ausreichend. In ihren Augen gab es eine Wahrheit, eine Wahrheit, für die es sich zu leben und zu sterben lohnte, obwohl die Welt ihr eigentlich das Gegenteil zu verstehen gab.

Denn die Mutter erkannte ihre Tochter nicht, war sich aber nicht sicher. In einem Interview wunderte sie sich, war ihre Tochter von den Toten auferstanden? Konnte das sein? Oder war ihre Tochter nie tot gewesen? Was war wahrscheinlicher? Wen hatte sie dann begraben?

Die Angst, der Schreck, die Unsicherheit darüber, entsprangen der Tatsache, dass es vorstellbar war, dass das Regime derartig mit den Syrer*innen, mit Kindern umgehen würde. Sie waren schließlich keine Menschen, die Syrerinnen, in den Augen des Regimes, sie waren in dem Staat, der sie schützen sollte, nichts anderes, als was sie wären, wenn sie anfangen würden zu fliehen, Rechtlose. Der Körper eines unbekannten Mädchens war begraben, das Grab trug den Namen Zaynab al-Hossni.

Wer massive Gewalt als Regierungsform kannte, das heißt, wenn die Schule wirklich einem Gefängnis glich, und die Straße einem Gefängnis glich, und im Gefängnis gefoltert wurde, der sah sich von dieser Gewalt angesprochen. Die Bilder des Mädchens und anderer Mädchen und anderer Frauen, Männer, Jungen konnten sich nicht Nadias Blick entziehen. Sie fanden ihren Weg in ihre Augen, als wäre sie das Mädchen auf dem Weg zur Schule. Massive Gewalt wie Schmerz kreiert eine eigentümliche Subjektivität. Für andere, die derlei Gewalt nicht kannten, war sie unerträglich. Aras mied diese Bilder, auch wenn sie seine Timeline füllten, sein Finger zuckte kurz, aber sein Gehirn befahl, zwang den Finger weiter, nicht diese Bilder, andere Bilder sehen. Für jene, aber, die durch diese Gewalt geformt wurden, entstand ein Wir, wer sich die Gewalt ansah, bezeugte, kannte seinen Feind.

Während ein- und dieselbe Geschichte für Nadia nur ein weiterer Beweis war für die Grauen, die das Regime gewillt war zu begehen, um an der Macht zu bleiben, entsetzte Aras diese Gewalt, obwohl er von ihr gehört hatte, schon seine ganze Kindheit hatte er diese Geschichten gehört und die Witze über diese Geschichten, und er hatte gelacht. Da gab es diesen Witz, den sich die Männer in der Armee erzählten, es hätte den Befehl gegeben, allen Männern ein Ohr abzuschneiden. Nach der Reihe wurde den Soldaten also ein Ohr abgeschnitten. Ein Soldat sagte, ich habe schon mein Ohr abgeschnitten bekommen, woraufhin der zuständige Offizier antwortete, es wird erst geschnitten, dann gezählt. Im Wohnzimmer seiner Mutter hatten alle gelacht, Aras hatte gelacht. Aber nun Bilder zu sehen, abgeschnittene Ohren, abgezogene Fingernägel, abgebrannte Haut, abrasierte Köpfe, manchmal Videos, sie lösten eine Unruhe in ihm aus, die an Angst grenzte, Herzrasen, schwitzige Hände, Brustenge.

Das Bild eines entstellten Körpers erzeugte das Gefühl in ihm, seinen Augen nicht mehr trauen zu können, sich selbst nicht mehr trauen zu können. Aber wie konnte er sich dann davon überzeugen lassen, dass die Bilder real waren, denn er musste sich überzeugen, dass diese Bilder real waren, nicht nur weil er nicht glauben wollte, dass ein Mensch einem anderen Derartiges antat und es doch auch geschah, sondern weil diese Bilder genauso gut gefälscht sein könnten. Es gab sie, Bilder, die gefälschten. Und Aras wusste, dass sie über so vieles entscheiden würden, über Luftverbotszonen, über Embargos, über Hilfsmittellieferungen, über Solidaritätsbekundungen. Diese Bilder hatten ihn schließlich auch in dieses Gebäude geführt, ohne sie wäre auch Frau Hoffmann nicht hier.

Die Grausamkeit dieser Bilder hatte ihre Wirkung. Aras' Welt war zu einem gewissen Grad durch sie entwirklicht, nicht in dem Sinne, dass sich keine Bedeutung den Dingen zuschrieb, sondern dass die Bedeutung sich verschob, sie flog förmlich durch den Raum und haftete an den ungewöhnlichsten Orten. Seine Anwesenheit in diesem Gebäude fand ihren Ursprung in Handlungen an einem anderen Ort, die gänzlich außerhalb seiner Wirkmacht lagen. Wer wen erschoss und warum, das konnte Aras im Anschluss in verschiedenen Sprachen lesen, beeinflussen konnte er davon nichts. Seine Anwesenheit an diesem Ort fand ihren Ursprung aber auch in einer Zeit, die noch weiter zurücklag als die Handlungen, die an einem anderen, eben jenem Ort, Syrien, stattfanden. Das Wechselspiel, mit dem Aras versuchte sich zu erklären, wie seine Anwesenheit an diesem

Ort zustande kam, nämlich die Wirkung und die Ursache dieser Wirkung, ließ sich so einfach nicht in einen linearen Zusammenhang bringen, auch wenn er versuchte, sich diesen Zusammenhang logisch, linear, argumentativ zurechtzulegen, es gab ihn, den Zusammenhang, aber keinen Ursprung. Es gab die Diktatur nach Jahren der Regierungswechsel im Anschluss an die Unabhängigkeit Syriens, es gab das Engagement seines Vaters gegen diese Diktatur, ihre Flucht, und es gab die Proteste und ihre Niederschlagung, es gab sie, die mit Lineal gezogenen Grenzen, die aus einer gewaltvollen Kolonialgeschichte stammende Vormachtstellung Europas, die verhinderte, dass es ein uneingeschränktes Recht auf Mobilität gab, es gab das Gefühl der Pflicht gegenüber den Verwandten.

Um seine Welt also der Wirklichkeit zurückzuführen, gab Aras den Dingen einen doppelten Sinn. Die Welt ließ sich über seine Beziehung zu seiner alten Schule, seinen ehemaligen Nachbarn, Freunden, seiner Familie verstehen, so versuchte er, es sich zu erklären, als wäre es eine Folie, durch die er erst seine Gegenwart sehen würde, um eine Verbindung aufzubauen zu seiner Umwelt. Eine Folie, die er sich mal auf-, mal absetzen konnte, die sich von selbst mal auf-, mal absetzte, blickte er um sich. Erst wenn er verstand, so hoffte es Aras zumindest, welche Beziehung er zu den Mächten unterhielt, deren Sklave er nicht war, deren Komplize er nicht sein wollte, aber deren Beobachter er sein konnte, nur dann ließ sich für ihn begreifen, weshalb er an diesem Ort war, an dem er nicht sein wollte und auch nicht sein müsste. Es ist eben nicht die Einsicht in die Notwendigkeit, sondern in die Spielarten des Zufalls, die den Zusammenhängen ihre Bedeutung verleiht.

Das Warten hatte Aras viel Haut gekostet, an mehreren

Stellen fing sie an zu bluten. Mit der Zunge fuhr er über einen kleinen Spalt, der sich zwischen Nagel und Nagelbett gebildet hatte, es hörte nicht auf zu bluten. Er suchte nach einem Taschentuch, riss ein kleines Stück ab, Spucke, und klebte es auf die blutige Stelle. Das Taschentuch sog sich rot, Aras pustete dagegen, die kühle Atemluft half gegen das Brennen. Er riss ein weiteres Stück vom Taschentuch ab, Spucke, legte es über eine andere Stelle, pustete.

»Wie läuft denn das Jurastudium, Aras?«, fragte Frau Hoffmann. Er blickte auf. »Gut, tatsächlich sogar entspannt, dank des Stipendiums. Ich lerne viel. Viel Unnützes leider auch. Ich werde auf jeden Fall noch ein Praktikum machen. So lerne ich überhaupt, wie der richtige Beruf wirklich ist«, seine Antwort stimmte die Deutschlehrerin zufrieden. Die Tür ging auf, der Türstock umrahmte eine Person, entließ sie aus dieser gewaltsamen Umarmung, die nächste wurde eingenommen. Sie wären danach dran.

Die Uhr stahl sich in sein Blickfeld, sie warteten bereits vier Stunden. Seine Hände versuchten, ihm die Müdigkeit aus den Augen zu reiben. Weil Nadia und Frau Hoffmann sich auch ohne seine Hilfe zu unterhalten schienen und Aras' Handy sich unbemerkt in seiner Hand wiederfand, begannen seine müden Augen die Titel der Nachrichten langsam zu überfliegen: Jahrestag Halabdscha, Papst Franziskus' Nähe zur argentinischen Militärjunta, Streit um Sitzplätze beim NSU-Prozess, Zugvögel treten die Rückreise an, der März zu kalt, Facebook will Hashtags einführen, Hugo Chávez ereilt dasselbe Schicksal wie Lenin.

Das einzige Mal, dass sich ein toter Mensch im selben Raum befand wie Aras, eine Leiche, liegend auf einem Tisch, das Geschlechtsteil, mit einem Abdecktuch abgedeckt, grün, die Leiche blass, war in der Pathologie für die Vorlesung der

Gerichtsmedizin. Die Vorstellung hatte Aras ein wenig beunruhigt, er wusste nicht, ob er es durchstehen würde, wenn die Leiche vor seinen Augen seziert werden würde. Wenn die Pathologin ein Organ nach dem anderen herausschneiden, präsentieren, untersuchen, ihnen den Befund mitteilen würde, wenn sie aus dem Nähkästchen plauderte, über vergangene Fälle, während sie die Bauchdecke umklappte, sie habe das schon mal vorbereitet, den Magen habe sie bereits entleert, manchmal sei noch Unverdautes zu entdecken, das habe sie aber den Studierenden ersparen wollen. Dann also lieber den Magen, leer, vorhaltend, das Magenkarzinom sei gut erkennbar, der Patient bei der Operation verstorben, ob es am Krebs lag oder am Chirurgen, das sei nun zu klären. Die Verwandten hätten danach verlangt. Doch wie es aussieht, wird es wohl am Alter und den durch die Fettleibigkeit verursachten gesundheitlichen Problemen gelegen haben, dabei öffnete sie die bereits aufgeschnittene Brusthaut, holte die Lunge heraus. Ob sie sich an die Arbeit hätte gewöhnen müssen, hatte eine Kommilitonin gefragt. Natürlich sei es am Anfang nicht einfach gewesen, es gäbe auch tragische Fälle, die könne man dann auch nicht einfach untersuchen, die Kollegen mit Kindern würden zum Beispiel auch nie Kinder sezieren, da gäbe es schon Vorkehrungen, aber die Arbeit sei sehr routiniert, mit der Zeit gewöhne man sich selbstverständlich daran, sie hielt das Herz in der Hand.

»Aras, wir sind dran«, hörte er die Stimme seiner Mutter. Die Sachbearbeiterin, die sie empfing, die vor ihnen saß, war klein und hatte rote Haare. Sie trug eine schwarze Bluse mit einer Blume aus Strass auf der rechten Seite oberhalb der Brust. Sie schwieg, also begann Aras zu sprechen: »Guten Tag!«, eine Pause, dann: »Wir sind wegen der Verpflichtungserklärung hier.« – »Ja, das habe ich mir gedacht«, antwortete die Sachbearbeiterin, »Ich vermute, Sie werden bürgen?«, die Frage richtete sich an Frau Hoffmann, diese nickte. »Wurden Sie über ihre Pflichten belehrt?«, Frau Hoffmann nickte erneut. »Die Verpflichtungserklärung umfasst die Erstattung sämtlicher öffentlicher Mittel, die während des Aufenthaltes entstehen, einschließlich der Versorgung mit Wohnraum sowie der Versorgung im Krankheitsfall oder bei Pflegebedürftigkeit. Es lohnt sich also, eine Krankenversicherung abzuschließen.« – »Die werden wir selbstverständlich abschließen«, unterbrach Aras die Sachbearbeiterin, unbeeindruckt sprach sie weiter: »Die Verpflichtungserklärung umfasst natürlich auch die zwangsweise Durchführung von Ausreiseverpflichtung. Dies beinhaltet Flugticket, Kosten der Sicherheitsbegleitung und Kosten der Abschiebehaft. Die Kosten erstrecken sich also nicht nur auf die Dauer der Erklärung, sondern schließen auch die Zeit eines illegalen Aufenthaltes mit ein, genauso wie weitere Straftaten.«

Eine Aufregung machte sich in Aras bereit, sie fing in seiner Brust an und durchflutete den Körper, ihm wurde warm, er schwitzte, und diese Aufregung würde Aras in den folgenden zwei Jahren immer wieder erleben. In diesem Moment, nach dieser Ansprache, obwohl er sich sicher war, dass Frau Hoffmann oder andere Freund:innen, die gekommen waren, die er gefragt hatte, um für seine Verwandten und Bekannten zu bürgen, sich nicht davon abschrecken lassen würden zu unterschreiben, denn er selbst hatte ihnen genau dieselben Worte, vielleicht in weniger abstrakten Begriffen, statt Ausreiseverpflichtung hatte er zum Beispiel Abschiebung benutzt, genauso gesagt. Doch die Aufregung speiste sich daraus, dass sich hier die Worte, die seinem Mund entsprungen waren, um den Bürgen die Angst zu nehmen, in ihrem Zweck den Worten der Sachbearbeiterin entgegenstanden, deren Worte dazu dienten, den Bürgen abzuschrecken.

Frau Hoffmann schien jedenfalls unbeeindruckt zu sein und sagte: »Ja, das weiß ich bereits. Ich habe das Formular auf der Website eingehend studiert.« Es war nicht einfach für Aras, geeignete Bürg_innen zu finden. Aras kannte wenige Menschen, die ein entsprechendes Einkommen zur Verfügung hatten. Den meisten, die er kannte, stand er nicht nah genug oder konnte sich nicht vorstellen, dass sie Menschen über potenzielles Finanzrisiko stellen würden, und dies war eine traurige Erkenntnis, jedenfalls seine. In Aras' Augen hatte es keine einfachere Möglichkeit gegeben, Menschen zu retten, eine Unterschrift, etwas Vertrauen, und sie könnten einfach in ein Flugzeug steigen. Seine zweite traurige Erkenntnis war, dass Geld über das Überleben von Menschen entschied, was er bisher nur abstrakt wusste, bekam eine ganz konkrete Realität. Um eine Verpflichtungserklärung für eine Person zu unterschreiben, musste die Bürgin ein Einkommen von mindestens 1450 Euro netto verdienen, für jede weitere zu rettende Person 500 Euro. Ab einem Einkommen von 2400 Euro netto konnte für beliebig viele Personen unterschrieben werden. Diese einfache Möglichkeit würde mit den Jahren entweder ganz entfallen oder schwerer gemacht, eingeschränkt werden.

Was einfach klang, war nicht nur ein emotionales Unterfangen zwischen Bürgin, Aras und seinen Verwandten, sondern auch in der Praxis ein bürokratischer Akt sondergleichen. Über die Bürokratie wird gesagt, dass es um Zahlen ginge, um Nummern, dass der Mensch in den Hintergrund gerate, dass Bürokratie rational und nicht emotional sei. Für Aras würde sich herausstellen, dass Bürokratie ganz und gar nicht rational war, sondern immer vom Wohlwollen der Sachbearbeiter abhing. Mit manchen konnte er sich gut stellen, mit anderen waren die Probleme vorprogrammiert, sie würden jede Unregelmäßigkeit entdecken, um den Prozess möglichst in die Länge zu ziehen, und so würde sich Aras einer dritten Erkenntnis bewusst werden, Zeit war nicht Geld, aber wer dem Staat untergestellt war, ihn um sein Recht zu bitten hatte, der würde warten müssen, seine Zeit war eben nicht kostbar, sondern konnte beliebig lang verschwendet werden. Wenn sich die Bürokratie sanftmütig zeigte, dann nur als Teil eines Geschicks, welches man, er, Aras, an den Tag legte, doch hinter das Geheimnis dieses Geschicks zu kommen war eine andere Geschichte. Vorerst war Bürokratie nur eine andere Form von Russisch Roulette. Das Spiel, das diese Behörde spielte, hieß: »Ene, mene, muh, du wirst gerettet und nicht du.«

»Ich vermute mal, Sie sind die Verwandte?«, sagte die Sachbearbeiterin zu Nadia gewandt. Nadia nickte und reichte ungefragt die Unterlagen über den Tisch, die Sachbearbeiterin machte keine Anstalten, die Plastikmappe entgegenzunehmen. »Zuerst brauche ich die Ausweise.« Nadias Handtasche enthüllte den blauen Reisepass, der sich sogleich an die laminierte Tischplatte anschmiegte. Frau Hoffmann wirkte hektischer, ein leises »oh je« trat ihr über die Lippen. »Eine Kopie, reicht die Ihnen auch?«, fragte sie. »Ich habe meinen Personalausweis im Scanner vergessen. Aber die Kopie habe ich da«, sagte sie bedauernd.

Die Sachbearbeiterin stand ohne Worte auf und verschwand im Raum nebenan. Sie hörten ein Lachen aus dem Nebenraum. Die Wand ließ sich von Aras' Blick abtasten, eine Wand voll mit Postkarten und ausgedruckten Naturbildern, mehreren Hundefotos, Comics, Sprüche: »Wunder beginnen da, wo wir unseren Träumen mehr Energie geben als unseren Ängsten«, »Man kann ruhig ein bisschen irre sein. Man muss nur Stil haben!«, »Sorge dich nicht um dein mittelmäßiges Aussehen. Dein Charakter ist schlimmer«, ein Kalender mit Datumschieber, das rote Rechteck war noch auf das Datum von vor zwei Tagen gesetzt. Ein Drang baute sich in Aras auf, der sich im Wunsch entlud, das rote Rechteck auf den heutigen Tag zu schieben.

»Ich kann den Antrag, ohne den Originalausweis gesehen zu haben, nicht bearbeiten«, übermittelte die Sachbearbeiterin die Entscheidung. »Aber Sie können doch«, sagte Nadia. »Mein Bruder, er ist Arzt, die werden gesucht in Aleppo.« – »Ohne den Ausweis kann ich nicht sicherstellen, dass es eine Kopie des Originals ist. Da bin ich rechtlich gebunden. Das müssen Sie verstehen.« Frau Hoffmann mischte sich ein: »Aber Sie können doch im Computer nachschauen, dass ich die bin, für die ich mich ausgebe.« – »Wohnen Sie denn in der Stadt?« – »Nein, in der Region.« – »Na, dann kann ich das auch nicht einsehen. Außerdem müssen Sie zur Ausländerbehörde der Region und nicht hierher.« – »Nein, die Antragstellerin ist meine Mutter. Sie wohnt hier«, griff Aras ein. »Ohne Originalausweis, kann ich nichts für Sie tun. Ich würde Sie bitten, jetzt das Büro zu verlassen. Es gibt noch andere Antragsteller.«

Die Geschwindigkeit des Wortwechsels ließ Aras benommen zurück, der Raum hinter ihnen hatte sich geschlossen, und er dachte, sie könnten noch zu Frau Hoffmann nach Hause fahren, ihren Ausweis aus dem Scanner holen, aber er könne sie nicht direkt darum bitten. Er wollte sie nicht unter Druck setzen, Nadia hätte das nicht mit dem Onkel sagen dürfen, jetzt würde sich Frau Hoffmann sicher schuldig fühlen, also sagte Aras: »Seit wann reicht denn eine Kopie nicht aus? Ich habe bei Polizeikontrollen an der Grenze zu Frankreich auch nur eine Kopie gezeigt. Sie hätte auch die anderen Unterlagen schon mal durchschauen können. Immer dasselbe mit dieser Behörde. Nur Steine.«

»Ich würde kurz einmal meinen Mann anrufen, ob er zu Hause ist und in den Scanner schauen kann«. Frau Hoffmann, das Telefon in der Hand, ihre Beine trugen sie ein paar Schritte von ihnen fort, Nadias Augen gruben sich in Aras'. »Was ist?« – »Du hättest was sagen müssen, der Bearbeiterin schlechtes Gewissen machen müssen, Aras.« – »Ich habe ihr doch gesagt …« – »Jetzt wird es nur noch länger dauern. Sie stehlen einem nicht nur die Nerven, sondern auch jeden Rest an Würde. Betteln muss man auf den Knien.«

Nadia würde recht behalten. Zwar würde sich Herr Hoffmann bereit erklären, den Personalausweis von Frau Hoffmann in die Ausländerbehörde zu fahren, jedoch wird die Tür zur Sachbearbeiterin bereits verschlossen sein. Eben diese Tür war nur donnerstags und freitags geöffnet. Weil Frau Hoffmann in den nächsten zwei Wochen an beiden Tagen, donnerstags und freitags nächste Woche und donnerstags und freitags übernächste Woche, bereits andere Termine hatte, schließlich ließen sich die Schüler_innen nicht von selbst unterrichten oder Klassenkonferenzen von selbst leiten oder Schulinspektionen nicht von selbst durchführen, jedenfalls, Frau Hoffmann wird in den nächsten zwei Wochen keine Zeit haben und in der Woche darauf auch noch in den wohlverdienten Osterurlaub fahren, nach Korsika, einen Wanderurlaub, das hatten sich die Söhne so gewünscht. Frau Hoffmann wird also verhindert sein, wodurch nur noch die Möglichkeit bestand, eine Vollmacht an Aras auszustellen, mit der er dann die Unterlagen abgeben könnte. Doch dies wird das Problem nicht direkt lösen, es wird eine mindestens dreiwöchige Verzögerung nach sich ziehen, denn die Unterschrift auf der Vollmacht sei nicht genau deckungsgleich mit der Unterschrift auf dem Personalausweis. Woraufhin Aras gebeten wird, sich die Vollmacht erneut ausstellen zu lassen. Beim zweiten Besuch wird die Kopie des Personalausweises bemängelt werden, sie sei kaum lesbar. Beim dritten Besuch wird die Sachbearbeiterin, diesmal eine andere, die Vollmacht gar nicht erst annehmen wollen, erneut wird die Behauptung fallen, der Antrag müsse bei der Ausländerbehörde der Region gestellt werden, dann wird der Antrag an sie weitergeleitet werden und er, Aras, beziehungsweise eigentlich seine Mutter, wird Bescheid bekommen, um die Unterlagen für den Onkel einzureichen. Beim vierten Mal würden Aras und seine Mutter um eine Vorsprache beim Amtsleiter bitten, dem Chef, wie ihn Nadia nannte.

Die Vorsprache war ein Geistesblitz, der Nadia einfiel, da sie einen Streit mit einer Kundin gehabt hatte, deren Bluse immer noch derselbe Fleck anhaftete, trotz zweifacher Reinigung, und dieser Streit wurde nur durch die beschwichtigenden Worte ihres Chefs beigelegt. Obwohl sie nicht direkt mit dem Leiter der Ausländerbehörde sprachen, kam die Sachbearbeiterin einsichtig wieder zurück und nahm die Unterlagen entgegen. Sie behielt sich jedoch vor, mit Frau Hoffmann telefonisch Rücksprache zu halten. Die Unterlagen würden dann bearbeitet werden, doch es würde trotzdem dauern. Denn erst würde die Sachbearbeiterin vergessen, die Unterlagen an die Botschaft in Beirut zu verschicken. Aras würde die Sachbearbeiterin anrufen, um sich zu erkundigen, da der Anruf der Botschaft bei seinem Onkel auf sich warten ließ. Sie würde also die Unterlagen abschicken, doch diese würden nicht ankommen, um dann, beim zweiten Versuch, doch anzukommen. Sein Onkel würde den Anruf erhalten, mit einem Termin, zu diesem Termin erscheinen, in der Zeit würde jedoch die private Krankenversicherung bereits abgelaufen sein, ein weiterer Termin, ein weiterer Monat, dann würde er das Visum einen Monat später abholen können. Aras würde ihm und seiner Frau, seinen Cousins einen Flug buchen, um sie im September abzuholen. Doch all dies lag in der Zukunft.

Frau Hoffmann kam zurück: »Ach, ich hätte ihr auch meinen Führerschein zeigen sollen. Meine Schusseligkeit tut mir ungemein leid.« – »Nein, also Sie tun doch mehr als …« – »Du …«, antwortete Frau Hoffmann. Aras nickte. Es war natürlich ihre Schuld, aber das durfte Aras nicht denken, er verbot sich, dies zu denken. Er hatte sich selbst schon gefragt, wäre er in Frau Hoffmanns Position, nicht verwandt, würde er bürgen? Moralisch ist, was die meisten tun würden, was man allerdings nie genau weiß, jedenfalls in einem solchen Falle nicht, hatte er im Studium gelernt, dies sei der Unterschied zur Ethik. Moral sei nicht abstrakt, sondern relativ. Doch die Frage erübrigte sich von selbst, denn Aras hatte die finanziellen Mittel nicht, und er tat, worum ihn seine Mutter gebeten hatte. Dass er seine ehemalige Deutschlehrerin überhaupt gefragt hatte, war aus reiner Verzweiflung darüber, dass Aras nicht wusste, wen er fragen sollte, als Erstes, als sei diese erste Person eine Vorhersage für alle weiteren. Einen zu engen Freund wollte er nicht fragen, denn hätte dieser abgelehnt, wüsste Aras nicht, wie diesem Menschen weiter begegnen. So würde die Verpflichtungserklärung und deren Unterschrift, der Umgang mit den Hürden und Schikanen der Behörden, die Menschen, die Aras fragte, einer geheimen Prüfung unterziehen, sie würde ihre Motivation, ob ehrliche oder nur die Unfähigkeit Nein zu sagen, offenlegen. Seine Deutschlehrerin, die Aras bereits einige Jahre nicht gesehen hatte, mit der er in der Schule jedoch gut zurechtgekommen war, denn sie war schließlich von seinem Fleiß beeindruckt, bot sich als neutraler Anfang an. Er wusste, sie würde zusagen, sie war auch Religionslehrerin. Aras hatte auf ihr Pflichtgefühl zur Nächstenliebe gewettet.

»Mein Mann wäre in circa einer Stunde hier«, sagte Frau Hoffmann entschuldigend. Nadia schlug vor, in der Zwischenzeit in die nahe gelegene Markthalle zu gehen und dort einen Kaffee zu trinken. Der Markthalle haftete eine unzeitgemäße Aura an. Da waren die Stände, in einem Design aus den neunziger Jahren, Lederhocker und Metall, chic, clean und elegant sollte es wirken, war jedoch abgenutzt. Gekochtes, Frisches, aus allen Himmelsrichtungen, und doch schmeckte alles gleich. Nadia bestellte auf Arabisch bei einem Laden mit dem Namen »La Villa Grande«. Sie bestellte auch Kuchen.

Das Fenster ließ Aras' Blick nach außen durch, die vorbeifahrenden Autos, Fahrräder, Menschen, Hunde. Seine Blase meldete sich, und er gab ihr nach, entschuldigte sich, fragte den Besitzer nach der Richtung, seine Beine bewegten sich von selbst, dieses Gefühl, dass der Körper handelte ohne einen direkten Befehl, als wäre er nicht allein in sich. In Aras' Körper wuchs eine Panik, abgedämpft, eine dicke Membran über den spitzen Ausschlägen. Er hörte seine Schritte schneller werden, seine Hand griff nach der Klinke, sein Gesicht bewegte sich, die Augen suchten den Raum ab, wieder Klinke, die Finger um den Drehknopf. Er spürte den kühlen Sitz, betrachtete seine Schuhe, es war zu still, seine Brust hob sich, er hörte den Atem aus seinem Körper entweichen, sein Herzschlag, wieder aus der Kabine raus, die

Hände unter zu kaltem Wasser, sein Blick im Spiegel, das Gesicht eine Grimasse, da war kein Verhältnis. Er blieb stehen. Die Augenbrauen, die sich nach oben bewegten, sich zusammenzogen, der Mund, die Lippen, die Bewegung, er sprach zu sich, wusste nicht, ob laut oder leise, er hörte nichts. Er blieb eine Weile stehen.

Der Weg durch die Stände zurück, zwischen den Tischen, alles schien eigentümlich still. Ein Geräusch, ein Autoschlüssel auf einem Holztisch, Herr Hoffmann, den Personalausweis zwischen Daumen und Zeigefinger, Erleichterung. Ob er einen Kaffee möchte, fragte Nadia, keinen Kaffee, nicht noch einen weiteren Kaffee, dachte Aras. »Nein. Nein. Ich muss leider weiter. Ich habe noch einen Termin«, wendete Herr Hoffmann den Dankesversuch Nadias ab. Zurück in das Gebäude, diesmal ist der Gang in Eile, bestimmt, die Treppe hoch, es klopft an der mintfarbenen Tür, warten, Blicke werden ausgetauscht, erneutes Klopfen, warten, ob jemand die Klinke drücken sollte, ein weiteres Mal, der Höflichkeit wegen, ein Klopfen, ein Warten, Aras drückte die Klinke, die Tür war verschlossen. Keine Zeit für Enttäuschungen, Absprachen werden getroffen.

Ob sie nicht etwas essen wolle, fragte Nadia Frau Hoffmann, Frau Hoffmann stimmte zu, Worte sprangen in die Tiefe, es tue ihm leid, gehen müsse er, erledigen, da waren noch Dinge zu erledigen, zu Hause essen, entschuldigen Sie mich vielmals. Zu seiner Mutter, bis später, die Kundgebung. Frau Hoffmann und Nadia bogen also links ein, Aras rechts, direkt zur Straßenbahn. Da saß er dann, ihm gegenüber ein Mann, etwas älter, ein Bauch, er sprach Kurdisch, womöglich, da waren keine Umlaute, kein langes Ziehen der Vokale, ein paar Worte verstand Aras, laut am Telefon, der Mann versuchte, etwas zu erklären, das Wort Krankenhaus fiel, der andere, am anderen Ende der Leitung hatte es nun verstanden, »Aiwaaaa!«, der Mann lachte laut, so laut hätte er nicht sein müssen. Ein Blick von gegenüber machte es deutlich. Eine Frau murmelte vor sich hin, schaute dabei aus dem Fenster. Die Haltestelle, Aras sprang auf, raus, den Weg nach Hause.

Mila begrüßte ihn an der Tür, sie sprang an seinem Bein hoch, immer das Bein. »Wie war dein Tag?«, fragte ihn Rhea. Der Tisch in der Küche, obwohl sie ein Arbeitszimmer hatte, war ihr Platz, dort vor sich war ihr Laptop. »Ich will nicht drüber reden. Es war einfach nur anstrengend«, antwortete Aras, obwohl ihm etwas anderes auf den Lippen lag, nämlich: »Ich weiß gar nicht, wo ich anfangen soll. Erst haben wir Ewigkeiten gewartet. Meine Deutschlehrerin hat ihren scheiß Ausweis im Scanner vergessen. Ihr Mann hat ihn dann vorbeigebracht, aber dann war die verfickte Sachbearbeiterin nicht mehr da. Und jetzt muss ich herausfinden, ob eine Vollmacht auch ginge, weil Frau Hoffmann die nächsten drei Wochen nicht kann. Ich könnte kotzen, kotzen! Und meiner Mutter fällt nichts Besseres ein, als mir zu sagen, ich hätte falsch reagiert. Kotzen!«

Er wollte aber nicht diesen Gefühlen Raum geben, er wollte auch nicht, dass Rhea sich mit ihnen beschäftigte, und so stark, dachte er, waren sie nicht. Das Wohnzimmer rief nach ihm, das Sofa verlangte von ihm sich zu setzen, der Fernseher wollte von ihm Beachtung. Er gab ihren Wünschen nach. Mila sprang auf das Sofa, setzte sich zu ihm, forderte seine Hand, eine Realityshow lenkte ihn ab. Früher war prominent, wer erfolgreich war, Realityshows aber machten berühmt, wer vergeblich erfolgreich zu sein versuchte, das mit anzusehen, tröstete Aras über die alltäglichen Hürden und Hindernisse seines Lebens hinweg. Die

Banalität einer Hochzeit zwischen einem Pietro Lombardi mit einer Sarah Engels setzte den Gedanken ein Ende, wie er dies und jenes zu tun hätte, hätte anders machen müssen, diesen Termin nicht vergessen, diese Kopie noch ausdrucken, jenes Buch in die Bibliothek zurückbringen, diese Karteikarte korrigieren, jene Mail abschicken, diese Person anrufen, um eine Verlängerung für seine Hausarbeit bitten, das Protokoll schreiben, Briefumschläge kaufen, den Semesterbericht eintüten, den Onkel zurückrufen, die Nachricht beantworten, sich bei jemanden wieder melden. Stattdessen bot ihm die Realityshow an, über die Normen der Gesellschaft nachzudenken, wie sich jemand zu verhalten hat, was richtig und falsch sei, darüber, wie die Menschen dargestellt wurden, ob die Darstellung der Wirklichkeit entsprach, wo die suggestive Musik fehl am Platz war und nur enthüllte, dass der Schnitt die Show ausmachte.

Es vibrierte, die Bewegung ließ sich nicht zuordnen, Aras' Kopf lag auf der Couch, er war eingeschlafen. Das Telefon wieder in der Hand, Khalid hatte geschrieben: »Wir haben dich vermisst«, ein Foto zeigte Khalid mit Nadia, eine Fahne in der Hand. Er hatte zwei verpasste Anrufe von seiner Mutter, das Telefon wieder auf der Couch, fiel zu Boden, Wut. »Ich hab's verpasst!«, entwich es aus seinem Mund. »Rhea, ... ich habe die Kundgebung verpasst! Diese Kackbehörde! Ich hasse früh aufstehen. Warum verpass ich diese Kack-Kundgebung zum zweiten Mal?!« – »Kommst du ins Bett?«, eine Stimme, Rheas Stimme aus dem Nachbarzimmer. Der Fernseher ging aus, die Fliesen des Badezimmers nahmen Aras in ihre Mitte, die Zahnbürste an seinen Zähnen, Wasser, Wasser lassen, Wasser, durch den Flur, ins Schlafzimmer. »Du hast sie verpasst, aber du warst mit dem Herzen dabei«, versuchte ihm Rhea einzureden. »Ich glaube, wir müssen

Schluss machen«, antwortete Aras. Sie schaute ihn mit einem Blick an, der darum bettelte, seine Aufmerksamkeit für sich zu gewinnen. Er strich über ihre Wange, er strich ein zweites Mal, diesmal kaum merklich, aber doch etwas fester. Sie bettete ihre Wange in seine Hand. Er hielt ihren Kopf, fest. Sein Blick, ebenso. Er näherte sich ihren Lippen, küsste sie aber nicht. Stattdessen strich er ihr über die Lippen, sein Daumen, er verzog ihre Lippe. Dann küsste er sie. Der Daumen blieb, wo er war. Rhea entließ ein leises Jammern, fast als habe sie den Entzug genossen.

Aras konnte sich noch sehr gut daran erinnern, als Rhea ihn das erste Mal darum gebeten hatte, dominant zu sein. Sein Herz klopfte viel zu schnell, er hatte Angst gehabt, wie sollte er dominant sein. Er hatte in sich hineingeblickt und keinen Hinweis darauf gefunden, woher er nun Wut nehmen sollte, oder Überlegenheit, oder den Willen, mehr Willen als Rhea. Er hatte gesucht, suchte, fand nur Distanz. Indem er Distanz aufbaute, indem er seine Lust und ihre Lust kontrollierte, gewann er die Oberhand.

Es fing meist gleich an, die Wange streicheln, einen Kuss verweigern, dann würde er langsam, aber sehr lange einen ihrer Nippel zwischen seinen Fingern drehen. Sehr langsam, sehr lange, bis Rhea ein fast schon schmerzerfülltes Jammern von sich gab, aber eins, das nicht Schwäche offenbaren wollte, sondern Stärke vorspielte. Er würde sie dann küssen, ihr zuflüstern, dass sie es gut ausgehalten habe, dass es aber noch ein bisschen mehr weh tun würde, beim nächsten Mal.

Aras wusste, er war es, der sie da in Schmerzen versetzte, aber gleichzeitig lag ihm nichts ferner, als ihr weh zu tun, und diese Erfahrung, er selbst, der da Schmerzen zufügte, aber nicht er, der es fühlte, machte es möglich, dass er fester zuschlug, auf ihre Wange, ihre Brüste, ihren Arsch, wo immer sie es verlangte, indem sie nur lauter schrie. Es erregte ihn nicht, sein Schwanz war nicht steif, aber er wusste, anschließend würde er sie küssen, so weich und zart, dass sein Schwanz bei der ersten Berührung steinhart werden würde. Er küsste sie und wusste, dass er nicht aufhören konnte, nicht einfach so, sie war gierig, sie verschwand unter der Decke, begann, seinen Schwanz so tief in den Mund zu nehmen, als würde sie nun ihn übernehmen, einnehmen, wofür er nicht bereit war, nicht heute, er griff nach ihr, sie hielt seine Hand und drückte sie noch fester an ihren Hinterkopf. Er, dieses Gefühl, die Wärme, die ihn überkam, eine Welle, sie riss ihn fort. Er lag auf der Oberfläche, ruhig, unter ihm die Tiefe, dunkel, geheimnisvoll, beängstigend. Sein Körper wurde davongetragen, er fiel, wurde eingesaugt, konnte nichts mehr erkennen: »Rhea, hör auf!«

Sie blickte unter der Decke zu ihm auf. »Ich komme gleich, wenn du so weitermachst.« – »Komm doch!« – »Ich will aber nicht.« – »Warum nicht?« – »Ich will nicht.« Ihre braunen Augen, sie blickte unter der Decke hervor, waren rehaugengleich, sie schwieg, die Enttäuschung groß. »Es tut mir leid, ich habe einfach die Kraft nicht mehr.« – »Ja, nein, ich verstehe.« – »Ich kann dich auch lecken.« Sie zuckte mit den Schultern. »Es tut mir wirklich leid«, wiederholte Aras.

2014 – Collapse is a Powerful Response

Kurze, klare Sätze. Kurze, klare Sätze, das hatte ihm Jörg gesagt. Mit dieser Anweisung war Aras eingeschlafen. Mit dieser Anweisung war er wieder aufgewacht. »Das muss wie aus der Pistole geschossen kommen, ruhig bleiben dabei. Nicht emotional werden. Lass dich nicht provozieren«, hatte der Pressesprecher des Flüchtlingsrats am Telefon erklärt. Schlecht geschlafen hatte Aras daraufhin. Es war jener Schlaf, von dem er wusste, dass er ihn schlief, weil er noch wachsam war. In jenen Augenblicken, in denen er also wacher wurde, hörte er sich unablässig Sätze formulieren, Szenen durchgehen, Argumente aufbauen.

Mit einer Aufregung wachte er auf, als stünde er vor seiner ersten Gerichtsverhandlung, wobei er aber keinen Mandanten verteidigen würde, sondern sich selbst. »Sie werden dir nichts Böses wollen, keine unangenehmen Fragen. Aber du bist halt der Flüchtling in ihren Augen, der gut Integrierte, das Vorbild für die Neuen, das Versprechen an die Alteingesessenen. Nutz dieses Bild für dich«, Jörgs Ausführungen waren nicht beruhigend. Es waren gut gemeinte und gute Ratschläge zugleich. Natürlich wäre es klüger, das Publikum durch einen klugen, besonnenen Auftritt für sich zu gewinnen, aber zugleich war doch genau dieses Publikum Teil der Misere. Sie waren schließlich der Grund für dieses Schauspiel. »Nimm sie nicht in Geiselhaft«, dachte sich Aras.

Rhea lag nicht neben ihm, Mila auch nicht. Er war allein. Rhea hatte sich entschlossen, eine Woche allein zu verreisen. Mal ausprobieren, wie das sei, alleine verreisen. In die Berge, den Hund hatte sie direkt mit eingepackt. Aras stand auf. Die Aufregung hatte seinen Körper inne, jede Bewegung. Er atmete ein paarmal tief ein und aus, das, hatte er gehört, würde helfen, gegen die Nervosität. Ein wenig half es. Aber sobald er mit dem bewussten Atmen aufhörte, kehrte die Aufregung zurück an ihren Platz. Auf die Brust setzte sie sich, machte die Arme schwerer, die Beine leichter, die Bewegungen zu gewählt, steif. Es fehlte die Natürlichkeit. Der Krampf fiel auf. Aras sprach mit sich, redete auf sich ein: »Bleib ruhig. Du kennst die Argumente. Niemand will dir was Böses. Sie wollen nur ein Gesicht für die Geschichte. Das kannst du. Es ist nicht das erste Mal. Du hast es schon mal gemacht«, der Pep-Talk zeigte wenig Wirkung.

Aras hatte die Aufregung zu akzeptieren. Das ergab die Google-Suche. Der Ratschlag blieb jedoch abstrakt. Wie akzeptierte man die Aufregung? Er ging in die Küche. Kaffee war sicher keine Lösung, aber die intuitive, routinemäßige Zubereitung beruhigte ihn. Er befüllte den Espressokocher mit Wasser, Espresso in den Trichtereinsatz. Es ging immer etwas daneben. Dabei hatte Aras schon die verschiedensten Methoden ausprobiert. Mit einem kleinen Löffel, zum Beispiel, das war ihm aber auf Dauer zu langsam. Den Espresso locker draufschaufeln, hatte ihn Rhea einmal angewiesen, als er ihn vor ihren Augen zusammengedrückt hatte, damit mehr reinpasste. Seitdem hielt er sich an diese Anweisung, blind darauf vertrauend, dass so der beste Espresso rauskäme. Nicht einmal nachgegoogelt hatte er. Es wäre ihm nicht in den Sinn gekommen, der Espresso würde beim besten Willen nicht besser schmecken, denn dafür bereiteten die zwei ihn nicht mit der hinreichenden Hingabe zu. Angefangen mit der Tatsache, dass sie nicht mal den besten Espresso kauften, sondern den einzigen, den es im Supermarkt gab. Aber irgendwas in ihm wollte ihr zuliebe die Dinge des Lebens so durchführen, dass sie in ihren Augen richtig waren, vielleicht, weil es sich zumindest dann auch für ihn richtig anfühlen würde.

Der Kaffee half, wie erwartet, nicht gegen die Aufregung. Es machte Aras aber auch nicht aufgeregter. Die Unruhe in seiner Brust wühlte und drehte sich einfach weiter durch seinen Körper. Die Aufregung und er sprachen nicht dieselbe Sprache, dachte er kurz. Vielleicht verhielt es sich wie zwischen ihm und seiner Mutter. Als Thomas, ein Schulfreund, das erste Mal auf Nadia traf, Aras hatte ihn zum Grillen eingeladen, hatte sie gefragt, ob Thomas von einer Beerdigung komme und ob man in Deutschland zu Beerdigungen keine Anzüge trüge. Thomas, der immer schwarz gekleidet war, vor dem Aras zu Beginn noch Angst hatte, weil er immer schwarz gekleidet war, bis Aras irgendwann verstand, dass Thomas nur schwarz gekleidet war, weil er Heavy Metal hörte. Diese Erklärung teilte Aras mit seiner Mutter, dass Thomas Schwarz trüge, weil er Heavy Metal hörte, was für seine Mutter trotzdem keinen Sinn ergab. Sie trage ja auch kein Bauchtanzkostüm, nur weil sie gerne ägyptische Tuktuk-Musik höre. Es war eines der vielen Dinge, die Aras selbst zu verstehen gelernt hatte, aber nicht imstande war, ihr entsprechend zu übersetzen. Dies betraf auch das Ausziehen.

Seinem Auszug ging ein langer Streit voran, denn Nadia verstand nicht, warum er ausziehen wollte, zusammenziehen wollte mit seiner Freundin. Sie beide könnten doch genauso gut bei ihr einziehen. Die Vierzimmerwohnung bot ausreichend Platz. Sie könnte ihnen das Leben einfacher machen, für sie kochen, sie konnte doch sehr gut kochen. Die üblichen Argumente, selbstbestimmt sein zu wollen, auf den eigenen Beinen stehen zu wollen, sich nicht in jedes Detail reinreden lassen zu wollen, sie, seine eigene Mutter wollte doch auch nicht mit ihrer Schwiegermutter leben, musste er, bevor er sie vorbrachte, abwägen. Sie mussten einerseits erklären, woher der Wunsch stammte auszuziehen, aber gleichzeitig sie nicht verletzen, so dass sie nicht auf die Idee kam, der Grund seines Auszugs zu sein. Es war, als würde er mit ihr Schluss machen. Ein Zugeständnis seinerseits, nämlich im gleichen Viertel zu bleiben, in ihrer Nähe, führte zur Frage, warum er überhaupt auszog, wenn er nicht weit wegzöge. Das Argument, er wolle ungestört Sex mit Rhea haben, brachte er nicht über die Lippen. Nicht weil Nadia etwas gegen vorehelichen Sex gehabt hätte, sie war, wie sie immer beteuerte, liberal in ihrer Erziehung, sondern weil sie darüber sicher nur einen Witz gemacht hätte, sich die Ohren währenddessen zuhalten könnte.

Der Höhepunkt war, als sie davon sprach, dass er ihr einziger Sohn sei, den sie neun Monate in sich getragen habe, für den sie ihre Familie und Freundinnen verlassen habe, damit er es einmal leichter haben würde. Dass zu dieser unerträglichen Leichtigkeit, mit der sie ihn beschenkt hatte, eben auch gehörte auszuziehen, wagte er nicht auszusprechen, dass Ausziehen eben hieß, sich ihrer Kontrolle zu entziehen. Es war nicht zu leugnen, er war ihr Sohn, sie hatte viel für ihn getan, aber er war eben nicht nur ihr Sohn. Er konnte ihr nicht erklären, warum er mit Rhea allein wohnen wollte oder, besser ausgedrückt, dass es schier unvorstellbar gewesen wäre, seiner Freundin vorzuschlagen, mit seiner Mutter zusammenzuziehen. Er fragte sich, ob sie wirklich dieselbe Sprache sprachen, ob für sie die Begriffe noch dieselbe Bedeutung trugen, oder vielleicht war es etwas ganz Natürliches, das Mütter und ihre Söhne durchlebten, der Abnabelungsprozess. Irgendwann gab er es auf, nach Erklärungen zu suchen und Erklärungen anzubieten, sagte ihr, wenn sie nicht verstehen wolle, warum, sei dies nun nicht sein Problem. Doch noch heute würde sie nicht unerwähnt lassen, dass, wenn Aras irgendwann in einer Anwaltskanzlei arbeiten würde, Geld verdiene, sich ein Haus leisten könne, dann würde sie dort wohnen, um auf Rheas und seine Kinder aufzupassen. Aras nickte dann immer und schwieg jedes Mal, diese Vorstellung lag, so wusste er, in weiter Zukunft, wenn es so weit war, dann würde er sich darum kümmern. Dass er keine Sprache mit seiner Mutter teilte, lag daran, dass er keine Muttersprache hatte. Zu gut konnte er das Deutsche, welches nicht seine Erstsprache war, zu schlecht das Arabische, obwohl es seine Muttersprache war, vom Kurdischen ganz zu schweigen, war es doch, streng genommen, wahrscheinlich seine Erstsprache. Eine Dreiecksbeziehung, kompliziert von Natur aus. Vielleicht konnte er die Aufregung nicht beruhigen, weil er die Sprache seines Körpers nicht beherrschen. Vielleicht aber war es ganz anders. Vielleicht konnte er keine Sprache beherrschen. Vielleicht war es umgekehrt, Sprache beherrschte ihn, und er verstand nicht, was seinen Körper aufregte.

Da klingelte es an der Tür. Ein junger Mann mit einem Klemmbrett und Headset stand dort. Aras wunderte sich, wie er so schnell hochgekommen war. Doch bevor er fragen konnte, forderte der junge Mann ihn auf, sich anzuziehen, das Auto warte unten. Aras war nicht bewusst, dass er abgeholt werden würde. Umso wichtiger kam ihm nun der Tag vor. Der Kaffee in der Hand, die Aufregung schüttelte sich neben ihm. Er packte seinen Rucksack, den Laptop, ein

Buch. »Was ziehe ich an?«, fragte sich Aras, und die Aufregung deutete auf ein kariertes Hemd, das an der Schranktür hing. Er holte einen Pullover, dunkelgrün, aus dem Schrank und die Jeans, die über dem Stuhl hing. Er steckte den Pulli in den Rucksack und war bereit, sich die Schuhe anzuziehen, als es von hinten kam: »Du solltest frühstücken.« – »Dort wird es sicher was zu essen geben«, behauptete Aras. Er sah vor sich ein Buffet, mit Brötchen, Käsebrötchen mit Remoulade, zwei Radieschenscheiben, Kresse vielleicht, und sich selbst dort hungrig, nicht essend, weil andere anwesend wären, mit denen er sich zu unterhalten hätte, sich vorzustellen hätte, sich warm sprechen müsste mit ihnen, eine Grundlage schaffend für das, was folgen würde, den Ton setzen, da würde ein voller, kauender Mund die Sprache verstellen, die sich doch zwischen ihnen bilden sollte, um zu einem gemeinsamen Nenner zu finden.

Der junge Mann mit Klemmbrett und Headset vor der Tür war verschwunden. Er wartete wahrscheinlich unten. In Gedanken versunken, glitt Aras die Treppe hinunter. Er schaute sich um. Da war kein Auto. Er ging einmal um den Block. Da waren weder der junge Mann noch ein Auto. Dann würde er, wie eigentlich geplant, mit dem Fahrrad fahren. Vor der Haustür hatte er es abgestellt. Er fuhr rechts die Straße entlang, den Hügel runter. Die Straßen waren nicht gemacht für Fahrräder, zu viele Schlaglöcher. Die Autos parkten in zwei Reihen, manchmal öffnete sich plötzlich eine Tür. An einigen Stellen lag Schutt. An der Ecke traf er Khalid, grüßte ihn von seinem Fahrrad aus.

Er fuhr an der Straßenbahn vorbei, die seit einigen Monaten nicht mehr fuhr. Die Gleise sprossen aus dem Boden wie eine Fontäne empor. Absperrgitter und ein paar Bauarbeiter versuchten zu retten, was noch zu retten war. Das Gleisbett könnte durch eine Bombe zerstört worden sein, dachte Aras. An der nächsten Biegung musste er ein wenig vorsichtig sein, er stieg vom Fahrrad ab. Statt den Weg weiter geradeaus zu fahren, nahm er die Treppen. Zwar musste er dann sein Fahrrad tragen, aber die Bettlaken sah er als Zeichen an, sie boten Sicherheit. Unten angekommen, nahm er den Weg unter der Brücke, hier hatten sich schon die Familien wohnlich eingerichtet, die ihre Häuser verloren hatten. An einer langen Tafel saßen sie und aßen. Die Kinder rannten um die Tische. Eine Mutter hielt ein Mädchen am Handgelenk und redete auf sie ein. Doch es half nichts, sobald die Mutter das Mädchen losließ, rannte sie mit den anderen Kindern weiter im Kreis. Sie schrien und lachten. Aras lachte mit.

Man muss sich über die kleinen Dinge freuen lernen, hatte ihm Khalid gesagt. Wenn Khalid und er sich nicht schrieben, dann trafen sie sich manchmal zum Spazierengehen, das ging nicht immer, meistens nur vormittags, wenn die Sorgen den verloren gegangenen Schlaf der Nacht nachholten. Wenn Aras also nicht zur Universität musste oder andere Erledigungen hatte, dann begleitete ihn Khalid durch die Straßen und gab Ratschläge. Zumindest klang sein Gerede immer wie ein Ratschlag, ob er an Aras gerichtet war, war dabei nebensächlich.

Als Khalid Aras vom Deutschkurs erzählt hatte, dass es da einen Mann gab, der immer, wenn er auf die Toilette wollte, sich meldete und die Lehrerin um Erlaubnis fragte, sie jedes Mal sagte, dass er dies nicht müsse und einfach rausgehen könne, er sei ja kein Kind. Aber es blieb dabei, immer, wenn er auf die Toilette musste, fragte der Mann um Erlaubnis. Khalid hatte das erzählt und dabei gelacht: »Siehst du, was dieses Regime mit uns gemacht hat?!« Etwas ernster hatte er hinzugefügt: »Weißt du, in Europa seid ihr alle in Einzelhaft, wir aber sind in Geiselhaft. Sie haben uns voneinander so abhängig gemacht, dass wir einander in Geiselhaft nehmen müssen. Der Mann gibt dieser Lehrerin die Macht, dabei will sie die nicht mal. Oh, möge Gott Assads Seele verfluchen.«

Einzelhaft hin oder her, Aras hatte Khalid gefragt, warum er nicht endlich Asyl beantrage, dann müsse er den Deutschkurs nicht selber zahlen. Dass es doch gerade gut aussehe für Syrer*innen in Deutschland, er wisse nicht, wie lange dies anhalten würde, und nach Schweden könne Khalid dann immer noch. Daraufhin hatte Khalid ihn gefragt, wie es gewesen sei, nach Deutschland zu kommen. Er habe gehört, man käme in Lager mit anderen Flüchtlingen. Woraufhin Aras ihm erzählte, dass sie, seine Familie und er in drei verschiedenen Heimen gewesen wären. Das erste war die Erstaufnahmestelle gewesen. Er erinnerte sich noch an die Männer hinter den Zäunen und den Gedanken, dass er bald zu ihnen gehören würde. Sie sagten zu ihnen, genießt die andere Seite, hier werdet ihr nur warten, und das Essen ist schlecht. Hier blieben sie nicht lang, eine paar Tage, vielleicht eine Woche, und das Essen war schlecht. Im zweiten Asylheim, eine ehemalige Kaserne mit hohen Mauern, hatte es ein Freizeitangebot gegeben. Lamia und Aras verbrachten die Morgenstunden in einer Art Kindergarten. Die Frau dort bastelte mit ihnen. Einmal gab es sogar eine Zaubershow. Seine Mutter studierte derweil ihr Leben als Geschichte ein. Auch wenn das Leben in keine lineare Erzählung zu fügen war, so dürfte ihre Geschichte keine Ungereimtheiten haben, so wurde es ihr von den anderen Asylbewerbern erzählt. Sie dürfe auf keinen Fall in einen Widerspruch verstrickt werden, und der Richter, der eigentlich nur ein einfacher Beamter war, aber von allen »Richter« genannt wurde, er würde nach den Widersprüchen suchen. Er würde ihr auch Fragen stellen, wie zum Beispiel, was die Hauptstadt von Syrien sei und welche Städte sie sonst noch kennen würde, ob sie bis zehn zählen könnte. Es gebe Palästinenser aus dem Libanon, die sich als Syrer ausgeben würden, nach Syrien wurde nicht abgeschoben. Hier war das Essen schon etwas besser, aber einmal hätten sie etwas Rundes, Weißes aus Pappe zu essen bekommen, nur Lamia hatte sich getraut hineinzuschneiden, es hatte so ausgesehen wie cremiger Käse, der jedoch nach fast nichts geschmeckt hätte. Und das dritte Asylheim, nun, das war wirklich das Schlimmste von allen. Zwar waren alle Asylheime immer am Stadtrand, und man musste zur Straßenbahn mindestens eine halbe Stunde laufen, meist war es die Endhaltestelle, aber dieses letzte Heim war nun das Letzte.

Es waren Container in einer Brache aufgestellt, man musste an einer Schranke vorbei, einen Hügel hoch und wieder runter, um dort anzukommen, direkt neben den Gleisen, Güterwaggons fuhren stündlich vorbei. Hier blieben sie am längsten. Aber nicht länger als die Familie im letzten Raum rechts, die in zwei Zimmern mit sieben Kindern schon dreizehn Jahre lebte. Irakische Kurden, hatte seine Mutter mitleidig gesagt, ohne Papiere, hinterhergeschoben, und Aras verstand, dass Papiere wichtig waren. Damals war ihm nicht klar, dass auch sie keine Papiere hatten. Der Schlepper hatte sie ihnen abgenommen. Aber die Geschichte, die seine Mutter eingeübt hatte, war glaubhafter als die der irakischen Familie, deren Übersetzer Araber war, und sie sprachen nur schlecht Arabisch mit kurdischem Akzent. Ihre Geschichte bekam Loch und Löcher. Also wohnten sie in diesem. Und immerhin, hier hatte es keine Wertmarken gegeben, sondern ganz normales Geld. Es musste nicht erst umgetauscht werden in einem vietnamesischen Geschäft, das sich, aus welchen Gründen auch immer, dafür bereit erklärte, sie entgegenzunehmen. Die Wertmarken würden in Nadias Portemonnaie Jahre später wieder auftauchen, weil sie sie für andere wechselte und dann damit einkaufen ging. Sie würde mit den Scheinen nicht bei Aldi oder Lidl bezahlen, aber dafür mit arabischen Verkäufern streiten, die nicht bereit waren, ihr das richtige Rückgeld zurückzugeben.

Sein Weg führte entlang des Flusses weiter, hier war der einzige Ort, an dem er sich sicher fühlte. Die Bäume wuchsen so dicht, dass sich ein wenig Normalität breitmachen konnte, Hundebesitzer mit ihren Hunden an der Leine, Familien mit ihren Kindern, alte Frauen und Männer mit ihren Rollatoren, sie gingen friedlich spazieren. Einen Hügel hinauf, wieder auf der Straße sah die Welt auch schon anders aus. Auch hier war ein Haus eingestürzt, die Bauarbeiter versuchten zu retten, was noch zu retten war. Der Versuch zu retten, was noch zu retten war, schien Aras das Pendant zum Glauben zu sein, dass es nicht schlimmer kommen könne. Doch es schien, die Lage war nie so schlecht, dass sie nicht immer auch schlechter werden konnte. Am Himmel flog ein Flugzeug vorbei, zu weit oben, dachte Aras, ein gutes Zeichen, dass es so weit oben flog.

Aras erinnerte sich an einen Mann, den er letztens gesehen hatte. Der Mann bettelte, hatte gesagt, dass seine Tochter Geburtstag habe. Der Mann hatte nach Geld gefragt, denn er wollte ihr ein Geschenk kaufen. Ein anderer Mann stand neben ihm und schüttelte den Kopf, fragte: »Soll ich es ihm sagen?« – »Was sagen?«, hatte Aras gefragt. »Sein Haus wurde letztes Jahr zerbombt, und seine Tochter ist im Schutt gestorben. Er denkt, wenn er das Geld gehabt hätte an ihrem Geburtstag, dann wäre sie nicht im Haus gewesen, als die Bombe das Haus traf.«

Merkwürdig war Aras dies nicht erschienen, er begegnete immer wieder solchen Menschen. Dabei kam er sich immer ein bisschen hilflos vor, aber sie verschwanden auch so schnell, wie sie gekommen waren. Während er am eingestürzten Haus vorbeifuhr, dachte Aras an ein Video, in dem ein kleines Mädchen aus dem Schutt gerettet wurde. Der Mann, der ihr die Hand reichte, um sie rauszuholen, sie hatte ihm gesagt, dass sie ihm zu Füßen dienen werde, wenn er sie raushole. Der Mann hatte ihr nur geantwortet, aber mein Kind, ich werde dich auf meinen Kopf setzen, wenn ich dich hier rausgeholt habe. Und er setzte sie auf seine Schultern.

Am Eingang eines großen weißen Quadrats, unten eine elegante Glasfront, wartete die Aufregung. Die Glastüren öffneten sich automatisch, als Aras einen Schritt auf sie zumachte. Empfangen wurde er vom Pförtner, der sogleich den jungen Mann mit Klemmbrett und Headset herbeirief. Dieser kam aus einem kleinen Zimmer neben der Pforte heraus. Der junge Mann mit Klemmbrett und Headset stand gerade, geradezu so, als wolle er in Augenschein genommen werden. Er trug ein sauber gebügeltes, weißes Hemd, keine Falte war zu sehen, das Hemd steckte in einer schwarzen Anzughose, die mit einem schwarzen Gürtel die Hüfte umschloss. Dazu trug er Chucks, was Aras beruhigte. Die Augen des jungen Mannes waren klein und schwarz, das Haar kurz und schwarz, nach oben gegelt. Er sagte: »Da sind Sie ja endlich. Ich führe Sie zur Umkleidekabine. Die Sendung wird in drei Stunden aufgenommen, bis dahin müssen Sie einmal in die Maske, den Moderator und die anderen Gäste kennenlernen. Kommen Sie. Kommen Sie.«

Sie gingen durch die Eingangshalle hindurch, die eine erstaunlich niedrige Decke hatte, hätte Aras seinen Arm nach oben gestreckt, so wäre er wahrscheinlich damit in Berührung gekommen. Zur rechten Seite waren Türen, zu nah nebeneinander, so dass die Räume sicher länglich wären und nicht sonderlich groß. Zur Linken waren Fahrstühle, sie gingen auf einen zu, der sich öffnete. Sie fuhren in die sechste Etage, die höchste, da stiegen sie aus, ein schmaler Gang lag vor ihnen, Teppichboden, was Aras darauf schließen ließ, dass das Gebäude aus den Siebzigern sein müsste, mattes Dunkelgrün, der Teppich, die Wände weiß, in der Mitte, genau auf Höhe der Hüfte, war ein goldener Metallstreifen angebracht, der dem Gang eine Eleganz verlieh. Sie gingen lang, länger als Aras glaubte, dass das Gebäude wäre. An einigen Stellen schien der Gang schmaler zu werden, an einer Stelle war sich Aras sehr sicher, denn er musste den Arm einziehen, doch ihm bleib keine Zeit, sich darüber zu wundern, der junge Mann mit Klemmbrett und Headset hastete vor ihm im Eiltempo. Dann ging es einige Treppen hinauf, eine Tür, eine Holztür wurde aufgemacht. Stickige, warme Luft atmete Aras, sie engte ihm die Brust ein. Der Boden knirschte, ächzte, und Aras war sich nicht mehr sicher, ob er hier nun richtig war, ob es eine kluge Idee war, diesem jungen Mann mit Klemmbrett und Headset vertraut zu haben, vielleicht führte er ihn in die Irre, wahrscheinlich würde Aras zu spät sein. Er schaute auf die Uhr. Sie waren schon eine Viertelstunde gegangen. Aras räusperte sich, setzte an zu fragen, da öffnete der junge Mann mit Klemmbrett und Headset eine Tür zur Linken.

In der Umkleidekabine angekommen, eigentlich ein ganzer Umkleideraum, fand er einen Spiegel mit Schminktisch vor, ein Ledersofa, einen Glastisch, Wasserflaschen, eine Glückskastanie in der Ecke. Die Gardinen waren zugezogen. Aras ging zum Fenster, öffnete es, schaute hinaus. Auf der

Fensterbank entdeckte er einen kleinen, braunen Käfer. Der Anblick zog Aras an. Er konnte sich nicht umdrehen, ignorieren, die Beinchen zappelten Richtung Decke. Hilflos war er, ein Stups würde reichen, dann könnte er einfach weiterkrabbeln. Aras' Hand wanderte auf die Fensterbank, sein Finger kam dem Käfer näher, er wusste, er könnte den Brotkäfer auch zerquetschen. Es würde keinen Unterschied machen, niemand würde es sehen. In diesem Raum war er nicht der Mensch, er, Aras war der Käfer, dachte er. In eine Welt war er hineingeboren, in der andere Menschen für ihn entschieden hatten, wo er aufwachsen, wie er aufwachsen würde, welchen Ungerechtigkeiten er ausgesetzt wäre. Aber vielleicht stimmte das auch nicht. Die Syrer, dachte Aras, Syrien war eine Fensterbank voller Käfer auf dem Rücken. Er hingegen konnte sich jederzeit umdrehen, er konnte sein Handy einfach ausschalten, und das Leid wäre auch ausgeschaltet, die Situation des Käfers war die falsche Metapher. Natürlich war es nicht so einfach. Da waren die ganzen Menschen in seinem Leben, die wie dieser Brotkäfer auf dem Rücken lagen. Es war keine Wahl, hatte er im Gefühl, keine Entscheidung, welche Verantwortung einem aufgetragen wurde. Aras hätte sich nicht plötzlich für die Belange der Sudanesen einsetzen können, denen es viel schlechter ging, die Jemeniten, allein schon nicht, weil er viel zu wenig über den Sudan oder den Jemen wusste, wo keine Verbindung, da keine Dringlichkeit, schloss er für sich ab.

Der junge Mann mit Klemmbrett und Headset stand wieder vor seiner Tür. »Sie müssen in die Maske. Hier entlang«, er führte Aras durch lange Gänge, öffnete hier eine Tür, schloss sie wieder, um die nächste zu öffnen und durch diese durchzugehen. Sie stiegen einen Schacht hinauf und liefen durch einen Tunnel. Am Ende kamen sie vor einer roten

Tür an. Der junge Mann mit Klemmbrett und Headset klopfte. »Und Sie sind der Flüchtling?«, öffnete die Maske die Tür. Aras lachte: »Ja, den spiel ich heute.« Die Maske lachte zurück. »Dann setzen Sie sich doch«, die Maske deutete auf einen Sessel. Aras setzte sich. Der Sessel war bequem. Er hatte sogar eine Metallstütze für die Füße.

Die Unterhaltung mit der Maske durchlief die üblichen Etappen des Kennenlernens eines Ausländers. Die Abstammung wurde geklärt, der Weg nach Deutschland folgte, höflichkeitshalber, der klägliche Versuch, den Namen richtig auszusprechen, die As lang, ein rollendes R in der Mitte, dann die derzeitige Beschäftigung. Ein paar Fragen zur Heimat, ein paar Fragen zum neuen Zuhause. Irgendwann fiel der Satz, der immer fiel, der ein Erstaunen ausdrückte, kein tiefes, das Glauben zerrüttete, sondern eines, das die Ausnahme der Regel erkannte und somit nur dazu diente, die Regel, die sich im Kopf gebildet hatte, zu bestätigen: »Sie sprechen aber gut Deutsch.« Aras lag nichts daran, etwas darauf zu erwidern. Er hielt die Lippen geschlossen, während die Maske weiter Make-up über die Nase tupfte.

Er wusste, dass dieser Tag mehrere solcher Situationen bergen würde. Darauf war er vorbereitet. Spätestens wenn es darum gehen würde, ihn vorzustellen, vor dem Publikum als Syrer, als Syro-Deutscher, als kurdischer Syrer, als Deutscher mit syrischem Migrationshintergrund, syrischen Wurzeln, als eine Kombination aus Einheiten, die gesellschaftlich konstruiert wurden, um zu ordnen, die jedoch nichts mit der Realität zu tun hatten, sie nicht erfassen konnten. Jede dieser Kombinationen sagte etwas, was die andere nicht aussagte, und Aras wusste, dass irgendwo zwischen ihnen, in den Schattierungen und in der Grauzone, in den Übergängen, da lag die Wahrheit. Die Kombination aus seinem Aussehen, seinem Verhalten, seiner Aussprache ließ sich nicht eindeutig festlegen.

Die Aussprache hochdeutsch, die Worte, die er wählte, entsprangen einer Mischung aus den Lektüren des Deutschunterrichts, Fernsehsendungen aus der Jugend, Einfluss der Freunde, Juraprofessor_innen, der politischen Sozialisierung. Sein Verhalten, kopiert und vermischt aus Handbewegungen seiner Mutter, Gestik, die er in Behörden gelernt hatte zu unterdrücken, eine Ruhe, die im öffentlichen Raum bewahrt werden musste, um weniger Blicke auf sich zu ziehen, ein Gang, der Stärke ausdrückte, um nicht unnötig angesprochen zu werden, aber eine gewisse Nachlässigkeit, um nicht als Gefahr zu erscheinen, die Nachlässigkeit, eine gepflegt-alternative Bürgerlichkeit. Dass er ganz nach seinem Opa kam, dafür konnte Aras nichts. Dass er im Gegensatz zum Rest seiner Familie deshalb behaarter, dunkler war, begegnete er mit der als Witz getarnten Behauptung, dass sich die kurdischen, weil arischen, Gene mit den blonden Haaren und blauen Augen bei ihm nicht hätten durchsetzen können. Zu komplex war die Idee, dass die Beziehungen und die Beziehungen, die seine Beziehungen eingingen, räumlich, zeitlich, dass sie es waren, die ihn definierten und keine Ländergrenzen. Ihm, Aras, lag nichts mehr daran, die Ausnahme einer Regel zu sein, die eine Regel bestätigte, die nur Ausnahmen zuließ, die sich an die Regeln hielten, er wollte die Regel ad absurdum führen. »So, wir wären dann fertig. Toi! Toi! Toi!«, beendete die Maskenbildnerin ihr Werk. Die Tür ging auch schon auf, und der junge Mann mit Klemmbrett und Headset rief Aras zu: »Hier lang zum Studio. Dort haben Sie dann Zeit, die anderen Gäste kennenzulernen.«

Sie gingen den knirschenden Boden ab, durch eine Holztür, den schmalen Gang entlang, mit dem Fahrstuhl in die zweite Etage, die Türen ratterten beim Öffnen und gaben den Blick frei auf das Studio. Der Moderator saß in einem roten Ledersessel, umgeben von jeweils zwei schwarzen Sesseln zur Linken und zur Rechten. Das kulturelle Kapital fehlte Aras, um zu erkennen, dass es Le Corbusier-Sessel waren, sie anzuerkennen für, was sie waren. So fand er sie einfach nicht schön, so waren es einfach nur sehr wuchtige schwarze Sessel. Bei dem hellen Klang, mit dem der Fahrstuhl Aras angekündigt hatte, hatte der Moderator aufgeblickt, sich erhoben, war in Aras' Richtung gegangen, um ihm die Hand zu reichen, willkommen zu heißen, seine Freude, ob seine echte war gleichgültig, zum Ausdruck zu bringen, Aras hier als Gast dabeizuhaben, wie es ihm denn gehe? »Ein bisschen aufgeregt«, erwiderte Aras. »Das ist aber nicht Ihre erste Sendung? Nun, die Aufregung geht auch nicht so schnell weg. Das ist normal. Haben Sie gut hergefunden?«, hakte der Moderator die Liste an Bemerkungen und Fragen ab. Er strich sich durch die grauen Haare, mindestens zwei Köpfe größer war er, schlank, in einem blauen Anzug, mit den Füßen leicht geöffnet, in den Händen die Moderationskarten umschlossen. Ein weiteres Klingeln, und hinter Aras erschien ein weiterer Mann, ebenfalls alt, ebenfalls in einem blauen Anzug, jedoch mit Krawatte, seine Augen strahlten kurz auf, als er den Moderator erblickte: »Günther, wie schön dich zu sehen. Danke für die Einladung!« – »Natürlich! Wie geht es dir?«, es ging einige Fragerunden um die aktuelle Lebenslage, in die Aras nicht involviert wurde, um dann darauf zurückzukommen, dass Aras Jura studierte, wie weit er denn sei? »Ich stecke in den Vorbereitungen zum ersten Staatsexamen.« – »Oh, eine aufregende Zeit, mühselig, aber das kann nur bedeuten, dass Sie strebsam sind. Menschen wie Sie brauchen wir hier!«, antwortete daraufhin der Mann im blauen Anzug und Krawatte, der sich Aras gegenüber als Bundestagsabgeordneter der Sozialdemokraten vorstellte. Das helle Klingeln des Fahrstuhls: eine Frau in Jeans und einer schwarzen Bluse, die Haare kurz, braun, Brille. Sie hatte ein Buch über ihre Recherche in Syrien geschrieben, hatte es *Die lebenden Toten* genannt, ein Wortspiel ihres Fixers, für sie starben die Brotkäfer. Das Wortspiel riss Welten auf in Aras. Es stimmte, er wollte zustimmen, er wollte die Dringlichkeit, und doch waren sie am Leben, auf dem Rücken, aber am Leben, dachte Aras, und strampelten, und wollten weiterleben, dort, hier, deswegen war Aras hier, um darüber zu sprechen, wie sie strampelten, sie würde auf seiner Seite stehen, argumentativ, hoffte er. Über den Bundestagsabgeordneten war sich Aras unsicher, und der Letzte im Ring: ein Vertreter der Polizeigewerkschaft. Mit dieser Wahl hatte die Redaktion ins Schwarze der Urangst ihres Publikums getroffen. Aras war die eigene Strategie klar. Er würde abwechselnd die Klaviatur Rationalität und Tränendrüse spielen. In der Hoffnung, die Journalistin würde es ihm gleichtun, stellte er sich ihr vor. Das Spiel mit der Maske wiederholte sich, diesmal mit detaillierten Fragen: Wo er in Aleppo gelebt habe?, sie sei schließlich vor Ort gewesen. Welcher Partei die Eltern angehört hätten?, der Grund ihrer Flucht. Wie Syrer:innen in Deutschland die Lage wahrnehmen würden?

Die erste Frage war einfach zu beantworten, die zweite stellte Aras vor Herausforderungen. Er wusste, dass sein Vater politisch aktiv war, nicht so sehr seine Mutter, dass es verschiedene Parteien gab, mit zum Teil unterschiedlichen Büros, aber wem er anhing, das hatte er nie wirklich nachgefragt, es hatte auch nie eine Rolle gespielt. Dass die Journalistin diese Frage stellte, schüchterte Aras ein. Es war ein merkwürdiges Gefühl, wenn eine wie sie ihn in den Kreis der Unwissenden und damit einer anderen Unzugehörigkeit führte. Die Antwort nicht wissend, übersprang er die Frage und beantwortete die letzte um so ausführlicher. Zwiegespalten, könne man sagen, während die Mehrheit sich solidarisiert hatte, gab es einen kleinen Anteil, der weiterhin mit dem Regime sympathisierte. »Aus Angst?«, fragte sie. »Wohl kaum. Wie auch immer es ausgehen mag, sie könnten schweigen. Wer spricht, tut es entweder aus Überzeugung oder Opportunismus«, dass es Spione sein könnten, fügte er nicht hinzu, er befürchtete, sie würde ihn nicht ernst nehmen. Es gab bereits Facebook-Gruppen von Syrer:innen, die Regimetreue entlarvten, einen hatte Aras sogar bei sich in der Nachbarschaft entdeckt, doch was hätte er gegen ihn unternehmen können, die Polizei rufen, in die Gruppe schreiben, der Mann war ein einfacher Schauspieler gewesen. »Sie könnten auch Spione sein«, ergänzte die Journalistin Aras. »Sagen Sie das bloß nicht dem Polizeigewerkschafter«, antwortete er und wartete ihr Lachen ab. Sie lachte, damit war die Allianz geschlossen. Aras wusste um die Fragilität dieses Bündnisses. Vorerst unterstellte er ihr Opportunismus. Syrien war ein Schritt auf ihrer Karriereleiter. Passend erschien er nun, der gemeinsame Feind für den Abend, schritt in Richtung des Moderators: »Lang ist es her! Wann war die letzte Sendung?« – »Zu lang!« – »Um was ging es da noch mal?« – »Die Clans.« – »Nein, Hans, du wirst alt! Es waren die Rocker«, entgegnete der Moderator.

Das Publikum wurde hereingebeten. Von zwei Seiten durchfluteten sie die Sitzreihen, da war er, der Durchschnitt Deutschlands, die Imagination derer, die in den achtziger Jahren den sozialen Aufstieg geschafft hatten. Als wären sie einmal im obersten Stockwerk von Karstadt Publikum shoppen gewesen. Hier trat sie auf, die Nostalgie eines Deutschlands, die noch keine ist: alt und jung, aber vor allem alt, der alte schlanke Mann, Lehrer, die Mittvierziger-Krankenschwester, schlanke Beine, Stressbauch, der junge Student mit Wollmütze bis kurz über die Ohren, die Locken guckten keck raus, die Azubine im knielangen, braun karierten Rock, ordentlich, herausgeputzt, aufmerksam. Ihre Gunst galt es zu gewinnen. Aras wurde aus ihnen nicht schlau. Für die Politik waren sie die Wähler*innenstimmen. Für Aras waren sie eine Stimmung, der er Empathie entlocken wollte. Nie war das Publikum ein Subjekt, als Masse ist der Mensch immer ein Objekt, dachte er.

Mitten unter ihnen saß sie: Aras' Aufregung. Sie war schön, groß und schlank, braune Haare, hohe Stirn, blaue Augen, gerade Nase, volle Lippen, ein Schmollmund, engelhaft. Hatten sie sie tatsächlich eingeladen? War sie es wirklich? Aras schloss seine Augen. »Du bist sicher. Das Gefühl ist unangenehm, aber du bist sicher. Dieses Gefühl ist unangenehm, aber du bist sicher«, sagte er sich. Er öffnete die Augen, sie war es, sie war es wirklich! Aras gab sich geschlagen, ihm fiel nichts Klügeres ein, die Aufregung hatte sich buchstäblich in Angelina Jolie verwandelt. Sie war der Überraschungsgast. Ihrem Auftritt in der UN nachempfunden, schritt sie als weißer Punkt unter den Grauen herab, stellte sich neben ihn. »Warum bist du hier?«, fragte er sie. »Es geht um was«, antwortete sie. »Wer wird sich das schon anschauen? Niemand wird seine Meinung ändern, der nicht sowieso schon überzeugt war.« – »Du weißt selbst, dass es um was geht. Sonst würdest du nicht hingehen und die Projektionsfläche spielen.« – »Will ich sie spielen?« – »Erinnerst du dich an meinen Auftritt vor der UN?« – »Nein.« – »Du wirst dich daran erinnern, wenn es so weit ist. Ich werde sehr aufgeregt sein. Ich werde so aufgeregt sein, dass ich die Rede abgelesen haben werde, anstatt sie auswendig zu lernen. Und nachdem ich die Rede gehalten habe, wird der syrische Vertreter aufstehen und mir sagen, wie schön ich sei.« – »Schönheit ist eine Waffe. Erinnerst du dich an die chilenische Studentenbewegung? Sie war nur in den Nachrichten wegen der schönen Anführerin. Wie hieß sie noch gleich?«, fragte Aras. »Camila Vallejo«, antwortete Angelina Jolie und fuhr fort: »Wenn der Kampf so aussichtslos erscheint, dann helfen schon die kleinsten Symbole, Aras.« Sie schwiegen. »Hast du wirklich überlegt, ein Kind aus Syrien zu adoptieren?«, traute er sich schließlich zu fragen. »Nein, es war PR für die Lage syrischer Kinder«, entgegnete Angelina Jolie. »Hat es was gebracht?« – »Das ist die falsche Frage.« – »Was dann?« – »Das ist die richtige Frage.« – »Ich verstehe nicht.« – »Du musst ihnen klarmachen, dass es keinen Mangel an Informationen gibt, sondern an Willen, etwas zu ändern.«

Der Moderator klatschte in die Hände, die Studiogäste bewegten sich auf ihre schwarzen Sessel zu, Angelina Jolie setzte sich in die erste Reihe. Der Moderator begrüßte das Publikum im Studio und vor dem Fernsehbildschirm, das erst in einigen Stunden zuschauen würde. Dann ein kurzer Einspieler, der die Relevanz des Themas darstellte: »Die Annexion der Krim scheint Syrien in den Hintergrund zu rücken. Aber wir dürfen das Leiden der Menschen nicht vergessen. Terror. Tod. Verzweiflung. Drei Jahre. Millionen auf der Flucht. Die Vereinten Nationen haben aufgehört, die Toten zu zählen. Wenn der Ausnahmezustand zur Normalität wird. Was kann Deutschland noch tun?«

Der Moderator ergriff das Wort, stellte die Gäste vor und wandte sich schließlich der Journalistin zu: »Sie waren im

Januar noch in Syrien. In Aleppo, um genau zu sein. Können Sie uns die Lage vor Ort schildern?« Sie zeichnete die Entwicklungen der letzten vier Jahre nach: »Nun, wir haben es mit einer gescheiterten Revolution zu tun. Was friedlich anfing, kreist nun in einer Gewaltspirale. Die Opposition ist zerstritten, viele haben sich den Islamisten angeschlossen. Was auch eine Sicherheitsfrage für Deutschland darstellt«, der Moderator unterbrach sie. »Aber wie können wir uns das konkret vorstellen? Wie können wir uns Aleppo vorstellen?« – »Aleppo ist eine Geisterstadt. Von drei Millionen leben nur noch dreihunderttausend Menschen in der Stadt. Von fünftausend Ärzten sind nur noch sechsunddreißig vor Ort. Die Zerstörung ist verheerend. Ich habe Aufnahmen mitgebracht.«

Aras hing noch am Wort *gescheitert*, während Bilder von Schutt zu sehen waren. Er dachte, bevor Schutt fällt, steigt Rauch auf, er dachte an seinen Cousin, der nicht das Glück hatte, sich aus dem Militärdienst rauszuzahlen. Sein Militärdienst hatte ein Jahr vor der Revolution begonnen. Irgendwo in der Wüste hatte man ihn stationiert, Fluch und Segen zugleich. Er hatte seine Zeit dort abgesessen, fernab der Ereignisse, denn so nannte man sie nun. Mittlerweile sprachen nur wenige Syrer*innen von Revolution, denn hätte man immer noch von einer Revolution gesprochen, hätte man über die Fehler sprechen müssen. Aber die Fehler, die begangen worden sind, das Versäumnis, eine geschlossene Opposition zu bilden, die ideologische Erziehung der bewaffneten Kräfte, die notwendig gewesen wäre, damit keine unnötige Gewalt verursacht worden wäre, damit desertierte Soldaten sich nicht später islamistischen Gruppen anschlossen. Was sind aber diese Fehler, wie mangelnde politische Bildungsarbeit geleistet zu haben, im Vergleich zu den Zahlen, die schiere Menge an Leid, die für jene, die nicht mehr von Revolution sprachen, sich ganz individuell manifestierte, in Verlusten, in Brüchen, in Flucht, in Hoffnungslosigkeit. Sie sprachen also von den Ereignissen, und hätte Aras Deleuze gekannt und in diesem Wort nicht die Neutralisierung des politischen Begehrens gesehen, sondern erst dessen Erkennen als potenzielles Werden, dann hätte ihm diese Wortwahl etwas weniger missfallen. Also fernab dieser Ereignisse war sein Cousin eines Tages Zigaretten holen gegangen für sich, seine Freunde, die anderen Soldaten, und als er wiederkam, waren sie alle tot, erschossen von der Freien Syrischen Armee. Aras hatte sich gefragt, ob sein Cousin noch rauchte. Rauchen hatte ihm schließlich das Leben gerettet. Er würde ihn bei Gelegenheit fragen.

»Hier sieht man ein Haus, das gerade von einer Fassbombe getroffen wurde. Die Weißhelme versuchen, Menschen zu bergen«, kommentierte die Journalistin die Bilder. »Was sind Fassbomben? Könnten Sie das einmal für das Publikum erklären?« – »Nun, Fassbomben sind Ölfässer mit Sprengstoff und Nägeln, allerlei Metall. Sie werden aus einfachen Flugzeugen in dreihundert Meter Höhe abgeworfen. In Syrien sind sie sehr weitverbreitet und verursachen wahrscheinlich den Großteil der Verwüstung. Man weiß nie genau, wohin sie fallen. Aber die Zerstörung ist immer gewiss.« – »Was ist der strategische Hintergrund, was bezweckt das syrische Regime mit dem Einsatz von Fassbomben?« – »Das habe ich die Rebellen auch gefragt. Es ist nicht ganz eindeutig. Sie werden selten auf Militärstützpunkte abgeworfen. Die meisten Ziele sind Zivilistinnen und Zivilisten.« Der Moderator drehte sich zum Politiker: »Warum tut Deutschland nicht mehr, um diese Menschen zu schützen?« – »Also, Deutschland leistet bereits sehr viel humanitäre Hilfe. Um genau zu sein, ist Deutschland ganz vorne dabei«, antwortete er. »Allerdings haben wir es hier mit einem einzigartigen Konflikt zu tun. In den Kriegen der letzten fünfzig Jahre gab es nie den Fall, dass es keine humanitären Korridore gab. Wir stehen diplomatisch wie militärisch vor einer großen Herausforderung.« Der Moderator setzte nach: »Assad gibt sich derweil siegesgewiss. Die Wahlen stehen im Juni an.«

Als Aras zehn Jahre alt war, wurde Bashar al-Assad Präsident. Aras erinnerte sich noch, wie er vor dem Fernseher stand und nicht verstand, dass das, was er sah, eine Wahl war, die keiner hatte. Zuerst war da der Moderator, der den Tod des Vaters verkündete, die Verkörperung des Pan-Arabismus, der Korrekturbewegung, er der König, der Ewige, Hafez al-Assad war tot, dann eine Liveschaltung ins Parlament, ein Ministerpräsident, dessen Haut einem Blatt Papyrus glich, die Kunde überbringend, dirigierte die Abgeordneten zum Weinen, Schluchzen, zu lautem Aufheulen. Doch schon schwangen sie sich gemeinsam auf, die Zukunft des Landes stünde auf dem Spiel, sie bereiteten das Eigentor vor: Das Antrittsalter des Präsidenten wurde von vierzig auf vierunddreißig Jahre herabgesetzt, das Alter Bashar al-Assads, wahrlich die Dynastie war gerettet. Es sollte ein Signal sein. Die offizielle Wahl würde einen Monat später stattfinden. Es ist nur eine Ironie der Geschichte, dass Bashar al-Assad seinen ersten Sohn Hafez nannte und sich trotzdem in die Verfassung schreiben ließ, dass das politische System des syrischen Staates auf Pluralismus basiere und die Macht demokratisch durch Abstimmungen ausgeübt werde.

Der Moderator wandte sich Aras zu, die Drehung seines Oberkörpers signalisierte, dass es nun um ihn gehen würde, eine Weile, ein paar Fragen lang. »Wie fühlt sich das für Sie an? Sie kommen aus Syrien. Wie ist es, dieses Leid mitanzusehen zu müssen?« Aras spürte, wie das Wort Leid sich in sein Herz bohrte. Es quoll aus ihm heraus: »Stellen Sie sich vor, Sie googeln Mazah, weil Sie eine arabische Vorspeise für die Eltern ihrer Freundin zubereiten wollen, und dann werden Ihnen Bilder von arabischen Vorspeisen Hummus, Falafel, Baba Ganoush angezeigt, und Sie scrollen weiter und weiter und entdecken dann Bilder von Gefängniszellen, Folterzellen, um genau zu sein, graue Wände, metallene Türen, keine Fenster, die Wände uneben, weil Menschen aus Verzweiflung etwas von sich hinterlassen wollten. Es sind Bilder vom Mazzeh Gefängnis in Syrien. Spüren Sie das?«, der Moderator nickte. »So fühlt es sich an«, schob Aras hinterher. »Die Wörter werden im Arabischen gleich geschrieben. Wissen Sie, was das Absurde daran ist? Dieses Gefängnis existierte schon während der Kolonialzeit. Die Franzosen haben dort antikoloniale Kämpfer festgenommen. Und im Anschluss an die Unabhängigkeit wurden dort immer die Vorgänger der amtierenden Präsidenten gefangen gehalten. Fast schon routinemäßig. Zuletzt Nureddin al-Atassi, der dort zweiundzwanzig Jahre verbrachte. Er wurde von Hafez al-Assad zwei Monate vor seinem Tod entlassen. 2000 entschied Bashar al-Assad, das Gefängnis zu schließen und dort ein Institut für Geschichtswissenschaft zu eröffnen. Welche Geschichte, meinen Sie, wird dort gelehrt, wenn am anderen Ende von Damaskus ein zweites Mazzeh-Gefängnis existiert? Es ist am Militärflughafen, welcher auch von der Assad-Familie privat genutzt wird. Wenn sich also die Menschen hier fragen, warum Syrerinnen und Syrer fliehen, wie die Revolution in einen Krieg münden konnte, dann liegt es an einer seit der Kolonialzeit gewachsenen Ungerechtigkeit.« Der Moderator hakte nach: »Wollen Sie damit sagen, dass Europa eine Verantwortung gegenüber den Geschehnissen vor Ort hat?« – »Selbstverständlich. Und nicht nur weil Frankreich und Großbritannien buchstäblich die Grenzen des Nahen Ostens mit einem Lineal gezogen haben, sondern auch weil Deutschland noch bis Anfang 2011 Lieferungen von Chemikalien nach Syrien zugelassen hat, die zur Herstellung von Waffen genutzt wurden. Wer weiß, ob dadurch nicht der Einsatz in Ghouta hätte verhindert werden können.« – »Ich sehe das ganz wie Sie. Europa und Deutschland haben eine Verantwortung. Und dieser kommen sie ja auch nach Möglichkeit nach. Deutschland hat bereits zehntausend syrische Flüchtlinge über das UN-Abkommen aufgenommen. Alle aufzunehmen ist aber auch keine Lösung. Wir müssen entschieden daran arbeiten, die Fluchtursachen zu bekämpfen«, wandte der Politiker ein. Die Journalistin echauffierte sich: »In der Politik wird immer so getan, als würden alle Syrerinnen und Syrer nach Deutschland wollen. Die meisten halten sich jedoch in den Nachbarstaaten auf. Diese erhalten derzeit nicht genug Unterstützung in der Bewältigung dieser Flüchtlingskrise. Und wir sprechen hier von der größten Flüchtlingskrise seit dem Zweiten Weltkrieg. Und wir haben ja nicht einmal den Höhepunkt erreicht.« – »Was meinen Sie denn mit Höhepunkt, immer dieses Dramatisieren, diese Angstlust«, wandte der Politiker ein, da holte der Polizeigewerkschafter aus: »Nun, ich habe mir das jetzt eine Weile angehört. Der Punkt, den ich machen will, ist, dass Deutschland gar nicht darauf vorbereitet ist, mit den steigenden Flüchtlingszahlen umzugehen. Wir werden es in einem Jahr mit einer Menge Chaos zu tun haben. Und ich sehe dann schon, wie die Politik nach der harten Hand der Polizei rufen wird. Wir haben es nämlich mit Menschen zu tun, die höchst traumatisiert sind, wenn sie hier ankommen werden. Das wird nicht reibungslos vonstattengehen. Assad bildet seine Soldaten dazu aus, auf Kinder zu schießen, auf Frauen zu schießen, Krankenhäuser zu zerstören. Die Menschen haben unglaubliches Leid erlebt. In und zwischen ihnen tobt noch dazu ein religiöser Konflikt. Die Rivalität zwischen den Kurden und Türken ist ja für uns immer wieder eine Herausforderung, wie erst soll es werden, wenn die Syrer dazukommen?«

Eine kurze Stille legte sich zwischen die Studiogäste, nun, damit hatte Aras gerechnet, und doch fühlte er sich kalt erwischt. Hier würde keine Fernsehgeschichte geschrieben werden. Hier würde niemand »und deswegen mache ich jetzt diesen Tisch kaputt« rufen und mit einer Axt den Tisch vor ihnen kaputt machen. Hier würde auch niemand »Halten Sie die Klappe!« schreien und daraufhin das Studio auseinandernehmen, wie es Shaker al-Johari und Mohammed al-Jayousi in Jordanien getan hatten. Hier würden die Einschaltquoten einfach weitersinken wie die Flüchtlinge im Mittelmeer, dachte Aras zynisch. »Aber Sie können doch nicht ein weiteres Bootsunglück wie vor Lampedusa wollen«, entgegnete die Journalistin. »Lampedusa muss ein Wendepunkt für die europäische Flüchtlingspolitik werden«, fügte der Politiker hinzu. Das Publikum klatschte. Die Fronten waren geklärt. Aras überrascht. War es ein Sieg?

»Sie haben Ghouta erwähnt«, der Polizeigewerkschafter deutete auf Aras. »Die Frage ist, wäre nicht ein militärisches Eingreifen genau das Richtige gewesen? Der Einsatz chemischer Waffen war Obamas rote Linie, und sie wurde überschritten. Dass Merkel gegen ein Eingreifen war, halte ich für langfristig problematisch. Wir haben es mit einem Krieg zu tun, in dem sich deutsche Sechzehnjährige ISIS anschließen. Das müssen wir mit allen Mitteln verhindern.«

Die Diskussion schien zu entgleiten, das merkte auch der Moderator, sein Dreh- und Angelpunkt war Aras, der lebende Beweis der Misere, nun, nicht wirklich, aber doch der eine für alle: »Was erhoffen Sie sich für die Zukunft Syriens?« – »Das ist eine schwierige Frage. Die einfachsten Menschenrechte, deren Anerkennung und Durchsetzung, das wäre schon mal ein Anfang. Und bis dahin sichere Fluchtrouten. Der Krieg in Syrien sieht nicht so aus, als würde er morgen enden, so sehr ich mir das selbst wünsche. Es werden mehr Menschen fliehen. Es werden mehr Menschen die Nachbarländer Syriens in Richtung Europa verlassen. Eine Flugverbotszone wäre eine effektive Fluchtursachenbekämpfung gewesen …«, er erklärte, was er erklären konnte, und beließ es bei dem Ungeklärten. Das war kein Aufgeben. Aufgeben kannte Aras nicht. Aufgeben hieße, dass etwas zu Ende ginge, aber für Aras gab es keine Enden. Ein Ende war schließlich nicht in Sicht.

Aras würde sich die Talkshow später am Abend zu Hause angucken, ihm würde auffallen, dass er einen Großteil vergessen hatte, fast so, als wäre er nicht mehr dabei gewesen. Er konnte sich aber noch daran erinnern, dass der junge Mann mit Klemmbrett und Headset ihn nach der Show wieder durch die ewig langen Gänge geführt hatte, zurück zur Umkleidekabine, wo er seine Sachen holte, dann wieder Gänge, Fahrstühle, sie würden irgendwann anhalten vor einem Raum, er würde Aras in einen Raum voll Wartender bringen. Als Aras mit dem jungen Mann mit Klemmbrett und Headset an den Wartenden vorbeigehen würde, erhoben sich einige und grüßten, nickten ihnen zu, müde manche, andere erwartungsvoll. Aras fragte, wer sie seien, und der junge Mann mit Klemmbrett und Headset antwortete, es wären Gesichter einer Geschichte. Aras würde einen von ihnen fragen, worauf er warte. Überfordert mit der Frage würde der Gefragte »Ich warte …« antworten. »Aber worauf?« – »Ich habe vor einigen Monaten Beweisanträge in meiner Sache vorgelegt und warte auf die Erledigung.« – »Beweisanträge?« – »Sie sind doch auch hier, weil Sie angeklagt sind, sind Sie nicht?« – »Ich weiß nicht genau«, erwiderte Aras. Mit diesem Gefühl war er hierhergekommen, aber war er nicht freigesprochen worden? Aras hatte den ganzen Tag nichts gegessen, das spürte er nun, dachte es sogar, als sein Kopf sich an den Boden schmiegte, sanft. Dunkel und still war es dann.

2015 – Das Zerfließen des Punktum

Sämtliche Geräusche waren verstummt. Die Grenze löste sich langsam auf, der Übergang war schleichend. Da, wo es noch fest war, entglitt Partikel für Partikel. Am Übergang waren keine Lücken, da waren keine zwei getrennten Einheiten, da waren kein Körper und kein Boden, kein Körper an Körper, sie zerfielen leise. Er spürte seinen Herzschlag, der deutlichste Beweis, dass er noch am Leben war. Er lag da, die Augen geschlossen, das spürte er jetzt, er wollte sich bewegen, den steifen Körper bewegen, den Arm heben, dachte er, aber die einzige Form, sich Raum zu nehmen, war sich aufzugeben, eins zu werden mit dem Umstand, dass es keinen Raum mehr für ihn gab auf dieser Welt. Hier begann die Selbstauflösung, nicht als Wunsch, aus Angst, aus Zwang. Was als Nächstes geschehen würde, war ganz dem Schicksal überlassen. Ob sich die Tür öffnen würde, sie ein paar verfaulte Brote und Orangen bekämen, ob jemand entlassen werden würde, ob jemand zum nächsten Verhör gerufen würde, sich einreihte in den Chor schmerzerfüllter Schreie, ob er der Nächste wäre. Die Hoffnungslosigkeit dieser Ungewissheit saß ihm schwer auf der Brust, an Atmen war nicht zu denken. Er hoffte, einer neben ihm würde ihn daran erinnern, wie man atmete, ihm diese Hoffnung geben, wenn er ihm schon den Raum nahm, sich zu bewegen, aber stattdessen raubte ihm die Regungslosigkeit, seine und die der anderen, den Lebenswillen, es war, als legte sie eine Hülle um seine, da flimmerte es, denn sein Körper war noch am Leben, es schlug in der Brust, er konnte es ja fühlen, aber es drang nicht mehr viel nach außen, gelähmt, die Erinnerung an eine Bewegung schlug noch Wellen.

Da sprach es zu ihm: »Aras … Aras … wach auf!«, eine Pause. Dann wieder »Aras … wach doch auf!«, es war eine vertraute Stimme. Er hatte Angst, dass es eine Falle wäre. Er wollte nicht aus dem Schlaf, aus der Zelle in den Gang. Er wusste, dass auch außerhalb der Zelle kein besserer Ort war, er hörte die Schreie und wusste, dass es nur eine Frage der Zeit wäre, bis die anderen die seinen hören würden. Er wusste nicht mehr, was innen und außen war. Da war es wieder: »Aras … Aras … wach auf!«, zu vertraut. Er fasste seinen Mut wie einen Pflasterstein, bereit, ihm dem Feind entgegenzuwerfen, öffnete die Augen, blickte in ihr Gesicht: »Wo bin ich?«, fragte er.

Der Raum erschloss sich ihm nicht sofort, er wusste, er war nicht wieder in der Zelle. Er war ganz woanders, fern der Gefahr. Ein großes Zimmer, er lag in einem großen Bett, die Bettwäsche war frisch, neben ihm ein Nachttisch, eine Lampe, eine junge Frau saß auf der Bettkante und blickte ihn besorgt an: »Wir sind am Toten Meer, Aras. Im Hotel.« Langsam kehrten sie zurück, seine Erinnerungen.

Sie waren gestern angekommen und hatten den Weg aus dem Staunen nicht mehr herausgefunden. Andächtig waren sie am Berg Nebo vorbeigefahren, die gewundene Straße Schleife für Schleife herab. Der Druck auf ihren Ohren war gestiegen, Regen zog übers Land, weiße Zelte, schwarze Punkte, Menschen und ihre Schafe, Plastik am Wegesrand, in einem Meer aus braunen, roten, orangenen Felsen. Die Farben verliefen ineinander, und dann sah er es wieder, das

Haus. Es war kahl, unverputzt, Ziegelsteine bildeten einen Raum, die Tür hing in den Angeln, dunkel war es drin, diesmal konnte er es sehen, eine Ziege, weiß, sie stand vor dem Haus. Sie fuhren vorbei. Vierhundert Meter unter dem Meeresspiegel. Die Kurven nahm der Fahrer langsam, ihnen fuhren keine anderen Autos entgegen. Sie waren allein, während die Sonne unterging. Sie schwiegen, mit dem iPhone in der Hand nahm Aras Fotos auf. Er dachte, es sei kein Wunder, dass Moses beim Anblick dieser Landschaft geglaubt hatte, das gelobte Land vor sich liegen zu sehen.

Langsam waren sie in die Ansammlung von Gebäuden eingefahren, eine Stadt konnte es nicht sein, dafür waren die Gebäude nicht verbunden, ungeordnet, da standen Hochhäuser, dicht an Wellblechhütten, die Dächer eingefallen, Rohbauten neben Ställen, Kleider hingen an Wäscheleinen in unbearbeiteten Hinterhofgärten, Brachen neben Zelten, kaum Straßen, Ferienhäuser neben Ziegen, Pferden, Hühnern. Direkt am Eingang dieser Ansammlung stand ein Mann mit einem Schlauch, er wusch ein Ladenschild. Es hatte nach Zoo gerochen, ja, so hatte es gerochen, das verwunderte Aras. Wie konnte dieser Ort so riechen? Nach Mist, und feucht war es gewesen. Ihm fiel auf, dass hier das Land der Hunde war, die Hauptstadt gehörte den Katzen. Und zwischendurch immer wieder der Versuch eines Luxusbaus. Der Kontrast zwischen Landschaft, den Gebäuden und der Autobahn, auf die sie nun fuhren, ließ sich nicht schnell genug verarbeiten, da standen sie schon an einer Polizeiabsperrung, begrüßten artig wie der Taxifahrer den Polizisten, der neben dem Wachhäuschen stand, kein Wachhund. Hier zwischen Chilliways und vorbeiziehenden Kamelen drohte Terrorgefahr und thronte es: Das Holiday Inn. Ihr Ziel.

»Frühstück gibt es nur noch eine Stunde. Wir sollten uns beeilen!«, sagte die junge Frau. Ihr Gesicht kam Aras bekannt vor, ihre feinen Züge, das braune, kurze Haar, sie lächelte ihn nach wie vor besorgt an, strich ihm über den Arm. Aras deutete es als Zeichen der Vertrautheit, aber er konnte sie nicht einordnen. Wer war sie? Es würde ihm sicher gleich einfallen, dachte er und setzte sich auf. Es bereitete ihm Sorgen, die junge Frau nicht zu erkennen, andererseits wollte er sich und sie nicht in Verlegenheit bringen. Es war ihm bereits ein paarmal passiert, meist mit Freunden oder Bekannten auf der Straße. Sie waren auf ihn zugekommen, hatten gefragt, wie es ihm gehe, wie es mit dem Studium liefe, was seine Mutter Nadia, seine Schwester Lamia, seine Freundin Rhea machten. Da fiel es ihm ein. Er lachte auf, Erleichterung machte sich breit, er warf seine Arme um die junge Frau, küsste sie.

»Aras, wir müssen uns wirklich beeilen!«, sagte Rhea nach einer Weile. Er stand auf, zog sich die Hose von gestern an, das Hemd, ins Badezimmer, aufs Klo, dann die Schuhe, klatschte in die Hände und sagte: »Bist du bereit bedient zu werden?«, ein Schreck wanderte über Rheas Gesicht. Beeilen wollte sie sich nur deshalb, weil sie das erste Mal in einem Fünf-Sterne-Hotel frühstücken genießen wollte, das Tote Meer war nur teuer zu haben, es gab hier keine Hostels oder regelmäßige Busverbindungen, die einen Tagestrip erlaubt hätten. Schon gestern beobachtete Aras, wie sie in vollkommene Verlegenheit geraten war, als der Page ihre Taschen entgegengenommen hatte. Rhea hatte darauf bestanden, zumindest die Tüten zu tragen. Panisch hatte sie Aras gefragt, ob er noch Kleingeld habe, das sie dem Pagen dann in die Hand drückte.

»Du willst doch frühstücken, dann musst du da durch«,

entgegnete Aras ihren Sorgen. Sie seufzte. Er drehte sich um, griff nach der Türklinke, nahm die Schlüsselkarte aus dem Schlitz, ein Klacken, das Licht war aus, hinter ihm Rhea, er hielt ihr die Tür noch auf, sie waren auf dem Flur, lang, Teppichboden, sie schritten an den Putzwägen vorbei, da blieb Rhea wieder stehen: »Meinst du, das Zimmer ist zu unordentlich?« Aras lachte sie aus. »Du kannst dich entscheiden: Frühstück oder aufräumen?«, ihre Antwort nicht abwartend, ging er weiter. »Es wird schon ok sein, Rhea«, sie standen vor dem Fahrstuhl. »Hast du gar kein schlechtes Gewissen?«, sie stiegen ein. »Nein, aber ich habe auch meine Unterhose nicht auf dem Boden liegen lassen«, er lachte, die Fahrstuhltür ging zu. »Warum tust du das?« – »Warum tue ich was?« – »Dich über mich lustig machen?« – »Weil du der Honig auf meinem Fruchtsalat mit Ashta bist.« Rhea steckte sich einen Finger in den offenen Mund, machte Würggeräusche, die Tür ging auf. Rhea blickte nach vorn. »Du hast Glück, dass hier niemand steht«, erwiderte Aras.

Sie bogen rechts ein und durchquerten die Eingangshalle. Die hohe Decke, von der ein riesiger Kronleuchter herabhing, die Glasfront, ein Wasserbecken, umschlossen von Lilien, der Marmorboden, sie bildeten einen offenen, lichtdurchfluteten Raum. Die anderen Touristen schlenderten ihnen langsam entgegen. Auf dem Weg in den Speisesaal begegnete ihnen das Bild des Königs, das Bild des Königs mit seiner Familie. Sie hätten auch eine Bilderrahmenfamilie sein können.

Vater und Mutter saßen in der Mitte, auf derselben Treppenstufe. Die Königin trug ein schlichtes weißes Kleid, der König trug ein hellblaues Hemd. Mit dem rechten Arm lehnte er auf ihrem Schoß, sie umschloss seinen Arm. Der Sohn rechts neben dem Vater trug ein dunkelrotes T-Shirt, der Kronprinz. Vor ihnen saß die jüngste Tochter, auch in Weiß. Zur Linken die älteste Tochter, neben der Mutter, auch in Weiß, vor ihr der kleine Bruder, weißes Hemd, schwarze Jeans, Sneakers mit Klettverschluss. Die Königsfamilie saß im Garten und lächelte in die Kamera, volksnah, reinlich, modern.

Rhea war am Bild stehen geblieben. »Ist er dir auch so schrecklich sympathisch?«, fragte sie. »Schrecklich«, antwortete Aras. Der Mann auf dem Bild, König Abdullah II bin al-Hussein, der unmittelbare Nachfahre des Propheten Mohamed in der einundvierzigsten Generation, wäre beinahe nicht König geworden. Er war General in den USA, wo seine palästinensische Frau bei Apple gearbeitet hatte, wo sie ein emanzipiertes Leben geführt hatten, sie machte das Frühstück, fuhr ihn zum Training, wenn er wiederkam, kochte er, machte die Wäsche, das hatte er alles beim Militär gelernt, sie hatten ein Mietauto. Später würde er sich für Gleichberechtigung einsetzen, für interreligiösen Dialog, keine Kriege, dafür Flüchtlinge. Wenn er sprach, dann nur mit einem perfekten britischen Akzent, er hatte in Oxford und an der Royal Military Academy Sandhurst studiert. Er war klug, klug genug, jegliche Kritik des Volkes mit der Entlassung von Ministern zu beantworten. Selten gab es Kritik an seiner Person, obwohl er, nie gewählt, entschied, wer überhaupt Minister, Senator, Bundesrichter oder Direktor des Geheimdienstes wurde. Bilder von ihm hingen nicht überall.

Am Eingang des Speisesaals stand ein junger Mann, seine Armmuskeln spannten die Ärmel seines fliederfarbenen Poloshirts, Aras blickte an ihm hinab auf eine beige Cargohose. Er hielt ein Klemmbrett. Der junge Mann begrüßte sie mit einem »Good Morning, Sir. Good Morning, Madam. What is your room number?« und einer kleinen Verbeugung, worauf Aras reflexhaft auf Arabisch antwortete. Der junge Mann blickte an Aras hinab, Überraschung war in seinen Augen zu sehen, Irritation auf beiden Seiten. Aras hatte sich noch daran zu gewöhnen, dass er hier nicht erkannt wurde. Er wusste nicht, was es genau war, seine Kleidung, seine Haltung oder ob es der Kontext war, in dem er sich bewegte. Nicht aus Jordanien, darin waren sich alle einig, war er Araber, vielleicht war er Spanier, wenn er dann sagte, aus Syrien, dann musste er auch hinterherschieben, er sei eigentlich aus Deutschland, also jung dort hin, mit der Familie, dort aufgewachsen, und nun hier um ein Praktikum bei der Botschaft zu machen, was meist zur Folge hatte, dass er gebeten wurde, entweder die zwei Millionen Syrer_innen in Jordanien mit nach Deutschland zu nehmen oder die Person, die vor ihm stand, die Taxi fuhr, das Gemüse verkaufte, ihm das Bier brachte, den Kiosk nebenan besaß. Irgendwann ließ er die Botschaft unerwähnt, ein Auslandssemester. Innerhalb des ersten Monats, in dem sich Aras bereits in Jordanien aufgehalten hatte, entwickelte er eine Routine in der Abfolge dieser Konversation. Hier am Eingang zum Speisesaal sah er keinen Grund, weiter in die Tiefe zu steigen und der Irritation Herr zu werden, einzig Flucht war der Eingang.

Rhea und Aras sahen sich mit einem weiteren riesigen Raum konfrontiert. Überall Tische, mal für zwei Personen, mal für vier, ein paar für sechs, acht. An der linken Seite war eine Fensterfront, die den Blick in die Hotelanlage ermöglichte: verschlungene, mit Steinen gepflasterte Wege führten an Palmen vorbei zum ersten Pool. Zur Rechten war das Buffet, dahinter standen Köche in Weiß. Es war laut, die Kellner in schwarzen Anzughosen liefen Slalom um die Tische. Das Bild, das sich daraus ergab, war das eines teuren Schnellrestaurants.

»Wo willst du sitzen?«, fragte Aras, Rhea zuckte mit den Schultern. Eine Entscheidung musste gefällt werden, darin waren beide nicht gut. Sie stand unentschlossen, ein wenig gestresst am Eingang. »Lieber am Fenster, oder?«, fragte er. Ihr Blick wanderte über die Tische am Fenster zum Buffet und wieder zurück. »Ja, Fenster ist gut«, sagte sie und ging auf einen Tisch zu, Aras folgte ihr. Kaum saßen sie, kam ein Kellner, fragte welches Frühstück sie gerne hätten, Arabisch oder Continental. Sie schauten sich an, diese Entscheidung hatten sie vorsorglich am Abend zuvor getroffen, Arabisch, antwortete Rhea auf Englisch. Ob sie ein Omelett wollten, mit Käse, Gemüse oder Wurst, einen Kaffee oder Orangensaft. Das Frühstück war inklusive, es musste jedoch bis zum Abend reichen, mehr als eine bezahlte Mahlzeit in diesem Hotel konnten sie sich nicht leisten.

Beim Frühstück wollten sie alles, wussten aber zugleich nicht, ob sie es haben durften, ob all dies im Preis enthalten war, und dann gab es auch das Buffet, ob sie sich dort auch etwas nehmen durften, war ihnen noch unklar. Sie beobachteten das Treiben und versuchten, Schlüsse zu ziehen. Beide waren den Überfluss nicht gewohnt, und er brachte Fragen mit sich, die sie enttarnen würden. So war es gestern gewesen, als sie angekommen waren. Sie wurden mit Informationen gefüttert, die sie sich nicht merkten, wann die Sauna geöffnet sei, der Pool, wie lange sie noch zum Toten Meer dürften, das Aladdin-Restaurant sei geschlossen, Umbauten, wo sie Wasser bekämen, Bademäntel gebe es in der Lobby, Aras vermutete dahinter eine Absicht. Der Überfluss im Holiday Inn war der Versuch, von den Makeln abzulenken, denn die gab es, die hatten sie gestern in ihrem Zimmer begutachtet. Der Fleck an der Wand, das leicht abgesplitterte Holz des Bettes, die feucht gewordenen Ecken der Badezimmertür, an ihrem Frühstückstisch fehlte das Besteck für Rhea. Der Versuch, Luxus für die Massen zu schaffen, war zum Scheitern verurteilt.

Das fehlende Besteck bedeutete, dass sie noch mal auf sich aufmerksam machen mussten. Aras hielt Ausschau nach einem Kellner, während die meisten schon andere Tische bedienten. Da stand einer in einer Ecke, er bewegte sich kaum, blickte ab und zu auf die Uhr. Er hatte auch ein Klemmbrett. Er wippte leicht vor und zurück, dann blickte er zu Aras. Nicht mehr in die Augen zu schauen, sondern durch sie hin durchzuschwimmen, befahl er Aras, die Augen zu schließen, die eigenen Augen zu schließen und den Körper zu einem Lichtstrahl zu machen, der sich mit immer größerer Geschwindigkeit bewegt, um sich selbst kreist, Schwarze Löcher sprechen, Schwarze Löcher in Gesichtern, Gesichter existieren noch vor der Sprache.

»Aras«, Rhea winkte vor Aras' Augen. »Wo bist du mit deinem Kopf?« – »Einen Kellner suchen für dein Besteck.« – »Sie haben es doch schon gebracht mit dem Frühstück.« – »Oh … da war ich wohl …«, er wollte es nicht sagen, stattdessen: »Siehst du den, er sieht so jung aus, findest du nicht?«, er deutete auf den Kellner in der Ecke. Rhea nickte, er sah erstaunlich jung aus, fast jugendlich. »Was willst du nach dem Frühstück machen?«, fragte sie. »Ich würde gerne erst mal zum Toten Meer und dann am Pool sitzen.« – »Willst du auch in die Sauna?« – »Ja, vor dem Abendessen?« Der Plan war gemacht. Den Rest des Frühstücks versuchten sie herauszufinden, woher die Pancakes waren, die sie am Tisch neben sich sahen, zu müde noch, gaben sie auf, aßen und schwiegen. Aras unternahm den Versuch, etwas von seinem Praktikum bei der Botschaft zu erzählen, über ein Konzert, das er vor Rheas Anreise besucht hatte, aber das Gespräch wollte nicht, er beließ es dabei. Als er es nicht mehr aushalten konnte, die Stille zwischen ihnen, die nur um so lauter schien, da um sie herum alle sprachen und aßen und schmatzten, die Familie neben ihnen, die Mutter sprach Russisch mit den Töchtern, der Vater mischte sich auf Englisch ein, und als der Kellner kam, wandte er sich auf Arabisch zu ihm, da fragte Aras: »Wollen wir gehen?«

Sie beendeten das Frühstück, diskutierten kurz, ob sie noch ein Brot in einer Serviette versteckt mit hinausnehmen sollten, entschieden sich dagegen und kehrten in ihr Zimmer zurück. Dort packten sie ihre Tasche, Handtücher, Bücher, Sonnencreme, Wasser, die Badesachen zogen sie bereits an, die Sonnencreme packten sie wieder aus, cremten sich einmal ein, dann ging es hinaus. Sie entschieden sich für einen kleinen Umweg, um die gesamte Hotelanlage zu überblicken. Sie war fast leer, Nebensaison. Sie gingen über eine Holzbrücke. Die Pools zogen sich terrassenförmig ins Tote Meer hinein. Zwei Palmen schlossen die erste Terrasse ab, eine Palme war bereits eingetrocknet, in sich zusammengefallen, ein Stumpf. Liegestühle, leere Liegestühle, Aras hielt eine Hand ins Wasser, es waren die unbeheizten Pools. Sie gingen weiter runter, ein paar Bademeister spazierten um die leeren Liegestühle, sie verteilten die Sonnenschirme auf die Liegen, steckten sie in die jeweilige Halterung, riefen sich etwas zu, einer lachte. Drei Terrassen, drei Pools, und je näher sie dem Ende kamen, desto lauter hörten sie die Bar, allein stand ein Barkeeper, er wischte den Staub von den Gläsern, zum Takt von Amr Diabs *Nari Nareen* wippte er hin und her.

»Das läuft doch bei deiner Mutter rauf und runter?«, sagte Rhea.

»Hier ist die Zeit einfach stehen geblieben.«

»Wie meinst du das?«

»Wann immer ich irgendwo Musik höre, läuft Musik aus den Neunzigern und den Nullerjahren. Es kann doch nicht sein, dass es hier keine neue Musik gibt. Sie spielen immer noch die alten Hits von Amr Diab und Nancy, als gäbe es kein Morgen.«

»Es hat mich auch schon gewundert, dass mir die Lieder so bekannt vorkamen.«

»Siehst du! Vielleicht wollen sie nur nicht wahrhaben, dass 2011 passiert ist.«

Sie gingen weiter nach unten, an einer Baustelle vorbei, an einem Spielplatz, an den Umkleiden, und da war er, der Strand, ein Abhang. Das Tote Meer lag vor ihnen, der Badebereich abgesteckt, nicht sonderlich groß, reichte nur einige Meter weit ins Wasser hinein. Sie legten ihre Sachen ab, zogen aus, was sie sich übergezogen hatten, und schritten langsam in das Wasser hinein, es war nicht warm, das Wasser, kalt aber auch nicht, frisch, gerade mal so. Um sie herum waren noch andere Touristen, sie waren nicht allein. Ab und zu lachte jemand, es war ja auch witzig, wie sie da im Wasser lagen, einer versuchte, auf dem Bauch zu schwimmen, die Füße guckten raus, eine Frau posierte mit Buch, am Strand machte ihre Freundin ein Foto. Rhea und Aras guckten sich beschämt an. Da lagen sie nun also auch. »Probier mal«, das Wasser war salzig. Es brannte ein wenig an den Lippen. »Und nun?«, fragte Rhea. »Na das!«, antwortete Aras und nickte in Richtung einer Gruppe von Körpern in Grüngrau. Um einen Eimer herum standen sie und schmierten sich mit Schlamm ein, alle Glieder bedeckt, die Badesachen stachen grell heraus.

Sie reihten sich ein. »Auch das Gesicht?«, fragte Aras. »Ich glaube nicht, sonst musst du es mit dem Salzwasser abwischen.«

»Wie lange müssen wir warten, bevor wir reingehen?«

»Frag doch den Bademeister.«

Zur Abwechslung fragte er den Bademeister auf Englisch. »You have to wait till it's dry.«

»Thank you.«

»Where are you from?«, fragte der Bademeister. Aras antwortete auf Arabisch: »Aus Syrien, aber ich wohne schon sehr lange in Deutschland.«

»Wie lange?«

»Mehr als zehn Jahre.«

Doch die Skepsis blieb auf dem Gesicht des Bademeisters: Was machte ein Syrer in einem Fünf-Sterne-Hotel am Toten Meer? Warum kämpfte er nicht in seiner Heimat? Warum war er nicht in einem der Refugee Camps? Wollte er seinen Reisepass teuer verkaufen? Die jordanischen Sicherheitsbehörden zu einer Lachnummer degradieren? Von hier aus Probleme machen, indem er für ausländische Zeitungen schrieb? Versuchte er, über die Grenze zu kommen? War das hier nur Tarnung? Oder kam er gerade aus dem Kriegsgebiet und erholte sich? Die Möglichkeiten waren unendlich.

»Um ehrlich zu sein, verstehe ich nicht, wie man es vorziehen kann, in za3tari zu leben, anstatt zu kämpfen«, beschloss der Bademeister zu sagen.

»Für wen zu kämpfen?«, erwiderte Aras. Der Bademeister wiederholte nur, dass es doch beschämend sei, als Mann nicht die Waffe in die Hand zu nehmen und das eigene Land zu verteidigen. Aras blieb bei seiner Antwort, an welcher Front solle man denn kämpfen.

Diese Antwort stellte sich Aras als Frage an seinem ersten Tag in Jordanien. Da wurde das Hinrichtungsvideo des Journalisten Kenji Goto veröffentlicht, der Taxifahrer fuhr ihn vom Flughafen zu seiner Airbnb-Unterkunft, wütend war der Taxifahrer gewesen, hatte behauptet, das Gleiche blühe wohl seinem Bruder, erschrocken hatte Aras kurz geguckt, dann war der Name gefallen, und er verstand, nicht seinem leiblichen, sondern dem jordanischen Piloten Moaz al-Kasasbeh. Gotos Mörder war Jihadi John, so würde er von der westlichen Presse später genannt werden, dabei hieß er Mohammed Emwazi, und die einzige Verbindung zu John war John Lennon. Seine Gefangenen hatten seine Terrorzelle scherzhaft The Beatles getauft, weil seine vier Kollegen alle wie er selbst einen britischen Akzent hatten. Goto war gefangen genommen worden beim Versuch, Haruna Yukawa aus der Gefangenschaft zu befreien, der wiederum ein militärisches Privatunternehmen in Syrien hatte und Goto noch aus der gemeinsamen Zeit mit der Freien Syrischen Armee kannte. Nun, die vermeintliche Heldengeschichte war tragisch geendet, aber die Hinrichtung Gotos würde in den Medien untergehen, denn was mit dem jordanischen Piloten geschah, löste Proteste in Amman aus, ja, stellte in Frage, warum sich das Land überhaupt an der Anti-IS-Koalition beteiligte.

»Und das alles für eine Pipeline?!«, damit hatte der Taxifahrer Aras entlassen. Aras hatte sich geärgert, dass er dem nichts zu entgegnen hatte. Er hätte gern erwidert, dass die Pipelinetheorie Syrer*innen zu Schachfiguren der Geopolitik degradiere, ohne freien Willen, ohne Wunsch nach einem würdevollen Leben. Aber er fragte sich auch, ob der Taxifahrer damit eigentlich ausdrücken wollte, dass er Jordanien als Handlanger der USA sah. Denn diese Theorie, der zufolge Assad eine Erdgas-Pipeline von Katar, über Saudi-Arabien, durch Jordanien und Syrien zur Türkei nach Europa zum Scheitern gebracht hätte, habe angeblich erst dazu geführt, dass die USA Islamisten finanzierte, die der Westen

Rebellen nannte. Assad hätte stattdessen einer Pipeline vom Iran zur Türkei zugestimmt und somit Europas Bestrebungen untergraben, unabhängig von russischen Gasimporten zu werden. Der Aufstand in Syrien also nur eine Racheaktion der USA, regime change, von langer Hand geplant. Doch all das ergab keinen Sinn, dachte Aras, denn der Aufstieg des IS führte doch die USA wieder mit Assad an den Verhandlungstisch, wenn er sich nicht bereit erklären würde, würde man ihn zwingen, hatten sie gesagt, dabei hatte er doch für deren Aufstieg gesorgt, hatte Islamisten am Anfang der Revolution eine Amnestie erteilt, sie aus den Gefängnissen entlassen, hatte schon während des Irakkrieges terroristische Zellen aufgenommen, sie unterstützt in ihrem Kampf gegen die Besatzung der USA und ihrer Rache an den Schiiten, hatte sogar in einem Interview zugegeben, den IS in Raqqa mit Medikamenten zu versorgen, all das wollte Aras dem Taxifahrer sagen und sagte es sich selbst im Schlaf. In der Nacht vor seinem ersten Praktikumstag hatte er schlecht geschlafen.

Am Tag darauf hatte Aras seine Arbeit begonnen, im Büro des Sekretariats saß er zusammen mit einem weiteren Praktikanten, da entfuhr der Sekretärin Huda ein Aufschrei: »Verbrannt. Sie haben ihn. Tot«, laut rief sie, ein Kollege aus dem anderen Zimmer kam heraus. »Hast du es gesehen?«, fragte er besorgt. Sie nickte. Die nächsten Tage würde es nur noch um dieses Video gehen, wer es wie oft gesehen hatte, wer es nicht zu Ende sehen konnte, wie unfassbar es sei, es gebe keine Worte und doch gab es sie mehr als genug: Es müsse gerächt werden, wo bliebe die Reaktion der Weltgemeinschaft, entsetzlich müsse der Schmerz der Eltern sein, man könne es sich kaum anschauen, entsetzlich, unvorstellbar, Barbaren, mittelalterlich. Und während sich in diesen

Tagen in der deutschen Botschaft in Amman zwei Meinungen herauskristallisierten, jene, die glaubten, es sei würdelos, diese Bilder zu teilen, und jene, die meinten, man müsse sie sehen, um das wahre Ausmaß des Verbrechens zu kennen, saß Aras vor dem Vorschaubild, ratlos, ob er Play drücken sollte. Was in seiner Netzhaut nicht in Flammen aufging, war das Bild eines jungen Mannes, der ihm gar nicht unähnlich sah, aber doch ein Mann, der er nicht sein konnte. Ein Mann in einem orangefarbenen Jumpsuit, ein Verweis auf das Abu Ghraib-Gefängnis, eine Anklage, er stand in einem Käfig, er blickte an sich hinunter, seine Kleidung war nass. Er verstand, was er vorher nicht wusste, er roch womöglich, was er nicht verstand. Das Bild sprach zu Aras: »Dies wird sein, und dies ist gewesen. Blicke in eine frühere Zukunft, die mit dem Tod endet. Hier ist die absolute Vergangenheit. Dein Tod ist auch die Zukunft.« Das Bild löste keinen Zweifel aus, und darin lag der Unterschied zum syrischen Regime, hatte Aras in dem Moment verstanden.

Denn der große Unterschied zwischen dem IS und dem syrischen Regime war die einfache Tatsache, dass der IS Schrecken auslöste, indem er sich zu seinen Gräueltaten bekannte, sie derart inszenierte, dass die Botschaft klar war: Ihr seid unser Feind, wie wir eurer sind. Ganz anders ging das syrische Regime vor. Ihr Horror, ein anderes Wort war für Aras nicht greifbar, kein anderes Wort beschrieb den Schrecken, die Angst, den Grusel, Ekel oder vielleicht einfach das unheimliche Gefühl, das sich um die Opfer des syrischen Regimes rankte. Dieser Horror entsprang der Sphäre der Unsicherheit darüber, was Realität und was Propaganda war, was fabrizierte Tatsachen.

Am Anfang der Revolution da gab es einen Sänger, er sang ein Lied, das Lied wurde schnell bekannt. Es hatte einen

Takt, es sang sich leicht, es sang sich viel, es sang: Yallah ir7al, ya Bashar, es riss einen mit, sie rissen ihn mit, sie rissen ihm die Stimmbänder zur Strafe aus der Kehle. Es war am Tag nach seinem Auftritt beim größten Protest in Hama, dass man ihn fand, im Kanal. Die Nachtigall der Revolution wurde schlafen gelegt, eine klare Botschaft.

Wer war dieser Mann, hatte sich die Opposition gefragt, wie ehrte man jemanden, von dem man nicht viel wusste, der mystisch zu bleiben schien, Ibrahim Qashoush, war er Feuerwehrmann oder Hochzeitssänger oder doch Geheimdienstmitarbeiter, wie alt war er und hatte er drei Söhne oder doch keine, warum war seine Familie nicht zu finden, Hama war schließlich so groß nicht. Oder war der eigentliche Sänger vielleicht gar nicht tot, war er geflohen? Hatte er sich doch noch retten können, vielleicht war er in Istanbul, hatten einige den Verdacht. Wer war dann der Mann mit aufgeschnittener Kehle, blieb zu fragen. Woher nur kamen die Toten ohne Namen, immer mehr?

Diese Angst reichte bis unter die Haut, sie spannte die Haut, würde beinahe durch die offenen Poren platzen, weil es keine definitive Rückverfolgung dessen geben konnte, was die Wahrheit der Ereignisse nun sei, das war die eigentliche, subversive Folter des syrischen Regimes, dass kein Narrativ sich zusammensetzen konnte, und diese Fassungslosigkeit zu wissen, dass etwas geschehen war, aber nicht zu wissen, was es war, wie es sich zugetragen hatte, übertrug sich auf den Rest der Welt. Was in Syrien tagtäglich stattfand, war schrecklich, darüber war man sich einig, aber unverständlich, auch darüber Einigkeit, daraus ließ sich keine Geschichte erzählen mit Anfang, Höhepunkt und Auflösung, diese Geschichte blieb im retardierenden Moment stecken, eine Katastrophe folgte der anderen. Der IS hatte das verstanden, der IS lieferte hierfür die Bilder. Und diese Bilder sprachen in die Augen der Welt hinein: Euer Blick macht uns zu dem, was wir sein werden. Doch das Assad-Regime wirkte ohne Hochglanzaufnahmen, es überließ die Medienarbeit der Opposition, denn was lässt sich aus einem verpixelten Bild verstehen von einem Mann, dessen Kehle durchschnitten ist, sein Ursprung unbekannt. Wer war hier der Feind, wer, ja, wer? Alle? Die Opposition? Das syrische Volk? Der Westen? Israel? Die Terroristen? Und die Frage war berechtigt, denn der eigentliche Autor dieser schwungvoll nachklingenden Zeilen war Abdul Rahman Farhood, der sich erst in der Zukunft bekennen würde, den Herzschlag der jungen Revolutionäre in einen neuen Takt versetzt zu haben, einen, der untäuschbare Leichtigkeit und pulsierende Gefahr in einem Atemzug vereinte, er war die Stimme für viele, ohne selbst eine gehabt zu haben.

Aras dachte, die Klaviatur des Unwissens zu beherrschen bedeutet, die Gefühle der Menschen zu beherrschen, Verfügungsgewalt darüber zu haben, dass Menschen Angst haben, sich gedemütigt fühlen, diese Form der Angst ist mächtig, weil sie die Menschen und ihre Umwelt, ihre Wahrnehmung dessen, was Realität sei und wer sie in ihr seien, gestaltet und verändert und im Rahmen der Diplomatie die Staatsgewalt nicht einmal berührt. Assad war Präsident, der Islamische Staat wurde müde belächelt, sich überhaupt ein Staat zu nennen.

Aras konnte seinen Gedanken keinen Einhalt gebieten, es schien ihm, als würden diese Gedanken in Endlosschleife eine Geschichte zu rekonstruieren versuchen, dabei kamen immer mehr Details zum Vorschein, immer mehr Abzweigungen, Umwege, Ungereimtheiten. Er befragte sich, doch was hatte es bisher gebracht, zu kämpfen, zu sterben, auf die ein oder andere Weise. Während es keine Freiheit für die Unterdrückten als Kollektiv geben kann, ohne Entbehrungen, manchmal auch jene des eigenen Lebens, setzte der Kampf um Freiheit das eigene Leben als Maßstab voraus. Opferte man das eigene Leben für das Kollektiv, in dem Glauben, dass das eigene Leben nicht so viel wert sei wie das Wohlergehen des Kollektivs, traf man dadurch die Aussage, auf den Einzelnen käme es nicht an, dabei will man das Gegenteil erreichen. Mehr noch, denn nun stand Aras hier in Schlamm eingerieben, am Strand des Toten Meeres, wartete, bis der Schlamm zu trocknen begann, beobachtet wurde er von einem ägyptischen Bademeister, zwei Stunden von der syrischen Grenze entfernt war er; bitter müsste man fragen, wie viele Tote bräuchte es, damit das Ich in Freiheit leben könne. Und eigentlich hätte es nur einen Toten gebraucht. Denn der Sturz des Diktators wurde durch eine andere Fantasie ersetzt, einen Mord. Aras konnte manchmal spüren, wie dieser Gedanke seinen Körper in Aufregung versetzte, eine freudige, dann spürte er ein Flimmern unter der Haut, eine Euphorie in der Brust. Er stellte sich vor, wie Autokolonnen mit grün-weiß-schwarz-gestreiften Fahnen, zwei roten Sternen, den Sieg ausriefen, diese Vorstellung hatte sich nach der letzten Fußball-WM in seinem Kopf eingenistet, er hatte sich kurz in dieser Freude sicher gewähnt. Der Schlamm begann, an seiner Haut zu spannen. Es juckte. Ungeduldig wurde er. Das Gefühl schien zum Greifen nahe, und er wollte dieses freudige Gefühl unbeschädigt lassen von Gedanken darüber, was die Konsequenzen davon sein könnten, Libyen, dass es sich so zutragen würde wie in Ägypten, dass das sogenannte Machtvakuum erst von den Muslim-Brüdern, dann vom Militär eingenommen werden würde. Wieder ins Wasser, auf Rhea wartete er nicht, schnell schritt er hinein, er rieb sich die Haut. Der Schlamm löste sich langsam, er rieb fester. Erst die Waden, die Beine, die Hände, seine Haut war rot, er rieb sich die Haut, auch da, wo kein Schlamm mehr zu sehen war, die Haut, seine, löste sich langsam auf, Schicht für Schicht trieben Fetzen im Wasser, ins Wasser legte er sich zu ihnen, zu dem, was noch von ihm übrig blieb, da lag er und blickte in das unendliche Blau des Himmels, so ein Blau hatte er noch nie gesehen, es war zart und satt, hell, es blendete ihn, die Augenlider schlossen sich, es wurde dunkel um ihn.

Zuerst spürte er ein Feuer im Gesicht, dann einen Stein auf der Brust, die Augen öffnete er und hustete. »Are you ok, man?!«, fragte ihn der Bademeister. Aras lag im Sand, der Bademeister hatte sich über ihn gebeugt, Rhea, ein paar andere Gesichter, die er nicht kannte. »Should we call an ambulance?«, fragte der Bademeister an Rhea gewandt. »La, la, kilschi tamam«, antwortete Aras. »Du hast dich nicht mehr bewegt. Bist du eingeschlafen im Wasser?«, Rhea kniete neben Aras. Alle warteten noch der Höflichkeit und Neugier wegen ein wenig ab, dann wandte sich der Bademeister ab, das Zeichen für alle.

Rhea half Aras auf. Ein Mann bat den Bademeister darum, ein Foto zu machen, in Matsch eingerieben, mit einem tschechischen Bier in der Hand posierte er am Strand. Auf der Suche nach einer Liege kamen sie an einer Engländerin vorbei. Sie hielt eine Filmkamera und sprach hinein: »Today is my last day here. Say goodbye to the Dead Sea!« Eine junge Frau holte sich an einem kleinen Stand Wasser, Rhea folgte ihr. Es waren 0,2-l-Flaschen. Sie nahm zwei, eine reichte sie Aras. Sie setzten sich auf eine Liege. »Ich mache mir Sorgen, Aras«, sagte Rhea. »Ich weiß«, antwortete er schuldbewusst. »Was ist los?«

»Ich weiß es nicht.«

»Du solltest vielleicht mit einem Arzt darüber reden. Du bist einfach ohnmächtig geworden.«

»Vielleicht war es eine allergische Reaktion auf den Schlamm. Er hat sehr gejuckt.«

»Du musst zu einem Arzt.«

»Wenn ich mit dem Praktikum fertig bin. Wenn ich zurück bin. Versprochen.«

Sie schwiegen. Manchmal fürchtete Aras, wahnsinnig zu werden, denn seine Gedanken schienen sich im Kreis zu drehen, eine Logik zu bilden, die doch keinen Sinn ergab, als müsste er ein Rätsel lösen. Erst in einigen Jahren würde er erkennen, dass es keine Logik gab, dass menschliches Handeln keiner Logik unterworfen sein kann. Es ist schlicht und ergreifend ein Chaos, in dem wir leben, in dem wir einzelnen Bestandteilen mehr Bedeutung schenken und andere vernachlässigen. Was uns bleibt, ist die Veränderungen der Bedeutung nachzuzeichnen, nicht zu vergessen, dass sie morgen anders sein könnte. Sie gingen zurück zum Pool.

Ein Fleck Blau umrahmt von Liegen und Palmen, Liegen und Palmen, Menschen auf Liegen, Palmen sprossen aus Stein, an der Seite war ein Whirlpool, indem ein Pärchen knutschend saß, ein Hochstuhl, ein Bademeister thronte. Aras sprang direkt ins Wasser und schwamm. Nach und nach füllte sich das kleine Becken mit einer arabischen Familie, die zwei älteren Frauen trugen einen Burkini. Einmal war seine Mutter von einem Freund gefragt worden, was sie denn vom Kopftuchverbot halte. Sie hatte geantwortet, nichts, es würde nur dazu führen, dass die Frauen dann nicht mehr das Haus verlassen dürften. Die Befreiung der Frau liege darin, ihr den Weg zur Arbeit zu eröffnen, nur so könne sie sich vom Mann emanzipieren, hatte Nadia die Diskussion beendet.

Aras machte eine Pause, legte sich auf eine Liege. Der Bademeister auf dem Hochstuhl hatte ein Handtuch um die Beine, seine Hände waren bedeckt. Sie bewegten sich, er blickte angestrengt unter das Handtuch. Es dauerte eine Weile, bis Aras bemerkte, was er da eigentlich tat, er schaute heimlich auf sein Handy. Nach einer Weile stand er auf, stellte sich hinter den Hochstuhl und rauchte, wobei er die Zigarette mit der Hand abschirmte. Während die einen fürs Nichtstun zahlen, wird er fürs Nichtstun bezahlt, dachte Aras, anstrengend musste es sein, nichts zu tun, den Anschein, der Bademeister versuchte, den Anschein zu wahren.

Aras schaute auf sein Handy, seine Mutter hatte ihm geschrieben, er antwortete mit Bildern, Rhea und er im Hotelbett, ein Foto von der traurigen Palme, vom Pool, sein Onkel bat ihn, einen Sprachkurs für C1-Mediziner zu buchen, Khalid schickte Aras ein Meme, »The Syrian war is coming to an end«, stand dort geschrieben, zu sehen war ein lachender Mann, darunter »CEO of Toyota«, Aras lachte, es war ein Lachen ohne Geräusche, der Mund, die Augen weit aufgerissen, ein Lachen erstickt. Aras zeigte das Meme Rhea. Sie verstand es nicht. Er erklärte, der IS und Toyota-Autos, sie nickte anerkennend.

Aras leitete das Meme an Haidar, der ihm endlich auch antwortete, endlich eine Nachricht von Haidar, Aras hatte seit Wochen nichts mehr von ihm gehört. Die Antwort war knapp, sie hätten ihn erwischt, er müsse schnellstmöglich verschwinden, ob Aras ihm helfen könne. Natürlich, bestimmt könne Aras helfen, antwortete er, ob Haidar nach Jordanien kommen könne, in die Türkei sei es einfacher, antwortete dieser. Was geschehen sei, fragte Aras. An einem

Checkpoint sei Haidar angehalten worden auf dem Weg von der Universität, aber das Handy habe ihm der Soldat abgenommen, das sei ihm zum ersten Mal passiert. Er dachte, er sei vorbereitet, habe alle verdächtigen Videos gelöscht, Bilder, Nachrichten. Doch der Soldat hätte ihm befohlen auszusteigen, hatte ihm befohlen sich hinzuknien, hatte ihm gesagt, für das, was er auf dem Handy gefunden hätte, könne er ihn an Ort und Stelle erschießen, er würde es aber nicht tun, es sei eine Warnung. Daraufhin habe er Haidar gehen lassen, Haidar habe das Handy sofort entsorgt und das Haus seitdem nicht mehr verlassen. Der Soldat habe ihm gesagt »Yallah, ir7al«, und Haidar habe nur gedacht, wenn Assad nicht verschwand, dann wir auf die ein oder andere Weise: Flucht oder Festnahme. Aus »Yallah ir7al, ya Bashar« wurde »Yallah nr7al«.

Aras schlug vor, Haidar könne in Jordanien Deutsch lernen, beim Goethe-Institut und dann sich um ein Studentenvisum bemühen. Das hatte Aras Haidar schon ein paarmal nahegelegt. Es würde zwar länger dauern, wäre aber sicherer als eine Flucht von der Türkei nach Griechenland, obwohl Haidar immer wieder behauptete, er sei ein guter Schwimmer.

»Ich will nicht nach Deutschland.

Ich will hierbleiben.

Ich kann nicht hierbleiben.

Ich habe Angst, Aras.

Was soll ich in Deutschland?«,

hatte Haidar Satz für Satz in sein Telefon getippt und an Aras abgeschickt. Der Abstand, in dem die einzelnen Nachrichten bei Aras eintrafen, glich einem Schlagabtausch von Angst und Trotz. Wer behauptete, eine Textnachricht vermittele keine Emotionen, der hatte nie kurze Sätze in Abständen erhalten, dieser Raum, der eine Zeit war, durch die sichtbar wurde, wie jemand um Hoffnung rang, Verzweiflung in Blau.

Aras wusste nicht, dass Monate später Haidar sich mit seinem jüngeren Bruder aufmachen würde, nach Deutschland, auf Befehl der Eltern, wie andere auch, die in jenem Sommer willkommen geheißen werden würden, an Bahnhöfen, denen Aras begegnen würde, mit ihren Koffern und Taschen, die ihn nach dem Weg fragten, auf welches Gleis sie müssten, um nach Bad Harzburg oder Schwedt zu kommen, Königssteiner Schlüssel. Dass sie ihn erkennen würden und fragten und sich freuten, fragten kurz, ob es schwer sei, in Deutschland Fuß zu fassen. Er wollte ihnen die Hoffnung nicht rauben, er wollte nicht die Person sein, die dies tat, so kurz nach der Ankunft. In eben jenem Sommer in einer Straßenbahn würde Aras mit seinem Onkel sitzen, und eine ältere Dame würde beobachten, wie Aras seinem Onkel das Krankenversicherungssystem erklärte auf Arabisch, und die ältere Dame würde glauben, sie zu erkennen, aufstehen und an Aras gewandt sagen: »Willkommen in Deutschland.« Und Aras würde sich bedanken, überrascht, in fünfzehn Jahren hatte ihn niemand je willkommen geheißen. Man könne natürlich in Deutschland Fuß fassen, würde Aras den Fragenden also antworten, lehrerhaft sagte er, es sei wichtig, die Sprache zu lernen, woran er selbst nicht glaubte. Er würde sich dabei erwischen zu denken, dass sich doch Haidar und sein Onkel glücklich schätzen müssten, so willkommen geheißen zu werden. Von Dankbarkeit hielt Aras selbst nichts, aber er kannte dieses eigentümliche Gefühl, verschont worden zu sein, dass es einem im Vergleich eben besser ging als anderen, ein Gefühl, dem Tod von der Schippe gesprungen zu sein.

Haidar und sein Onkel schienen dieses Gefühl nicht zu teilen, sie hatten kein Glück, denn so hatte es sein Onkel an Silvester gesagt, das Schlimmste, was ihm im vergangenen Jahr geschehen sei, war nicht der Krieg, nicht die Bomben, nicht die Abwesenheit seiner Familie, nicht mal die Toten auf der Straße, sondern dass er Aleppo hatte verlassen müssen, weil seine Kinder und Frau, seine Schwester es so gewollt hatten. Das Glück war nicht mit einer Verpflichtungserklärung zu kriegen. Das Glück war auch nicht am anderen Ufer.

»Wollen wir nach draußen?«, fragte Rhea. »Ich habe Hunger. Vielleicht finden wir irgendwas Billiges außerhalb«, fügte sie hinzu. Sie packten ihre Sachen und schritten gemächlich zurück, die Badelatschen streiften über den Boden, schlürften den Sand ab, den Steinboden. Sie sahen Katzen in der Nähe des Restaurants, sie schlichen umher, rollten sich auf dem Boden vor ihren Füßen. Später würden sie eine Katze sehen, wie sie am Eingang über den Gepäckwagen neuer Gäste kletterte. Rhea würde nicht schnell genug sein, ihr Handy zu zücken, um diesen Moment festzuhalten.

Überhaupt ging es viel darum, die Zeit festzuhalten, auch später nach der Aufregung des Vormittags, beim Spaziergang draußen, wo sie an einem verlassenen Supermarkt vorbeigehen würden, wenn alle zwei Minuten ein Taxifahrer anhalten würde, um sie zu einem anderen Supermarkt zu fahren, sie höflich ablehnten, Aras manchmal noch in ein Gespräch verwickelt wurde, sich erklären musste. Sie gingen am Nachmittag in die lauwarme Sauna im Spa. Hier wurde ihnen nun endgültig klar, dass der Luxus dieses Hotels wie die vermeintliche Idylle, in der sie aufgewachsen waren, Trugschlüsse waren. Sie hielten dennoch daran fest. Aras versuchte, der Sauna noch den Schweiß abzuringen, doch nach mehr als einer halben Stunde gaben sie auf. Sie verließen die Sauna, duschten in getrennten Kabinen, er in der Herrenkabine, sie in der für Damen. Sie zogen sich an und gingen in ihr Zimmer, sie zogen sich wieder aus und standen nackt auf dem Balkon, atmeten ein. Die Sonne ging hinter den Bergen auf der anderen Seite unter, färbte das Blau des Himmels rosa, leise hörten sie Musik.

Aras berührte Rheas Rücken mit seinen Fingern, ihre Haut war glatt und weich, er näherte sich ihr von der Seite, atmete ein ihren Duft, der nun überlagert war vom hoteleigenen Duschgel, zitronig, so roch sie normalerweise nicht, es machte ihm wenig aus. Dieser Moment, dachte er, mehr wolle er nicht, dass dieser Moment ewig, vielleicht war dieser Wunsch zu groß, dass dieser Moment doch nur lang genug halten solle, danach sehnte er sich, dass er ihn nicht vergessen möge. »Wollen wir schauen, was in der Bar unten los ist?«, fragte ihn Rhea. Aras stimmte zögerlich zu.

Die Gäste saßen im Halbkreis um ein DJ-Pult, eine Bauchtänzerin wirbelte zwischen den Tischen, mit jedem Lied holte sie etwas anderes aus ihrem Koffer, Tücher, Federketten, Lichterketten, Zimbeln, manche nickten im Takt der Musik. Rhea und Aras kauften sich ein Bier und eine Flasche Wasser, für beides zahlten sie fünfzehn jordanische Dinar. An der Bar vorbei liefen sie zum Toten Meer, langsam den Hang wieder hinab. Das Rosa war gänzlich verschwunden. Blau in blau stiegen die Berge in den Himmel, eins werden. Sie nährten sich dem Zaun, erahnen konnte man das Tote Meer nur noch, die Dämmerung war bereits zu fortgeschritten. Im Hintergrund hörten sie »Celebrate good times, come on // Let's celebrate«, während es leise um sie herum zirpte, Sirenen von der Straße, erst leise, dann lauter, sie verschwanden. Ein Security Guard saß auf einem der Liegestühle und telefonierte mit seiner Familie, Aras verstand nur die Hälfte wegen seines ägyptischen Dialekts. Rhea lehnte ihren Kopf auf Aras' Schulter, sie umarmte ihn, er strich ihr über den Arm, es würde ihm gut gehen.

»Wir sollten was essen«, warf Aras irgendwann ein. »Urlaub ist das ständige Koordinieren der rudimentärsten Bedürfnisse. Essen, Erholung, Schlafen, Bewegung, Essen, Kultur«, antwortete Rhea. Sie liefen wieder zum Hotel hoch. Das Burger-Restaurant, in dem sie essen wollten, war auf halber Strecke. Es war im industrial-chic Stil eingerichtet, lange Holztische mit Metallbeinen, graue Wände, tief hängende Pendelleuchten, die Menüs waren auf einem Klemmbrett aufgespannt. »Machen wir halbe-halbe?«, fragte Rhea. Aras nickte. Die Kellnerin kam, nahm die Bestellung auf: einen Loaded Cowboy und einen Pounded Mellow Chicken. Um sie herum saßen andere Paare und aßen, niemand unterhielt sich, es war still.

Mit einer Wucht, wie Aras sie noch nie zuvor gespürt hatte, wurde er gegen die Wand hinter sich geworfen. Eine Explosion und nichts mehr hören konnte Aras, die Wucht des Drucks hatte auch Rhea zu Boden geworfen. Zu sich zog er sie, versteckte sich hinter dem Tisch als Deckung. An seine Brust drückte er sie, an seine Brust. Eine Schar schwarz gekleideter Männer mit Gewehren marschierte ein. Sie riefen etwas, aber nichts hörte Aras, die Mitarbeiter schrien den Gästen ebenfalls etwas zu, all das verstand Aras jedoch nicht, noch hörte er nur einen Tinnitus. Die anderen Gäste lagen auf dem Boden, einige hielten ihre Arme über den Köpfen. Der Hotelmanager, der Aras und Rhea gestern begrüßt hatte, wurde mit einer Waffe am Kopf hereingeführt. Einer der schwarz gekleideten Männer hielt die Arme des Hotelmanagers hinter dessen Rücken, der Griff schien fest.

Langsam kam sein Gehörsinn wieder, Aras konnte Rhea neben sich hören, leise. »Aras, was ist los?« Leise zu sein, befahl er ihr, sich tot stellen, das war die beste Strategie, um eine solche Situation zu überleben. »Aras, was soll das?« Wieder, er hielt den Zeigefinger vor seinen Mund. »Aras, hör mir zu!« Sie griff nach seiner Schulter und schüttelte ihn. »Wo bist du mit deinem Kopf?«

Irgendetwas stimmte nicht, aber was stimmte nicht, fragte er sich. Der Tisch vor ihm stand, die Kellner liefen auch hier weiter Slalom, einer hatte ihnen gerade die Burger auf den Tisch gestellt, ein anderer kam mit dem Bier, keine Schreie, keine Männer mit Waffen. Aras griff nach seinem Besteck, Rhea blickte ihn immer noch an, ihr Blick fragte, bat, bettelte um eine Antwort, sie hatte Aras beobachtet, nun ein paarmal, wie er plötzlich ins Leere blickte, nicht mehr reagierte, und wenn er wieder zu sich kam, denn anders konnte sie es nicht beschreiben, als ein Wiedereintreten in sich, dann war er still, irritiert, aber er sprach nicht darüber, wo er war, *wo* war sicher kein Ort, das war ihr bewusst, aber irgendwo musste er hingegangen sein, mit diesem Blick ins Nichts, in das er eintauchte und sie verließ.

2016 – Es gibt kein richtiges Leben im falschen

Seit Tagen hörte Aras eine Stimme. *Jedes Ereignis hatte die Qualität einer Katastrophe und jede Katastrophe war endgültig.* Die Stimme schien zu ihm zu sprechen. Er war sich sicher, dass sie aus der Vergangenheit, aus einer vielleicht nicht abgeschlossenen, aber doch weiter zurückliegenden Vergangenheit sprach. Sie sprach auch nicht direkt zu ihm, aber sie sprach, und es lag dem Gefühl nahe, welches Aras empfand, seit Wochen, vielleicht Jahren. *Das Schlaglicht der Katastrophe mag uns heute noch so blenden, dass wir die Konturen des Ereignisses nur mit Mühe sehen und nachziehen können; es ist jedenfalls das einzige Licht, das wir haben, und es beleuchtet, wie alle Ereignisse, die ihr Licht in den Geschehniszusammenhang der Geschichte werfen, nicht nur sich selbst, sondern seine eigene Vergangenheit und seine unmittelbare Zukunft.* Die Stimme zu hören machte ihm Angst, und zugleich, auf geheime Art und Weise, gab sie ihm Sicherheit, Zuversicht – oder zumindest zog er diesen Schluss. Er war ein hoffnungsloser Optimist. Vielleicht hörte er die Stimme, vielleicht lag es daran, dass sich in seinem Kopf die Themen zu überlagern begannen. Diese Stimme schien zusammenzufassen, was er nicht imstande war zusammenzuhalten. Zwischen der Vorbereitung auf das Staatsexamen, den Behördengängen, seiner Freundin, der Familie und den Freunden, den Protesten und Bomben, die immer dann zu explodieren schienen, wenn er sich seiner Realität zu sicher war, war diese Stimme erst leise, dann immer klarer zu hören gewesen. Sie war nicht laut, er hätte sie ebenso gut ausblenden können, Aras war sich sehr sicher, dass niemand außer ihm selbst sie hören konnte, sie war sehr deutlich, jedoch nicht penetrant. Worüber er sich unsicher war, war, warum sie angefangen hatte zu sprechen. Doch es gab keinen Anfang, keinen Ursprung, und Kausalität ist lediglich eine Referenz auf Zeit und Raum, woraus sich die eigentliche Frage ergab, die sich Aras noch nicht stellte, warum er angefangen hatte sie, diese Stimme, zu hören.

An diesem Tag hatte ihn die Stimme geweckt. Sie sagte: *Die Anomalie der Minderheiten auf der einen, der Flüchtlinge und Staatenlosen auf der anderen Seite bestand darin, dass sie von keinem Staat offiziell repräsentiert und geschützt wurden.* Der Gedanke, der hier zum Ausdruck gebracht wurde, so absurd und paradox er war, ergab Sinn und weckte sogleich Aras' Lebensgeister. Da war sie, die Stimme, sie klang nicht streng, nicht sanft, freundlich, und vielleicht wäre sie ihm heute sogar von Nutzen, dachte Aras.

Er drehte sich zur Seite, um in ein Gesicht zu blicken, dessen Augen bereits geöffnet waren, Rhea lag wach neben ihm. Er war froh, dass ihr Gesicht kein fremdes war, dass auch die Berührung, die sie ihm nun schenkte, ihre Finger strichen sanft über seine Schulter, sich nicht fremd anfühlte, das waren alles gute Zeichen, er würde sich darauf konzentrieren. »Hast du gut geschlafen?«, fragte sie. »Ja, einigermaßen. Ich bin zwischendurch einmal aufgewacht. Möchtest du einen Kaffee?«, fragte er zurück. Sie nickte.

Aras stand auf, Mila knurrte unter der Bettdecke. Er ging ins Badezimmer, auf die Toilette, darauf bedacht, nicht in den Spiegel zu schauen, während er sich das Gesicht und die

Hände wusch. Er wollte heute keine Irritation schaffen, versuchte, aufmerksam zu verfolgen, wie das Wasser aus dem Hahn auf seine Hände traf, wie seine Hände sich im Wasser wälzten, wie die Seife schäumte, weiß, und das Wasser den Schaum verscheuchte, das kühle Wasser, das kühle, durchsichtige Wasser auf dem Gesicht, die Härte des Handtuchs auf der Haut, der Geruch von Waschmittel, er senkte den Blick, kein Blut. So weit, so gut.

Er ging in die Küche, mahlte die Kaffeebohnen, er hatte sie online bestellt, nach langer Recherche und Ausprobieren, hatte er sich für Kaffeebohnen aus Mexiko entschieden, zapatistische Kooperative. Die Kaffeemühle hatte ihm Nadia zu Weihnachten geschenkt. Er kochte Wasser, füllte es mit dem gemahlenen Kaffee in den Brühzylinder, Full-Immersion-Method hieß das im Fachjargon. Er wartete kurz, dann nahm er den Presskolben und drückte das heiße Wasser durch den Einwegfilter, erst in Rheas Tasse, dann in seine, hier ging nichts mehr daneben. Er hatte recherchiert, er wollte keinen schlechten Kaffee mehr, jeden Morgen, Routinen, hatte die psychologische Beraterin an der Universität gesagt, würden helfen. So konnte er den Geschmack von fein gemahlenem Kaffee ohne den Kaffeesatz genießen, Hiba hatte seiner Mutter einmal den Kaffeesatz gelesen, daran erinnerte er sich, als wäre er es gewesen, dem man den Kaffeesatz gelesen hatte, dabei war es eine Geschichte, die ihm seine Mutter erzählt hatte aus ihrer Studienzeit. Er sah es vor sich, wie sie an einem der kleinen Tische auf kleinen Hockern in einer belebten Straße eng beieinandersaßen. Hiba, die Kaffeetasse in der Hand, die er einige Minuten zuvor auf den Untersetzer umgedreht hatte. Hiba fing an zu sprechen, und Aras konnte sie hören, als säße er vor ihr: »Du wirst jemanden treffen, wegen dem du deine Heimat verlassen wirst. Du wirst diesen Jemand so sehr lieben, dass es für dich beinahe unmöglich wird, ohne ihn zu leben, dass, wenn du dann ohne ihn leben würdest, du dir vorstellst, er würde nicht mehr existieren, nur so würde es dir möglich sein, ohne ihn zu leben.« Sie setzte die Kaffeetasse ab, blickte ihm in die Augen. Da saß sie am Tisch in seiner Küche und blickte mit ihren tiefschwarzen Augen direkt in die seinen, schön waren sie.

»Aras, warum brauchst du so lang?«, fragte Rhea von hinten. Er drehte sich um, dachte, nicht heute, heute nicht. Sie begann, Schüsseln rauszuholen. Er griff nach den Bananen im Früchtekorb und dem Müsli, welches sie sich zusammengemischt hatten aus Haferflocken, geschroteten Leinsamen, Goji-Beeren, Kürbiskernen, Mandeln, Walnüssen und Kakao-Nibs. An die Hafermilch hatte er sich noch nicht gewöhnt, während seine Freunde sie kistenweise in ihre WGs schleppten. Hiba war wieder verschwunden.

»Können wir die Liste gleich durchgehen?«, fragte er Rhea. Die Liste bestand aus den fünf Büchern, die zur Prüfung zugelassen waren. Es war zu einem Ritual geworden, Rhea würde die Liste fünfmal vorlesen, und Aras würde jedes der fünf Bücher fünfmal hochhalten: Habersack »Deutsche Gesetze«, Sartorius I »Verfassungs- u. Verwaltungsgesetze«, Landesrecht Niedersachsen Nomos Gesetze Götz-Starck, dtv/Beck »Europa-Recht 5014«, dtv/Beck »Arbeitsgesetze 5006«. Anschließend würde er sie in seine Tasche packen und sie in den Flur stellen. Er würde sie immer im Blick behalten aus Sorge, er könne doch die Wohnung verlassen und die Bücher vergessen. *Eine ordentliche Sozialgesetzgebung ist eine sehr schöne Sache; daraus folgt aber noch nicht, dass Pensionsberechtigung ein unveräußerliches Menschenrecht ist.* Er lächelte ein wenig bei diesem

Satz. Aras musste während seines Jurastudiums feststellen, dass das Studium selbst ein höchst komplexes juristisches Unterfangen war. Eine Professorin war so freundlich, den Studierenden eine Einführung darin zugeben, was die rechtlichen Grundlagen bildeten, auf denen sie ihren Beruf praktizieren würden: Während das Deutsche Richtergesetz den Rahmen stellt, obliegt den einzelnen Bundesländern die Verantwortung der konkreten Ausgestaltung der Ausbildung. Aus Harmoniegründen, so heißt es, so nennt man es, hatte man sich also auf die Pflichtfächer geeinigt: Zivilrecht, öffentliches Recht, Strafrecht. Dass jede Fakultät über die Lehrpläne anders entschied, lag an der jeweiligen Schwerpunktsetzung der Fakultätsmitglieder. Während also der Abschluss des Studiums an der Universität ihn dazu befähigte, am Staatsexamen teilzunehmen, war das Staatsexamen selbst kein reines als solches, denn es bestand zu siebzig Prozent aus dem staatlichen Pflichtprüfungsbereich, die restlichen dreißig Prozent bildeten die Schwerpunktbereichsprüfung, die auch später abgeschlossen werden konnte, der universitäre Teil, wogegen sich Aras entschieden hatte. Er wollte alles gleichzeitig.

Dass zwischen Studium, Staatsexamen und Berufspraxis ein derart eklatanter Unterschied herrschte, bemerkte er erst nach und nach, historische Gründe, hatte ein Professor einmal erklärt, früher habe es eigentlich so gut wie keine Studenten in den Vorlesungen gegeben, überhaupt wäre es nicht um geltendes Recht gegangen, es habe nur eine Prüfung mit Standardfragen gegeben. Ein anderer Professor schien Jahre später den Faden aufzugreifen und fortzuführen, dass sich dies Anfang des vorletzten Jahrhunderts geändert habe, Savigny sei der Erste gewesen, der überhaupt eine Linie zwischen römischem und damals geltendem Recht gezogen hätte. Die Konsequenz sei jedoch, dass das Studium einen dadurch auch nicht auf das Staatsexamen vorbereitete. Hierfür gab es traditionell außeruniversitäre Repetitorien, die kostspielig waren, in denen Probeklausuren geschrieben werden würden, die ad hoc Fälle nachkonstruierten. Diese Klausuren hatten ebenso wenig mit der späteren Arbeit zu tun, ganz zu schweigen mit dem Referendariat. Überhaupt wurde Aras erst nach und nach bewusst, dass weder Studium noch Repetitorien ihn zum Anwalt machten, sondern ihn zum Einheitsjuristen ausbildeten – Richter, um genau zu sein, was er nicht sein wollte. Diesen historisch gewachsenen Paragrafendschungel zu durchsteigen hatte Aras das ganze Studium begleitet, und es begriffen zu haben, gab ihm das Gefühl, tatsächlich am Staatsexamen teilnehmen zu können.

Die Absurdität des deutschen Jurastudiums spiegelte in Aras' Augen die Absurdität des Gesetzes an sich wider. Das Gesetz starb immer dann, wenn es niedergeschrieben wurde, denn eigentlich lebte es von der Anwendung. Doch man hatte sich geeinigt, nicht mehr auf einen weisen Mann zu hören, sondern auf Zeichen, die vorgaben, ein- und dieselbe Bedeutung für alle zu haben. Während zuvor eine Praxis das Wort bestimmte, bestimmte nun das Wort die Praxis. Doch das Wort war mehrdeutig. Jedes Mal, da das Wort zum Leben erweckt wurde, wachte es anders auf, nicht als Wiederkehr des Immergleichen, sondern immer mit einer Abweichung, denn seine Anwendung war stets auf einen spezifischen Fall, auf einen anderen Fall gerichtet. Das Gesetz war ein Deckel mit immer dem falschen Topf, das heiße Wasser fand einen Weg zu entweichen, bildete Dampf, der zur Decke aufstieg und wieder auf den Topfdeckel tropfte. *Dies wird besonders deutlich, sobald es sich darum handelt, den Staatenlosen auszuweisen.*

Manchmal ertappte sich Aras dabei, einem Gedanken nachzuhängen, der ihn traurig machte, dass das, wofür er sich entschieden hatte zu studieren, ihn auf dieses Land festlegte. Er würde nicht woanders arbeiten können. Es gab keinen Beruf wie seinen, der ohne einen Schwur einen geographisch so verortete. Deutsches Recht ließ sich nur in Deutschland praktizieren. Natürlich hatte er durch das Studium ein Grundverständnis erlernt, mit dem er Gesetze auslegen konnte, jedoch würde er in keinem anderen Gericht arbeiten können, schon in Schweden oder England war die Logik des Anwaltsberufs eine, die nach bereits geurteilten Fällen arbeitete und nicht nach einer, die das Gesetz an sich auslegte. *Nun scheint es zwar selbstverständlich, dass man Staatenlose wegen ihrer Undeportierbarkeit in ein Heimatland nicht ausweisen kann; der Nationalstaat aber kann auf das Recht der Ausweisung schon darum nicht verzichten, weil er im Prinzip überhaupt nur aufgrund dieses Rechts Fremde auf sein Territorium lässt.* »Das Recht braucht einen rechtlosen Raum, um sich zu definieren«, antwortete Aras.

Überrascht, dass Aras die Stille, die vor jeder dieser Prüfungen zwischen ihnen lag, unterbrochen hatte, erwiderte Rhea: »Wie meinst du das?«

»Hobbes behauptet, es gebe den Staat nur aufgrund des Sicherheitsbedürfnisses des Individuums, das sich in einer Gesellschaft potenzieller Mörder befände.«

Kurz war Rhea irritiert, doch sie war glücklich über die Abwechslung. »Dann müsste man davon ausgehen, dass wir alle gleich stark wären und nur Zufall über Erfolg und Misserfolg entscheiden würde.«

»Ich hasse Hobbes. Ich hasse den Gedanken, dass der einzige Grund, weshalb mich niemand töten will, die Angst vor der Macht des Staates sei. Was wenn mich der Staat töten will?«

»Ja, die Frage nach Recht und Unrecht kommt gar nicht erst auf.«

»Alle beziehen sich auf ihn, aber für ihn spielen weder Freiheit noch Vernunft oder freier Wille eine Rolle. Für ihn ist der Staat ein Tyrann mit gutem Recht.«

»Wie kommst du auf den?«

»Der Zweifel.«

»Worüber?«

»Ob es das wert ist.«

»Dein Studium?«

»Ja.«

Rhea wartete ab, sie wusste, die nächsten Worte hatten mehr Gewicht. Der Zeitpunkt des Zweifels ist von Bedeutung. Er bildet den Kern. Sie würde ihn anerkennen müssen, sie würde ihn jedoch lenken müssen, in eine Richtung, die es Aras möglich machen würde, gleich aufzustehen und sich von ihr zur Prüfung fahren zu lassen. Zu viel Arbeit, Zeit und Energie waren bereits ihrerseits in die Vorbereitung des Examens eingeflossen, ganz zu schweigen seinerseits. Sie wusste, Aras hatte sich nie die Illusion gemacht, seinen Idealismus im Beruf auszuleben. Aber sie wusste auch, dass er an seinem Idealismus ab und an litt. Sie tat es schließlich auch. Sie studierte Mathematik, weder wollte sie Lehrerin werden noch für eine Versicherung arbeiten. Sie tat es aus reiner Lust an der Sache, Mathematik hatte ihr die Welt anders eröffnet. Zu Beginn ihres Studiums hatte sich die Welt einmal gedreht, was sie sah, waren nun mathematische Strukturen, Symmetrien und das Gefühl, dass hinter alledem eine, wenn nicht göttliche, dann sinnhafte Kraft steckte. Da, wo die Welt ihr chaotisch erschien, fassten Zahlen eben jenes Chaos in eine Ordnung, die nie endlich war. Denn teilte man eine runde Zahl, so sind die möglichen Brüche unendlich, und selbst zwischen diesen Brüchen, so nah sie auch einander waren, war reichlich Platz für die Unendlichkeit. Doch, weil Menschen endliche Wesen im Angesicht der Unendlichkeit der Zahlen sind, war auch ihr irgendwann bewusst geworden, dass eine solche Endlichkeit, ihre eigene Endlichkeit, der sie zu entfliehen hoffte, sichtbar würde, je näher sie sich zur Mathematik hingezogen fühlte. Das Ende des Studiums, die Frage, womit sie später Geld verdienen würde, bedrängte auch sie. Rhea könnte Yoga-Lehrerin auf Bali werden oder Rettungssanitäterin in einem Kriegsgebiet, sie könnte aber auch weiter kellnern oder eine Promotion in Mathematik anstreben. Die Lebenszeit nicht an einem Ort abzusitzen, die verkaufte Lebenszeit eventuell mit Sinn zu füllen, dabei aber sich nicht selbst aufzugeben, war ein Spagat, der sie auseinanderriss.

»Es gibt kein richtiges Leben im falschen«, antwortete Rhea schlussendlich. »Wir sollten losfahren«, ergänzte sie. Aras folgte ihren Worten, er zerrte sich los von seiner neoliberalen Selbstgeißelung, richtete sich auf, spürte, dass seine Beine ihn nicht trugen, er setzte sich wieder, er atmete durch, schloss die Augen, der Boden zu seinen Füßen schien zu beben. *Da kein Land den ausgewiesenen Staatenlosen aufnehmen will, und zwar schon deshalb nicht, weil es ja seinerseits dann den Staatenlosen nirgendwohin ausweisen kann, muss die Polizei, welche die Befehle zur Ausweisung vollstrecken soll, sich illegaler Mittel bedienen.* Die Augen öffnete er wieder, Rhea sah er nicht mehr, sein Herz hörte er, nach den Schüsseln und der Kaffeetasse griff er, er wusste, dass der Boden nicht bebte, das Beben war ein Zeichen seiner Angst, er brauchte aber keine Angst zu haben, sagte er sich, stellte die Schüsseln und die Kaffeetassen in die Spülmaschine. Fest hielt er sich an der Küchenarbeitsplatte, als er den Einschlag hörte, fast wäre er zu Boden gerutscht, er dachte, der Einschlag dürfte weiter entfernt liegen, keine Gefahr drohte ihnen. Dass der Boden bebte, er war sich sicher, es war ganz eindeutig, das Wissen überlebt zu haben, weil andere gestorben waren, der Tisch hatte sich bewegt, die Stühle, vielleicht hatte es etwas mit seiner Sicht zu tun, fragte er sich. Froh war er, dass Rhea die Küche verlassen hatte, um ihn nicht zu sehen.

»Aras, wo bleibst du?«, rief Rhea. Nicht heute, einatmen, nicht heute, ausatmen, sagte sich Aras, konzentriert auf seinen Atem. Er folgte seinem Atem, der ihn zur Garderobe trug, der seine Hände führte, die nach dem linken Schuh griffen, den Schuh über den Fuß zogen. »Aras, du musst dich noch umziehen«, sagte eine Stimme zaghaft. Er lachte kurz auf: »Diese Prüfung raubt mir den Verstand. Stell dir vor, ich wäre so zur Prüfung gegangen.« Er stand mit einem Schuh am Fuß, einem in der Hand, in T-Shirt und Boxershorts.

Für einen kurzen Moment hatte Rhea ernsthaft daran gedacht, einfach alleine loszufahren, ihn zu verlassen. Sie war sich ungerecht dabei vorgekommen. Die Vorbereitung auf das Staatsexamen, das hatte sie gewusst, würde ihre Beziehung auf eine Probe stellen, und zu Beginn hatte sie versucht, dem Ganzen doch etwas abzugewinnen, sah in ihr eine hervorragende Herausforderung, auch sich selbst zu testen: Liebte sie ihn wirklich, oder waren sie aus reiner Bequemlichkeit noch zusammen? Erhoffte sie sich mehr vom Leben? Rief sie da eine Veränderung an oder waren diese Fragen nur jene Zweifel, die Menschen ihrer Generation hatten, weil you only live once.

Doch dieser Gedanke, ihn zu verlassen, war seit Monaten ein wiederkehrender Gast, fast fühlte es sich so an, als würde sie Aras mit diesem Gedanken betrügen, wenn sie sich vorstellte, nicht mehr mit ihm zusammen zu sein. Es war kein Wunsch, dessen Realität sie sich ausmalte, ausmalen konnte, da war kein Bild. So kurz wie der Gedanke an der Tür ihrer Vorstellungskraft geklopft hatte, so schnell verschwand er meist auch. Doch er hinterließ ein Gefühl des stillen Schrecks, denn sie hatte die Tür aufgemacht, nur stand dort niemand mehr. War es ein Wunsch, den sie ernst nehmen sollte, oder war es ein Wunsch, der nur aufgrund der Anspannung der letzten Monate entstanden war? Sie hatte Angst davor, dass sich sein gegenwärtiger Zustand nicht verbessern würde, was hatten sie dann für eine Zukunft?

Angezogen saß Aras neben Rhea im Auto. Er trug ein Hemd und eine Anzughose, es war ihm gesagt worden, es sei wichtig, bei der Prüfung einen guten Eindruck zu machen, warum, das hatte er nicht verstanden, aber das spielte auch keine Rolle, es war wohl wie viele der ungeschriebenen Regeln des Studiums eine Vorbereitung auf den tatsächlichen Beruf: Ein Anwalt hatte im Anzug zu erscheinen.

»Mir fällt ein, gestern hat mich eine Kommilitonin was wirklich Dummes gefragt«, sagte Rhea.

»Was denn?«

»Sie hat ernsthaft gefragt, ob du mich schlägst.«

»Warum hat sie dich das gefragt?«

»Sie meinte, weil du doch Araber bist. Die seien doch so gewaltbereit.«

»Das hat sie nicht gesagt. Du verarschst mich.«

»Ich schwöre, sie hat mich das gefragt.«

»Niemals.«

»Weißt du, was ich geantwortet habe?«

Sie würde etwas Unerwartetes sagen. Er versuchte, ihr zuvorzukommen, doch ihm fiel nichts ein. Aras wusste, dass sie die Stille genoss.

»Ja, aber nur im Schlafzimmer«, sie schaute ihn an.

»Hast du nicht.«

Manchmal, wenn er sie zu sich zog, sie küsste und dabei ihr Gesicht so festhielt, wie sie es mochte, rief sie, um ihn zu ärgern: »Häusliche Gewalt«. Diese kleinen Sticheleien waren keine Racheakte, sie waren Ausdruck ihrer Zuneigung, die nicht rein war, wie nichts im Leben, sie waren spitz und unerwartet, wissend, was Aras in Verlegenheit versetzen würde, kleine zärtliche Machtdemonstrationen.

»Bitte sag, dass du ihr das nicht gesagt hast.«

Sie schaute ihn erneut an. Zuckte mit den Schultern und antwortete: »Vielleicht.«

Für Aras war klar, es gab keine andere. Sie war, was in den arabischen Liedern, die seine Mutter hörte, denen er nur mit halbem Ohr selbst zugehört hatte, das Feuer seines Herzens genannt wurde, das Licht seines Auges, die Seele seiner Seele, sein Leben, welches erst mit ihrem Erscheinen begonnen hatte, ihretwegen war jede Freude, die er zuvor gekannt hatte, eine Illusion, und wenn ihre Wimpern sich auf ihrer Wange niederlegten, dann hörte sein Herz auf zu schlagen. Auch wenn er *Ursprung der Familie, des Staates und des Privateigentums* gelesen hatte und Friedrich Engels darin die Entstehung der Monogamie als Ursprung der Unterdrückung der Frau beschrieb, konnte Aras nicht anders, als zu denken, er könne nicht ohne sie. Sein persönlicher Kompromiss war es, Rhea nie zu heiraten, sie nicht zur Prostituierten mittels der finanziellen Abhängigkeit, die die Ehe hervorbrachte, zu machen, was er Rhea gegenüber damit zum Ausdruck brachte, dass er ihr sagte, er würde gerne, wenn sie beide denn alte Tattergreise wären, sie als seine Freundin vorstellen, so jung und frisch würden sie sich fühlen, wenn er dies sagen würde, wenn sie dann bereits mehr als sechzig Jahre zusammen wären. Da Rhea sowieso nicht an einer Ehe interessiert war, sah auch sie in dieser Fantasie eine romantische Zukunftsvorstellung, der sie nachhängen konnte.

Ihretwegen war Aras auch zur psychologischen Beratung gegangen, er stellte jedoch fest, dass kein Psychologe ihm würde helfen können. Die Tricks, die er versuchte, seinem Kopf zu spielen, als Antwort auf die Tricks, die sein Kopf ihm spielte, das Benennen von Gegenständen, das Zählen von Farben, das Atmen, wobei das Ausatmen doppelt so lang sein musste wie das Einatmen, all dies waren Versuche festzustellen, was real war, doch die Realität gab ihm keine Wahrheit preis, sein Problem war ein anderes. Er wusste, dass er in einer doppelten Realität gefangen war. Wenn er Rhea versuchte zu erklären, was er sah und fühlte, dass er wusste, dass das, was er manchmal sah und fühlte, sie nicht sah und fühlte, und dabei meinte er nicht das Gefühl, das sie vielleicht teilten, die Trauer, Wut, Hoffnungslosigkeit – die Kinder dieser Zeit – nein, was er sah und fühlte, konnte nur er sehen und fühlen. Doch an den Reaktionen von Rhea hatte er angefangen zu verstehen, dass er allein war mit dem Beben, mit den Explosionen, mit den Scharfschützen, den Folterungen, den Gefängnissen, den Entführungen, die Anrufe, das Gefühl jemand sei in der Wohnung gewesen in ihrer Abwesenheit, dass er ihm nahestehende Menschen nicht wiedererkannte, dass er Personen sah, die nicht existierten, zumindest nicht am selben Ort, an dem er war, einmal hatte er Rhea angeschrien, er kenne sie nicht und sie solle keinen weiteren Schritt auf ihn zu machen, was sie denn in seiner Wohnung suche. Rhea war ruhig geblieben, im Nachhinein betrachtet hatte es Aras überrascht wie ruhig, und er hatte versucht, auch daraus keine weiteren Schlüsse zu ziehen, sondern darin zu vertrauen, dass sie ruhig geblieben war, weil sie viel früher als er wusste, dass seine Wirklichkeit keine Realität mehr hatte, weil es allein seine war, keine geteilte. Auch und obwohl Realität nicht immer eine geteilte war, das war Rhea bewusst, weil immer instabil, unterschiedlich und in Veränderung begriffen. Es gab Realitäten, die für sie immer verschlossen blieben, und selbst wenn Rhea noch einen Hauch Esoterik und Animismus als Entschuldigung für Aras' Verhalten miteinbezog, war ihr klar, dass es Grenzen gab, um eine Normalität aufrechtzuerhalten, die ein Leben in dieser Gesellschaft ermöglichten, die sie selbst bereit war zu akzeptieren. Das hatte sie ihm gesagt und ihn gebeten, sich Hilfe zu suchen, was er getan hatte. Doch was Aras erlebte, war tiefer, als jede psychologische Beratung durch das Bemerken und Kategorisieren seiner Symptome in ein Krankheitsbild erkennen würde. Aras erlebte, was die Allgegenwärtigkeit grausamer Tode mit dem Selbst trieb.

Sie reduzierte Aras, eigentlich alle Menschen, darauf, was sie im Kern waren, nichts, je nachdem welchem Glauben man anhing, und daher, solange er am Leben war, sich dessen bewusst, dass er sterben würde, dass er im Kern, dass er kein eigenes Selbst besaß, sein Wesen teilte er mit allen Wesen, dass sein Bewusstsein ihn nur daran hinderte, diese Wahrheit anzuerkennen, dass er nicht getrennt war von der Welt, von uns, von sich selbst. *Die ungeheure Gefahr der totalitären Erfindungen, Menschen überflüssig zu machen, ist, dass in einem Zeitalter rapiden Bevölkerungszuwachses und ständigen Anwachsens der Bodenlosigkeit und Heimatlosigkeit überall dauernd Massen von Menschen im Sinne utilitaristischer Kategorien in der Tat »überflüssig« werden.*

Aras hatte Angst vor seiner eigenen ganz konkreten individuellen Auflösung. Denn wenn er über den Tod nachdachte, dann überkam ihn eine Angst, die tief in seinem Herzen saß, eine Angst, die ihm entgegenwehte wie ein Sturm. Diese Angst war nämlich ein Gedanke, nicht mehr zu existieren, er konnte es sich einfach nicht vorstellen, nicht zu existieren. Dass die Welt einen Schatten warf in seine Vorstellung, erkannte er noch. Doch obwohl er zu wissen glaubte, dass ihm seine Einbildungskraft einen Streich spielte, hatte er keine Zeit, diese Erkenntnis wahrzunehmen, denn an den Tisch seiner Fantasien setzten sich neue Gesellen. Die Geflüchteten, Verfluchten, die über die Grenzen hinweg nach Europa gelangt waren, langten nach den Augen der Welt, in den Augen der Europäer*innen, denn in ihren Augen waren sie die Welt, sie trugen eine Frage im Gepäck: Wer nur noch sein Leben zu retten hat, der hat nichts mehr zu verlieren, auch das Leben nicht, Widerstand zwecklos, wer trägt dann noch die Hoffnung? Das Entsetzen, welches sich dann breitmachte, mündete entweder in einem schuldbewussten Helfertum oder in unverfrorenen Hass.

An Hass hat es vermutlich niemals in der Welt gefehlt; aber in diesen Nachkriegsjahren wuchs er zu einem entscheidenden politischen Faktor in allen öffentlichen Angelegenheiten heran. Da war sie wieder, dachte Aras, und langsam dämmerte ihm, weshalb er sie heute besonders gut hören konnte. Es war nicht wegen der Prüfung. Es waren die Wahlergebnisse. Er hatte versucht, sich vom politischen Aktivismus der letzten Jahre zu distanzieren, er wusste, er würde seine Konzentration für das Lernen brauchen. Die Wahlergebnisse hatten ihm keinen Schrecken bereitet, sondern eben in jene Trauer zurückgeführt, der er zu entfliehen versuchte. Das Beben, ja, das lag auch an ihnen, und Hiba, dachte er, sie auch. Er machte sich bereit, er wusste, was als Nächstes passieren würde, die Luft hielt er an, hielt sich mit der rechten Hand am Haltegriff über seinem Kopf fest, die Finger der linken Hand krallten sich in den Sitz: Eine Lawine überkam seinen Körper, die Kälte ließ ihn zittern und spannte die Haut, als würde direkt unter seiner Haut ein zweiter Körper sitzen, sein Körper reagierte, drückte sein Herz so stark gegen die Brust, so schnell, dass es fast weh tat, er sprach in sich hinein, das Gefühl ist unangenehm, aber du bist sicher, in diesem Auto ist keine Bombe, in diesem Auto ist keine Bombe, keine Nazis, die versuchen, dich umzubringen, das Auto brennt nicht, in diesem Land hat es schon immer Nazis gegeben, das ist kein Rechtsruck, sie werden dich nicht beschatten, sie werden dir nicht auflauern, sie werden dich nicht verprügeln, sie werden dich nicht ausweisen, sie werden dich nicht abschieben. *Flüchtlinge kennt die europäische Welt seit der Antike und das Asylrecht galt als heilig seit den frühsten Anfängen politischer Organisation.* Vielleicht würde er doch Rhea heiraten müssen, so hatten auch einige jüdische Ehemänner die Deportation überlebt, dachte er kurz, er schluckte, sein Hals fühlte sich enger an, er wusste, er musste die Gedanken fließen lassen, nicht mehr gegenargumentieren, er atmete tief ein, hielt die Luft an, atmete wieder aus, zählte die vorbeifahrenden Autos, zählte die Ampeln, sagte sich Hund, sobald er einen sah, er wusste, dass sein Geist ein Fahrzeug war, welches immer wieder beschleunigte, plötzlich bremste und während des Bremsvorgangs noch einige Meter weiterfuhr, so hatte es ihm die psychologische Beratung erklärt.

Er hatte um einen Termin gebeten und war dort erschienen. Die Frau vor ihm hatte blonde, krause Locken, die Haare waren ohne große Aufmerksamkeit zu einem einfachen Dutt zusammengesteckt, ein paar Strähnen schauten raus. Sie trug eine Jeans und einen ausgewaschenen, senfgelben Pullover. Da war ein Schreibtisch in der einen Ecke des Zimmers, ein großes Bücherregal stand dahinter, in der anderen Ecke waren zwei Sessel, dazwischen ein Tisch, auf dem Tisch waren Kerzen, zwei Tassen auf Untersetzern, ein Palo-Santo-Holz, zwei kleine Lego-Figuren, ein paar Steine und Kristalle, es war ein Glastisch. Umrahmt war die Sitzecke von verschiedenen Pflanzen. Eine Klangschale lag unachtsam neben der Heizung auf dem Boden, Aras war selbst nicht überzeugt von diesem Termin, für ihn war Therapie der Versuch, strukturelle Probleme individuell zu lösen, Individuen wieder gesellschaftstauglich zu machen, er wusste jedoch, er wollte weder Rhea noch seinen Freund:innen zur Last fallen, andere waren auf ihn angewiesen, und die Bitte in Rheas Stimme klang ernst, irgendwas stimmte nicht mit ihm. Also hatte er sich vor diese Frau gesetzt, die ihn gefragt hatte, ob er erzählen mochte oder sie Fragen stellen solle. Er hatte sie gebeten, Fragen zu stellen.

Das Auto stoppte. Sie waren da. Bevor Aras ausstieg, sagte er: »Danke, dass du mich erträgst.«

»Ich liebe dich«, antwortete Rhea liebevoll.

Es war ihr nicht entgangen, dass sich Aras' Finger in den Sitz gekrallt hatten, und sie glaubte zu verstehen, warum, so sehr Aras versuchte, es sich nicht anmerken zu lassen, sie hatte seinen schnellen Atem nicht überhört, doch mittlerweile griff sie nicht mehr ein in diese Zustände, sie wusste, dass sie es schlimmer machte, dass die Befremdung, die durch ihren Eingriff entstand, in Aras, und zwischen ihr und Aras, dadurch nur wuchs. Irgendetwas zwischen ihnen fühlte sich nicht mehr natürlich an. Aras hatte sich in ihren Augen verändert, vielleicht hatten sich aber auch ihre Augen auf ihn. Sie konnte es nicht genau festmachen, es waren nicht die Umarmungen, es reichte manchmal schon, wenn sie sich küssten oder er ihre Nähe suchte. Sie gewöhnte sich also an, ihn zu beobachten, und sie hatte das Gefühl, dass er seinen Zustand mehr und mehr unter Kontrolle bekam, trotz des Schmerzes, der da in ihm wütete, denn anders konnte Rhea es sich nicht erklären, entweder lief Aras vor ihm weg, und dann bahnte er sich nur um so mehr in seine Welt aus, oder er ließ ihn zu, wie er es eben getan hatte, er hielt ihn aus. Er schloss sich mit ihm ein. Ihre Sorge war, dass ihn der Schmerz zwang weiterzulaufen, weiter bis zur Erschöpfung, und Rhea hoffte nur, dass es einen Ausweg geben würde, dass wo immer er sich hineinverirrt hatte, dass er wieder herausfand und hinter sich abschließen konnte, aber es gab kein Außerhalb, nur wer den Zusammenhang sah, war vor ihm sicher, und wer sicher war, war in Gefahr.

Aras wurde von zwei Hochhäusern begrüßt, verbunden durch eine Unterführung, sie begleitete seine Schritte mit einem leichten Hall. Der dahinterliegende Hof mit den einstöckigen Gebäuden, die den Hof begrenzten, war für Aras' Augen ein gewohnter Anblick, in der Mitte waren Bäume und Sitzgelegenheiten. Zu oft war er bereits hier gewesen, um Unbehagen zu verspüren. Das gegenüberliegende Gebäude war der Hörsaal, in dem sie die Prüfung schreiben würden. An die hundert Studierende warteten. Eine Liste hing am Eingang. Dort stand auch seine Sitznummer, die er sich in die Notizen eintippte, anschließend begab er sich auf die Suche nach Jan, den die Menge an Studierenden versteckte. Das Labyrinth führte ihn an einigen Kommilitonen vorbei, denen er zunickte oder sie kurz begrüßte.

In den letzten Wochen waren die Prüfungstage mehrfach durch Aras' Kopf gegangen, um genau zu sein, hatte es mit dem Brief angefangen, den er vom Oberlandesgericht erhalten hatte, darin war aufgeführt, an welchem Tag zu welcher Uhrzeit er welche Klausur schreiben würde und wo er jeweils zu sein habe. Empfohlen wurde, eine Dreiviertelstunde früher zu erscheinen. Drei Klausuren fanden im Landesjustizamt, zwei in einem der Hörsäle der Universität statt.

Im Landesjustizamt hatte Aras sich sicherer gefühlt als an der Universität. Das Landesjustizamt war kein Ort, der von der Öffentlichkeit wirklich Beachtung fand, dort war nichts passiert, er hatte die Prüfungen in Ruhe schreiben können. An der Universität hingegen, das wusste Aras, würde er einige Augenblicke, lange Momente erleben, von deren Realität er sich nicht überzeugen lassen durfte. Er hatte das leise Gefühl, dass die Prüfungen, so aufreibend sie auch waren, ihm im Großen und Ganzen halfen. Sie sogen ihn ein, er wollte in ihre Mitte, er wollte sich einrollen und zu einem Kern werden.

Aras fand Jan an einem der Bäume lehnend, seine Schläfe berührte die Rinde des Baumstamms. »Das war ja wohl eine Wahlschlappe«, sagte Jan nach einer Weile der Stille. *Denn der Hass konnte sich auf niemanden und nichts wirklich konzentrieren; er fand niemanden vor, den er verantwortlich machen konnte – nicht die Regierung und nicht die Bourgeoisie und nicht die jeweiligen Mächte des Auslandes.*

»War doch zu erwarten.«

»Noch im Sommer standen die doch alle mit Teddybären am Bahnhof, und jetzt ist diese Nazipartei in mehreren Landtagen mit über zehn Prozent. Und dann tun die so, als wäre es ein ostdeutsches Problem. Ich kann's wirklich nicht glauben, nein, es ist alles nicht nur Pegida und Dresden, sondern auch Nordstadt in Dortmund und dieser Kretschmer von den Grünen, der will mit der CDU koalieren. Ich sag dir, die Grünen sind einfach wie eine schimmlige Avocado. Das können nur die Schwaben, so was.«

Aras wusste, dass Jans Wut nicht nur Wut war, sie sollte ihm gegenüber ein Mitgefühl ausdrücken, ihm sagen, dass er nicht allein war, vielleicht war es die Wut, zu der er selbst nicht mehr imstande war. *Wen immer die Verfolger als Auswurf der Menschheit aus dem Lande jagten – Juden, Trotzkisten und so weiter –, wurde überall auch als Auswurf der Menschheit empfangen, und wen sie für unerwünscht und lästig erklärt hatten, wurde zum lästigen Ausländer, wo immer er hinkam.*

Aras konnte die Blicke auf der Straße spüren, vielleicht bildete er sie sich ein, aber den Januar über hatte er nur sehen können, wie misstrauisch die Augen waren, die ihm folgten, dass eine Nacht so viel verändern würde, und gleichzeitig war er nicht überrascht. Was Aras noch beobachten konnte, war die unendliche Dankbarkeit und Strebsamkeit der Syrer*innen, die ihn manchmal genauso zum Verzweifeln brachte, denn wofür sie sich bedankten, war ihr Recht, das ständig ausgehöhlt und gegen sie verwendet wurde.

»Ich könnte wirklich kotzen. Wenn deutsche Männer Frauen belästigen, dann passiert Jahrzehnte nichts, aber wenn sich ausländische Männer erdreisten, dann muss man erst mal direkt das Gesetz ändern und obendrauf noch eine Asylgesetzverschärfung hinterherschieben. Wie kann es sein, dass kein Katholik für die Regensburger Domspatzen ein Schildchen bastelt, auf dem steht #NichtInMeinemNamen, und vor dem Kölner Dom steht? Und wie kommt man auf die verrückte Idee, die Ereignisse auf dem Tahrir Platz mit dem Domvorplatz zu vergleichen? Habe ich den gewaltsamen Umsturz einer Regierung verpasst?«

Aras dachte kurz, dass Migration, auch erzwungene Migration, ein Akt der Selbstermächtigung sei, es ist der simple Versuch, das eigene Leben in die Hand zu nehmen, selbst zu entscheiden, wie man sterben möchte, wie man, im Bestfall, wenn alles gut ging, leben will, es ist der Versuch, sich aus der Zufälligkeit der geopolitischen Position, in die man hineingeboren wurde, zu befreien. *Totalitäre Regierungen, die im Zuge ihrer Welteroberungspolitik ohnehin trachten mussten, die Nationalstaaten zu zerstören, haben sich dann ganz bewusst darum bemüht, diese staatenlosen Gruppen zu vermehren, die Nationalstaaten von innen her zu zersetzen.*

»Weißt du, was die Absurdität noch toppt? Es kommen ja nicht mal die armen Wirtschaftsflüchtlinge, sondern die reichen Kriegsflüchtlinge, die vor den Waffen fliehen, die dieses Land produziert. Dass den Leuten nicht auffällt, dass sie auf die ein oder andere Art und Weise die Ungleichheit dieser Welt bezahlen müssen. Sind wir noch tolerant oder schon blind? Fick den Spiegel! Wann waren wir denn je tolerant? Wann je nicht blind?«

»Jan, ich weiß. Das brauchst du mir alles nicht zu sagen«, erwiderte Aras und war froh, als sich die Türen zum Hörsaal öffneten.

Die Sitznummer führte ihn zur zehnten Reihe rechts. Seine Tasche auf dem Schoß griff er nach seinen Stiften. Eingepackt hatte er verschiedene. Einen Kugelschreiber, einen Füller und einen Fineliner, er würde sich dann während der Klausur für einen Stift entscheiden. Der Füller hatte natürlich den Vorteil, besonders ordentlich auszusehen, mit dem Kugelschreiber schrieb es sich flotter, und der Fineliner war reine Reserve. Zwei Bleistifte, einen Radiergummi und einen

Anspitzer hatte Aras ebenso dabei, für Notizen, weil sie mitabgegeben werden würden, war er darauf bedacht, am Ende auch diese durchzugehen, unbrauchbare oder verwirrende wieder wegzuradieren. Er hatte außerdem drei Textmarker dabei: Gelb für Daten wie Uhrzeiten, Jahreszahlen, also für Fakten, die schnell parat sein sollten und deren Richtigkeit seine Genauigkeit prüfen würde. Pink für Gesetze, die genannt werden würden und auf die er sich beziehen wollte. Grün für inhaltliche Gewichtung, Auffälligkeiten, Textstellen, die er unter Berücksichtigung theoretischen Wissens analysieren müsste. Die Bücher stellte er auf dem Tisch neben sich auf, eine Flasche Wasser, eine Banane, die Ladung zur Prüfung, seinen Personalausweis auch.

Aras blickte auf, und sein Blick wanderte mit den Mitarbeitern des Instituts, die wahlweise Bücher seiner Kommiliton*innen in die Hände nahmen und durchblätterten. Nach dieser ersten Kontrolle wurden sie alle gebeten, sich neben ihre Sitze zu stellen, mit ihren Taschen auf den Tischen. Nach und nach gingen die Mitarbeiter durch die Reihen und überprüften, ob die Taschen leer waren, anschließend wurden die Taschen an die Seite gestellt. Eine Aufseherin begann, die Belehrungen vorzulesen, die die Prüflinge bereits mit der Ladung erhalten hatten, die Dauer der Prüfung, die zugelassenen Loseblattsammlungen, dass sie mit ihrem Ergebnis auch den Termin für die mündliche Prüfung erhalten würden, wenn sie denn bestehen. Dann wurden sie einzeln nach vorne gebeten, die Klausuren entgegenzunehmen, zu unterschreiben und am Platz zu warten. Der Mantelbogen der Klausur durfte noch nicht geöffnet, auch durfte der Mantelbogen noch nicht beschriftet werden. *Das eigentliche Ziel der totalitären Ideologie ist nicht die Umformung der äußeren Bedingungen menschlicher Existenz und nicht die* *revolutionäre Neuordnung der gesellschaftlichen Ordnung, sondern die Transformation der menschlichen Natur selbst, die, so wie sie ist, sich dauernd dem totalitären Prozess entgegenstellt.* Da saß Aras also, strich mit den Händen über das Papier, er wurde als einer der Ersten aufgerufen, seine Finger gingen über den Rand der Blätter, umspielten, bogen das Papier, er hätte es nicht gewagt hineinzublicken. Nachdem alle anderen einmal einzeln aufgerufen worden waren, ihre Klausuren entgegengenommen hatten, sich gesetzt hatten, schrieb die Aufseherin die Startzeit der Prüfung an die Tafel und wandte sich an die Prüflinge mit den Worten: »Sie dürfen beginnen.«

Zu hören war nur noch ein Rascheln, ein Rauschen, das Rauschen wurde lauter, Aras blickte sich um. Die Stifte auf dem Tisch fingen an zu tanzen, einer kam dem Rand gefährlich nahe, Aras hielt ihn mit der Hand auf. Es könnten herannahende Panzer sein, ein Erdbeben, dachte er kurz und verwarf den Gedanken. Das Rascheln hörte nicht auf, doch Aras entschied sich, sich mit dem Lesen der Klausur abzulenken.

Die Klausur handelte von S, der vor drei Jahren aus Syrien geflohen war, nachdem er als Krankenpfleger einen verwundeten Demonstranten verarztet hatte und daraufhin im Militärgefängnis Saydnaya vier Monate gefoltert worden war. *Das Asylrecht setzt ferner voraus, dass der Flüchtling wirklich und nachweisbar etwas getan hatte, womit er sich gegen die gerade geltenden Gesetze seines Landes vergangen hatte,* Aras nickte. Auf einer Informationsveranstaltung zur Berufsorientierung des ortsansässigen Flüchtlingsunterstützerkreises trifft er auf K, den er als Amtsarzt der Gefängnisabteilung wiedererkennt. S verhält sich ruhig und wittert die Chance, K in Deutschland zur Rechenschaft zu ziehen. Dieser habe sich laut S nicht um die Pflege der verwundeten Gefangenen gekümmert, sondern war an der Folter von mindestens drei Mitgefangenen beteiligt. Zu prüfen war, ob K nach VStGB wegen Verbrechen gegen die Menschlichkeit angeklagt werden könne. Aras hatte nicht mit einem derartig komplizierten Fall gerechnet. Er las den Fall mehrfach durch, sorgfältig, versuchte, die Problemfelder zu umkreisen: Bestimmbarkeit des Klagebegehrens, Klagebefugnis, räumliche Anwendbarkeit, Schutzpflicht. Zuerst war die Zuständigkeit des Oberlandesgerichts festzustellen, die sich daraus ergab, dass Syrien selbst nicht Mitglied des Internationalen Strafgerichtshofs in Den Haag war und Russland mit einem Veto im UN-Sicherheitsrat verhinderte, dass Fälle aus Syrien vor dem Internationalen Strafgerichtshof verhandelt werden konnten. Da Deutschland den Römischen Statuten folgte und im Auftrag des Internationalen Strafgerichtshofs das internationale Völkerstrafrecht im nationalen Strafrecht verankert hatte, war es möglich, Verbrechen gegen die Menschlichkeit von Nicht-Staatsangehörigen aufgrund begangener Taten außerhalb des Staatsgebiets zu ahnden, da sie nach dem Weltrechtsprinzip die internationale Gemeinschaft aufgrund der Schwere der Tat als Ganzes betrafen. Nach Feststellung der Zuständigkeit ging es um die Frage, ob es sich tatsächlich um Verbrechen gegen die Menschlichkeit handelte, es hätte durchaus auch nur die Verletzung der Ärztepflicht und schwere Körperverletzung sein können. Die Systematik musste geprüft werden, der Vorsatz des Individuums als Teil einer kollektiven Tat.

Er erstellte eine Lösungsskizze, dann begann er mit der Abschrift. Absätze, in denen er zu viel durchgestrichen hatte, schrieb er erneut in sauberer Handschrift ab, was bei Aras aber auch nicht wirklich ordentlicher erschien, seine Schrift war zackig und gedrängt. »What are you writing?«, Aras blickte zur Seite. An seinem Tisch stand ein Mann in einem fast schwarzen Mantel, darunter trug dieser ein dunkelblaues Jackett, kariert, einen blauen Pullover, ein Farbton tiefer, ein schwarzer Schal hing um seinen Nacken und eine Kette aus geflochtener Seide, ein Medaillon strahlte in türkis, darin ein Stern, der Morgenstern in Gelb-, Orange- und Rottönen, bestickt mit kleinen Glasperlen. Der Mann hatte das lange graue Haar zu zwei Zöpfen geflochten, sein Gesicht war faltig, ein wenig verquollen, er war nicht sonderlich groß, ein bisschen Bauch, seine Augen spitz und klein. Er schaute Aras ruhig an, das Medaillon hing Aras auf Augenhöhe. So konnte er die Federn mit den schwarzen Spitzen, die zwischen den Zacken des Sterns versteckt waren, sehen, die Symmetrie lenkte Aras kurz ab.

Der Mann blieb neben ihm stehen. Aras wusste, warum der Mann dort stand. Er war eine Erinnerung daran, dass nicht alle Beweise vor Gericht zulässig sind. Aras wusste, Zeugenaussagen allein würden den Fall nicht erfolgreich beenden. Aussagen, die auf Erinnerungen beruhen, die unter extremen Bedingungen entstanden sind, würden als nur teilweise glaubwürdig eingestuft werden.

Obwohl das Gericht, so ist der Glaube, Gerechtigkeit für den Einzelnen bringen soll, so kann es das nur, indem es das Individuum nicht als Subjekt, sondern als Objekt des Gesetzes betrachtet. Im Falle von S wie im Falle dieses Mannes, der nun hier vor Aras stand, galt die Frage, inwieweit das Hörensagen als Beweisgrundlage dienen könne. S wusste von drei anderen Fällen, die ihm zugetragen worden waren, die Wahrscheinlichkeit ist aber, dass es viel mehr Fälle gab, von denen er nicht einmal gehört hatte, aber gerichtlich zu ahnden wären nur die drei, und deren Beweislast war gering.

Der Mann fing an zu tanzen. Er beugte sich vor und zurück, drehte sich um die eigene Achse, er stimmte ein Lied an, eines, das nie aufgeschrieben werden durfte, das nie geteilt werden sollte. Er legte seine innersten Geheimnisse offen, weil ihm nichts anderes geblieben war, um zu verteidigen, was man ihm gestohlen hatte, sein Land, was man zerstören wollte, seine Kultur. Er glaubte nicht, ihm gehöre das Land, besitzen konnte niemand das Land, aber die, die behaupteten, es gebe so etwas wie Besitz, verwehrten ihm seine Beziehung zum Land. Denn sein Glaube war dieser, dass sein Dasein an das Land geknüpft war, an die Natur, die das Land hervorgebracht hatte, er glaubte an keine Trennung zwischen sich und der Natur, er war kein Mensch, kein Individuum, welches laut dem Bundesgerichtshof zwischen dem Beginn der Eröffnungswehen und dem Eintritt des Hirntodes existierte. Er war ein Geist, der mal diese Form, mal diese Gestalt annehmen konnte, der keine Zeit kannte, nur Raum, und Zeit war lediglich die veränderte Form, die der Raum annahm. Er zündete eine kleine Flamme in seiner Hand und legte sie auf den Tisch vor Aras. Kurz erschrak Aras, doch das Papier, sein Prüfungsbogen brannte nicht.

Der Mann griff nach dem Feuer und setzte es sich auf den Kopf, die zwei Zöpfe fingen Flammen, umtanzten sein Gesicht wie gereizte Schlangen, doch ihn berührte es kaum. Das Lied, von dem er nun sang, handelte vom Wilden Reis, ein Geschenk des Schöpfers, der Wilde Reis, ein Teil seiner Rituale, der eben nur an diesem einen See wuchs, wie ein Wunder lag er einfach auf dem Wasser, für dessen Schutz er zuständig war, die Wut des Schöpfers wollte er nicht auf sich ziehen, indem er dem Geschenk nicht die Ehre erwies, die dem Geschenk zustand. Aras wusste, dass kein Richter bisher diese Lieder als Beweis für den Besitz des Landes anerkannt hatte, obwohl die Laute aus seinem Mund so anfällig für Veränderungen waren wie Zeichen auf dem Papier. Das eine wog vor Gericht mehr, das andere weniger. Das Ungleichgewicht spiegelte sich im Tanz wider, der Mann lehnte sich abwechselnd mit einem Bein vor und dem anderen zurück.

Der Staat, so hatte es Nietzsche einmal gesagt, ist das kälteste aller kalten Ungeheuer, und Savigny hat einem jungen Jura-Studenten als Ratschlag aufgegeben: Ruhe, Kälte, Leidenschaftslosigkeit. Der Jurist, auch wenn er nicht Hochschullehrer wurde, Richter, Beamter oder Notar, sondern ein Anwalt, war ein Organ der Rechtspflege, er war ein Vertreter des Staates im weitesten Sinne, all dies glaubte Aras nicht, und der Gedanke bereitete ihm Unbehagen, doch diese Worte waren ein Mittel, sich diesen Geist vom Leib zu halten. Aras dachte daran, dass in seiner Tasche Ohropax lagen, die er sich nun zu gern in die Ohren gepresst hätte, um diesen Mann nicht weiter singen zu hören. Aber Ohropax hätten nicht gegen die Klagen der Toten und die Stimmen ihrer Vermittler geholfen.

In diesem Moment wünschte er sich einfach, nicht er selbst zu sein, und er wusste um die Unmöglichkeit dieses Wunsches, nicht dieses Bewusstsein zu besitzen, sich verpflichtet zu fühlen, keine Empathie, er wünschte sich, ein Einzelkämpfer zu sein, uninteressiert, auf sich bedacht. Was wäre das Leben einfacher, all diese Wut und Trauer, die er verspürte, wären verflogen. Zwar genoss er seine eigene moralische Überlegenheit von Zeit zu Zeit, für die er sich meist auch genauso schnell schämte.

Er bemühte sich ruhig zu bleiben, unauffällig, das war nicht der Raum. Er blickte sich um, die anderen starrten abwechselnd unbeirrt ins Leere oder jagten wie Wahnsinnige ihre Stifte über das Papier. Aras fragte sich, wie ihre Leere aussah, fragte sich, ob K nach Beendigung seiner Strafe abgeschoben werden würde, verwarf die Frage jedoch sogleich, denn würde K verurteilt werden, wäre Syrien gerichtlich als Folterstaat anerkannt, und es wäre endgültig ein Abschiebeverbot in Kraft. Dies erleichterte ihn. Er hasste die Diskussion um straffällig gewordene Flüchtlinge und die Abschiebung als Folgestrafe. Keinem deutschen Bürger würde je die Abschiebung drohen, dass es niemandem auffiel, dass eine Abschiebung als Strafe eine doppelte Bestrafung bei gleichem Vergehen war, wunderte Aras, wenn alle davon sprachen, Recht und Ordnung wiederherstellen zu wollen. *Da der Staatenlose die Anomalie darstellt, für die das Gesetz nicht vorgesorgt hat, kann er sich nur dadurch normalisieren, dass er den Verstoß gegen die Norm begeht, die im Gesetz vorgesehen ist, nämlich das Verbrechen.*

Er schrieb »Ende der Bearbeitung«, nur vereinzelt waren Plätze frei geworden, der Großteil der Prüflinge war sitzen geblieben, sie warteten, warteten, bis eine Aufsichtsperson kam und die Klausuren einsammelte. Nach und nach begann das Treiben, die Taschen wurden gepackt, keine Leichtigkeit, nun fing die eigentliche Prüfung an, die aus Warten bestand.

Dass warten im Arabischen dieselben drei Radikale mit sehen teilte, daran dachte Aras, was es damit auf sich hatte, dass das Gesetz wie das Hocharabisch war, eine Poesie versperrt für die Massen. Es hieß nicht: »Das Gesetz sagt …«, sondern: »Im Gesetz ist geregelt worden, dass …« Wenn schon im Grundgesetz die Rede vom Deutschen Volk ist, so ist dies bereits ein Indiz auf einen fiktionalen Charakter, ja, die juristische Fiktion gab es, die vorgestellte Norm, nach der gerichtet wird. Aber davon abgesehen, klangen Sätze wie: »Der Besitz einer Sache wird durch die Erlangung der tatsächlichen Gewalt über die Sache erworben«, »Ein gezähmtes Tier wird herrenlos, wenn es die Gewohnheit ablegt, an den ihm bestimmten Ort zurückzukehren«, »Verschollen ist nicht, wessen Tod nach den Umständen nicht zweifelhaft ist« in Aras Ohren so, als würde jemand ihm geheimes Wissen über den Ursprung der Welt mit auf den Weg geben. Vielleicht war Jura wie Mathematik, nur mit Worten, es gab eine Formel, anwendbar auf den Einzelfall.

Aras nahm kaum wahr, wie er den Hörsaal verließ, dachte dabei nur, keine Bomben, keine Entführungen, nur ein indigener Mann im Anzug, ein Rauschen, das beruhigte ihn. Jemand hielt ihm die Tür in den Hof auf, und er konnte eine Menge rufen hören, es waren Freunde der Prüflinge, niemand aus seinen Reihen wagte, sonderlich laut zu sein. Das Staatsexamen verband, es war ein Leid, das trotz der Differenzen, die Aras mehr als deutlich zu den anderen im Laufe seines Studiums empfunden hatte, ihm eine Art von Gruppengefühl verlieh, zum ersten Mal. Er hatte nie zu einer Gruppe gehört, selbst wenn er es gewollt hätte.

»Mann, was war das denn für ein Thema?«, jemand hielt ihn an der Schulter. Aras schüttelte den Kopf: »Ich weiß auch nicht. Sie haben ein bisschen übertrieben.«

»Da hätten sie doch gleich noch nach den Schutzpflichten der UN im Falle von Palmyra fragen können«, mischte sich ein Dritter ein.

Aras war im Nachhinein erleichtert, es bei seinem Besuch in Syrien nicht nach Palmyra geschafft zu haben, er hatte gewollt, aber ihm war nicht klar gewesen, wie weit entfernt Palmyra von Aleppo war und dass der Ausflug aufs Land, den er mit seinen Verwandten unternommen hatte, die ihm erklärten, sie würden nur mal kurz bei einem Restaurant anhalten, dort essen und anschließend weiterfahren, sie eben nur bis zum Rif von Aleppo geführt hatte und seine Verwandten nie vorgehabt hatten, mit ihm bis Palmyra zu fahren. Sein Trost war, dass das Restaurant köstliches Essen verkaufte, sie hatten hauptsächlich Kebab gegessen, aber was für Kebab. An den Kebab erinnerte er sich nun und war froh, dass er um den Kebab trauerte und nicht in den Chor einstimmte, der die Zerstörung beklagte, die der IS verursacht hatte, der lauter war als der Chor, der den Tod einer halben Million Menschen anprangerte, seit mehr als einem Jahr war die Todeszahl bei einer halben Million stehen geblieben, der Tod des Einzelnen war eine Tragödie, der Tod von Massen ist nur eine unvollendete Statistik. *Was der Sache ihre politische Bedeutung gab, war nicht der Hass und die Irritabilität aller gegen alle, sondern dass sich sehr bald zwei größere Gruppen von Opfern abzeichneten, deren Status prinzipiell anders und, wie sich erweisen sollte, unvergleichlich schlechter war als der aller anderen Kriegsgeschädigten, schlechter als der des enteigneten mittleren Bürgertums, als der der Arbeitslosen oder der Kleinrentner, die ihre soziale Position und ihre Arbeit und ihren Lebensunterhalt und ihren Besitz verloren hatten; denn diese Gruppen hatten ein Recht verloren, das man stets für unveräußerlich, von spezifisch politischen Umständen abhängig gehalten hatte: sie hatten die sogenannten Menschenrechte verloren.*

»Palmyra ist auch da in Syrien, oder? Um ehrlich zu sein, ich steig da politisch auch nicht wirklich durch«, fragte jemand. Jan schritt ein und spuckte aus, was Aras ihm an Informationen in den letzten Jahren gefüttert hatte, was er selbst gelesen hatte: »Na, es fing mit Protesten an, die Reformen gefordert haben, diese wurden gewaltsam beantwortet. Dann haben die Leute den Sturz des Regimes gefordert, das wurde noch schlechter aufgenommen. Es kam zu Inhaftierungen, Folter, bewaffneten Auseinandersetzungen. Ich meine, Ende 2012 sah es irgendwie noch so aus, als ob die Revolution tatsächlich erfolgreich sein könnte, dann hat aber Assad erst den Iran, später die Hisbollah eingeladen, ihn zu unterstützen. Die Leute haben sich also bewaffnet, um gegen das Regime zu kämpfen. Sie wurden unter anderem von der Türkei, den USA und Saudi-Arabien unterstützt. Dann kam Russland dazu, also um Assad zu unterstützen. Und mit dem Aufstieg des IS wurden immer mehr Stimmen laut für eine direkte Intervention. Vorher hat man immer von einer No-Fly-Zone gesprochen, die wegen des Vetos Russlands und Chinas sich nie durchgesetzt hat. Ah ja, und im Norden ist die YPG, die sich links und demokratisch gibt, aber selbst Deals mit dem Regime hatte und Journalisten inhaftiert hat. Aber ich meine, sie werden auch von jeder Seite betrogen und hintergangen. Und dann verhandeln alle halbe Jahre die USA und Russland mit allen Involvierten, außer den Kurden, über eine Waffenruhe, wie sie gerade zum wahrscheinlich vierten Mal in Aleppo durchgesetzt worden ist, aber nicht eingehalten wird. Habe ich was vergessen?«

»Gib mir doch lieber mal ein Bier«, antwortete Aras.

Was in Syrien geschah, stellte das Gesetz als Grundlage des Staatswesens in Frage, wollte er sagen. Die Macht der Gesetzgeber, Vollstrecker und erst recht die der rechtgebenden Gewalt verfingen sich in Paragrafen, während Tag um Tag Menschen unter Bombenhagel oder unter Peitschenhieben starben. Was er noch nicht wusste, war, dass Assad an einem 1. April Folter unter Strafe stellen würde und Aras sich nur noch fragen würde, was bleibt dann noch vom Gesetz. Man reichte ihm ein Bier, er verabschiedete sich und ging.

Ob Aras sich den Weg gesucht hatte, der Weg hatte ihn gefunden viel mehr, auf einer Bank im Wald, saß er und blickte auf seine Füße, die Schuhe hatte er ausgezogen. Seine Füße spielten mit der Erde, er kreiste mit dem großen Zeh durch den festen, kieseligen Boden, weit kam er nicht, nur die Oberfläche ließ sich etwas ankratzen, warf ein bisschen davon über den anderen Fuß, es war frisch, kalt, es tat gut. Um ihn herum hatten die Bäume keine Blätter, die Knospen würden noch ein paar Wochen brauchen, das satte Grün des Frühlings, Mila würde dann freudig laufen. Er konnte sich noch genau an ihren ersten Frühling erinnern, 2011, es hatte eine andere Qualität, wenn sie dann rannte, der erste Tag im Frühling, wenn sie spürte, dass die kalte Jahreszeit nun wirklich hinter ihnen lag. Es kam ihm vor, als wäre es Ewigkeiten her, 2011, aber auch erst gestern gewesen. Er konnte nicht glauben, wie anders er sich nun fühlte, nicht weil er sich verändert hatte, manchmal wunderte er sich, ob er nicht viel mehr zu sich gefunden hatte, dass er da war, wo er sein wollte, aber auch das fühlte sich nicht richtig an, woher sollte er es wissen. Da war kein Ich, zu dem er ankommen würde, dass Ankommen eine Illusion sei, weil alles in Bewegung war.

»Aras, was machst du hier?«

Er blickte auf und sah Lamia vor sich stehen. Sie trug eine dicke gelbe Jacke, eine Jeans und einen Jutebeutel um die Schulter.

»Was machst du hier?«, fragte er zurück.

»Ich komme gerade aus der Bibliothek. Hausarbeit.«

»Über was schreibst du?«

»Interkulturalität in der Sozialen Arbeit, du weißt schon. Wie war deine Prüfung?«

»Du wirst es nicht glauben, aber sie haben wirklich Strafverfolgung von syrischen Folteropfern als Prüfungsthema gewählt.«

Auf Lamias Gesicht spiegelte sich ein anerkennendes Interesse, sie sagte jedoch nichts. Sie schwieg. Sie wollte nicht fragen, was er für ein Gefühl mit der Prüfung hatte, sie wusste, dass er das heute noch oft genug gefragt werden würde.

»Wie geht es deiner Freundin?«, fragte er.

»Gut. Wir haben uns gestern gestritten.«

»Warum?«

»Sie sagt, ich sei feige, weil ich sie nicht Mama vorstellen möchte.«

»Du weißt, dass sie … Wenn du ihr sagst, dass sich ihre Chancen auf ein Enkelkind dadurch verdoppeln, dann wird sie es verstehen.«

Lamia lachte nur.

»Kommst du gleich zur Demo?«

Aras schüttelte den Kopf. »Ich muss lernen. Die letzte Prüfung ist übermorgen.«

Lamia nickte nur.

»Ich lass dich dann mal hier weiter vor dich hin verwalden.«

Sie umarmte ihn kurz, innig, dann ging sie. Wie der Stein sich an ihrer Schuhsohle rieb, leiser werdend, hörte Aras, er wusste, dass sie sich ähnlich waren, Lamia und er, dass sie sich verstanden, auch ohne viele Worte, da war eine Übereinkunft, wahrscheinlich spürte auch sie dieses Gefühl, nicht mehr ganz Teil der Welt zu sein, weder Teil der Realität, in der sie wirklich lebten, noch der des Krieges. Sie fühlten sich mitgemeint, sie lernten abzulehnen, sich in die ein oder andere Kategorie hineinzuglauben, weder hier noch dort wurden sie repräsentiert, sie standen außerhalb und doch dazwischen, sie waren die Vergegenwärtigung von nicht unmittelbar Gegebenem. Aras dachte, alles fließt, und das Exil ist kein Ort, sondern ein zynischer Witz, ich würde ja gerne dahin zurück, woher ich gekommen bin, aber dann würde es mich nicht mehr geben. Und wenn er an etwas festhalten wollte, dann daran, dass es ihn gab, auf dieser Bank, in diesem Wald.

Leise schlich sich eine Melodie ein, so bekannt, als hätte Aras nie etwas anderes gehört: Reich mir die Flöte und sing, denn der Gesang ist das Geheimnis des Seins, endet der Gesang der Flöte, so endet auch alle Existenz, bist auch du in den Wald getreten als ein Zuhause statt der Paläste, bist du dem Fluss gefolgt und hast die Felsen erklommen, hast im Duft gebadet und dich am Licht getrocknet, hast du die Abenddämmerung als Wein getrunken in Bechern aus Äther, reich mir die Flöte und sing, denn der Gesang ist das Geheimnis des Seins, endet der Gesang der Flöte, so endet auch alle Existenz, saßest auch du am Abend zwischen Weinreben und hingen die Rispen wie goldene Kronleuchter herab, hast auch du dich im Gras der Nacht gebettet und dich vom All umhüllt, entsagungsvoll im Anblick des Kommenden, vergessend, was bisher geschah, reich mir die Flöte und sing, denn der Gesang ist die Gerechtigkeit der Herzen, endet der Gesang der Flöte, so enden auch alle Sünden, reich mir die Flöte und vergiss dabei Krankheit und Heilung, denn Menschen sind nichts weiter als geschriebene Zeilen in Wasser …

2017 – Keine Tragödie ohne Autor

Sie wusste es. Es genügte ein Blick.
Sein Blick. Seine blauen Augen.
Sie blickten für sie in die Zukunft,
schützend blau, dachte sie, dachte
an Hiba, sie wusste, in diesem Blau
wird sie ertrinken.

Er hatte die Nacht nicht geschlafen. Es war schon die zweite Nacht. Er hatte all ihre Freundinnen angeschrieben, mit einigen telefoniert. Er hatte bei ihrer Arbeit nachgefragt. Er war sogar zur Unterkunft gefahren, hatte die Bewohner_innen gefragt. Sie war nicht nach Hause zurückgekehrt, hatte seine Mutter gesagt, am Dienstagmorgen, ob er wüsste, wo seine Schwester sei, angerufen habe sie sie, aber sie würde sofort zum Anrufbeantworter weitergeleitet werden. Wo hätte sie an einem Dienstagmorgen sein sollen, wenn nicht bei ihrem Praktikumsplatz, was hatte sie seit Montagabend gemacht, Mittwoch, heute, dachte er, das seien genug Tage.

Er suchte nach der nächsten
Polizeistation.

Sie war immer wieder gekommen, sie hatte sich einen Platten gefahren, die Seitenspiegel abgebrochen, ein Kratzer, eine Beule in die Seiten, sie hatte gewusst, dass er nicht den ersten Schritt machen würde, zu bescheiden, vielleicht zu anständig. Sie hatte es an seinem Dialekt gehört, dass er nicht aus der Stadt kam. Sie fürchtete, er sei zu konservativ.

Der Reifen des Autos, der hintere, hatte Luft verloren. Sie war zur Seite gefahren, hatte einen älteren Mann auf der Straße nach der nächsten Werkstatt gefragt. Er hatte ihr den Weg beschrieben, nicht weit von hier, meine Tochter, an der Apotheke nach rechts, die dritte Straße nach links, dort würde man ihr sicher für einen guten Preis helfen können.

In einer Facebook-Gruppe, *Haus der Syrer in Deutschland*, da hatte er öfter Posts gesehen, Outings von Regimetreuen, die sich in Deutschland aufhielten. Es waren unterschiedliche Menschen. Manche waren bekannt, weil sie Schauspieler waren, andere waren einfache Soldaten, die irgendwer identifiziert hatte, Polizeibeamte, Lehrerinnen oder ehemalige Nachbarn. Aras hatte einen bei sich in der Nachbarschaft wiedererkannt. Es war niemand, den er hätte anzeigen können. Ein Schauspieler, er hatte ihn nur wiedererkannt, weil er sich damals mit seinen Cousins über die Serie lustig gemacht hatte. Da waren sie in der Türkei gewesen. Die Serie handelte vom antikolonialen Widerstand, die Figuren waren Muslime, Christen, Juden, Drusen, die Schnurrbärte aufgeklebt, die Frauen sind mal fünf Jahre schwanger oder die Kinder plötzlich sechs Jahre älter, und alle paar Minuten wurde geflucht. Seine Tante regte sich über die historischen Fehler der Serie auf. Und da stand nun dieser Mann, der einen Schuster gespielt hatte, vor Aras an der Supermarktkasse, hatte Spülmittel und Bananen vor sich liegen, während die Serie immer noch gedreht wurde, zwar nicht mehr in Damaskus, aber in Dubai und Beirut.

Die Angst führte eine strenge Diktatur
in seinem Körper.

Sie war mit dem Auto eingefahren, ausgestiegen. Ein älterer Mann stand an der Auffahrt.
»Mar7aba 3amo, könnten Sie mir helfen. Der Reifen ist platt.«
Der Mann drehte sich um, schaute sie an, ja, überrascht war er. Sie hier, in enger Hose, weitem Pulli, sie sah zu fein aus für die Gegend.
»Khater, kümmere dich um sie.«

Er rollte unter einem Auto hervor, griff nach einem dreckigen Stück Stoff, machte sich die Hände trocken, sauber würden sie nicht werden. Dann blickte er auf. Sie hätte ihm ewig in die Augen blicken können, sie wollte ihm ewig in die Augen blicken, als wäre das Dunkelblau des Meeres im Hellblau des Himmels ertrunken, sie war nur noch dieser Blick. Dass es sie so überkommen würde, dass

Eine unvollständige Liste 1
- Adra Gefängnis
- Saidnaya Gefängnis

sie nichts mehr sagen konnte, da war nichts mehr, als wäre alles verstummt, da fing er an zu sprechen, und seine Stimme klang wie eine Offenbarung: »Was ist passiert?«
Sie war verstummt, verschämt, die Sprache verloren zu haben, bewegte sich ganz langsam zum hinteren Reifen und deutete darauf, sagte leise: »Es ist platt.«
Er kniete sich hin.
»Schauen wir mal, vielleicht muss es nur aufgepumpt werden.«

- Tadmor Gefängnis
- Mazzeh Gefängnis
- Zweigstelle 235, bekannt als Palästina-Zweigstelle
- Zweigstelle 215
- Zweigstelle 251, bekannt als al-Khatib-Zweigstelle
- Bab Touma-Zweigstelle
- Douma-Frauengefängnis

In der ersten Klasse, in der Pause, hatte Aras dagestanden, hatte auf den Pausenhof geschaut, hatte gewartet, bis die Lehrerin zurückkehren würde, während seine Mitschüler:innen noch im Hof im Kreis rannten, Fangen spielten. Eine andere Lehrerin von gegenüber rief ihn zu sich. Die Bücher solle er ihr hochtragen. Aras tat, wie ihm befohlen. Als er wieder sein Klassenzimmer betrat, standen zehn Schüler vor der Tafel, die Lehrerin schaute ihn an.

»Wo warst du?«

»Ich … ich. Die Lehrerin, sie wollte … die Bücher tragen. Ich.«

»Komm nach vorn.«

Aras ging langsam nach vorn, er wusste, was nun kommen würde.

»Ich dulde kein Zuspätkommen. Streckt die Hände aus.«

Sie ging Schüler für Schülerin und Handfläche für Handfläche. Das Lineal brannte.

Er war nicht zurückgekehrt. Das war ein schlechtes Zeichen, das wusste sie. Er war sonst pünktlich. Die Austeilung ging selten mehr als vier Stunden. Wenn sie länger als vier Stunden gehe, hatte er ihr gesagt, solle sie das Haus verlassen. Zu ihren Eltern, noch besser zu Freundinnen. Das Nötigste mitnehmen. Er würde sie dort dann abholen. Er kam aber nicht, er holte sie nicht.

Eine unvollständige Liste 2
- S/RES/2042(2012)
- S/RES/2043(2012)
- S/RES/2059 (2012)
- S/RES/2118(2013)

- S/RES/2139(2014)
- S/RES/2165(2014)
- S/RES/2209(2015)
- S/RES/2265(2016)
- S/RES/2268(2016)
- S/RES/2314(2016)
- S/RES/2319(2016)
- S/RES/2328(2016)
- S/RES/2332(2016)
- S/RES/2336(2016)
- S/RES/2401(2018)
- S/RES/2449(2018)

Nur fünf Minuten.

Alois Brunner war kein gewöhnlicher Nazi, wenn es denn so etwas wie ungewöhnlich unter den Nazis überhaupt geben kann. Alois Brunner war Eichmanns wichtigster Mann, er war des Bürokraten ausführender Arm. In Wien sorgte er für die Deportation von 180000 Jüdinnen und Juden, in Berlin für weitere 56000, in Griechenland 50000. Ab 1943 war er an der Auffindung versteckt lebender Juden beteiligt, er folterte, um weitere Namen zu erpressen, lebte nach dem Krieg unter falschem Namen in Deutschland weiter. Mit Hilfe von Reinhard Gehlen, dem ehemaligen Chef des BND, gelangte er nach Syrien. Zwei Interviews erschienen, eins in der BUNTE und ein anderes in der Krone. Zwei Todesstrafen wurden verhängt, zwei Anschläge überlebte er. Sogar zweimal für Tod erklärt wurde er.

Eine unvollständige Liste 3

- Schläge, Stöße und Tritte
- Schläge mit Gegenständen (mit Kabeln, Peitschen, Stöcken, Schlagstöcken, Rohren)
- Fala2a (Schläge mit Stöcken, Schlagstöcken oder Peitschen auf die Fußsohlen)
- Shabe7 (Aufhängen an den Handgelenken von der Decke, so dass die Zehen kaum den Boden berühren)
- Balanco (Aufhängen an den hinter dem Rücken gefesselten Handgelenken)
- Bsat al-ree7 (an ein flaches Brett gefesselt, wobei der Kopf in der Luft hängt, so dass man sich nicht wehren kann. Variante: Gliedmaßen gestreckt oder das Brett in der Mitte geknickt, so dass das Gesicht die Beine berührt)
- Dulab (den Kopf, die Beine und Arme in das Innere eines Autoreifens stecken)
- Al-Kursi al-Almani (umgedreht an die Unterseite eines Stuhls gefesselt)
- Elektroschocks

Aras hatte angerufen, am Dienstagmorgen, hatte gefragt, was zu tun sei, abwarten, hatte man ihm gesagt. Sie sei erwachsen, ohne Gefahrenlage würde die Polizei nicht handeln.

Er saß auf einem Metallstuhl mit Polster, grün, matt, Canvas, Armlehnen aus Holz. Ein Tisch vor ihm, die Beine aus schwarzem Metall. Er hörte die Uhr, das Ticken, es teilte sich in zwei Geräusche, scharf, dann zuckte es kurz zurück. Durch die Fenster fiel das Licht, konnte er das Grau des Himmels sehen, es war sehr früh, allein war er. Leise flüsterte er: »Ich befürchte, dass ihr etwas passiert sein könnte … Ich befürchte, dass ihr etwas passiert sein könnte … Ich befürchte, dass ihr etwas passiert sein könnte …« Angst hatte er, dass sie ihn zurückweisen würden. Aber Lamia würde so was nicht tun, sie würde nicht einfach verschwinden. Das würde sie ihm nicht antun, nicht Nadia.

Irgendwann bat sie ihren Bruder mitzukommen. Er solle einen Blick auf ihn werfen, abschätzen, ob er vertrauenswürdig sei. Diesmal mit dem Auto des Bruders in die Werkstatt. Der Bruder stieg aus. Der junge Mann, der mit den blauen Augen und den schwarzen Locken, er kam direkt auf ihren Bruder zu. In seinem Blick lag

Da stand er vor ihr, in beiger Schlaghose, in einem karierten Hemd, das er in die Hose gesteckt hatte, ein brauner Ledergürtel um die Hüfte. So sauber hatte sie ihn noch nie gesehen. Er lächelte, sie zurück.
»Ich habe mich gefreut, als dein Bruder gefragt hat. Ein bisschen überrascht war ich.«

eine seltene Zufriedenheit. »Das Licht?«, fragte er. »Das Licht«, sagte ihr Bruder. Es dauerte nicht lang, und sie verließen die Werkstatt.
»Ich kenne ihn. Er bringt mir die Zeitung.«
»Welche Zeitung?«
»Al-Nour, ya nour 3eni.«

Eine unvollständige Liste 4
- S/2018/321
- S/2017/970
- S/2017/962
- S/2017/884
- S/2017/315
- S/2017/172
- S/2016/1026
- S/2016/846
- S/2014/348
- S/2012/538
- S/2012/77
- S/2011/612

Sie hörte nicht auf zu lächeln. Er setzte sich zu ihr, spielte mit ihrem Teelöffel in seinen Fingern, die Finger, so lang und dünn, so zart, als hätten sie nie das schwarze Blut der Fahrzeuge gesehen, nie die abgestorbene Haut des Metalls, er saß vor ihr, sie glaubte es kaum.

Emil Gelny war Euthanasiearzt und überblickte zwei Anstalten: Gugging und Mauer-Öhling. Dort war er im Rahmen der Aktion T-4 für die Ermordung von mehreren hundert Patient*innen verantwortlich. Zur Präsentation eines eigens entwickelten Elektroschockers tötete er Menschen vor anderen Kollegen. Um einer Inhaftierung zu entgehen, floh er nach Syrien. 1961 wurde die Vereinte Arabische Republik um seine Auslieferung gebeten. Zu diesem Zeitpunkt lebte er bereits einige Jahre in Bagdad und war als Arzt tätig. Er wurde im selben Jahr für tot erklärt.

Eine unvollständige Liste 5

- Scheinexekution
- Drohungen (mit Hinrichtung, Vergewaltigung)
- Drohungen gegen Familienangehörige (mit Inhaftierung, Vergewaltigung)
- Der Kälte/Hitze aussetzen
- Sexuelle Gewalt
- Stresspositionen, wie z. B. stunden- oder tagelanges aufrechtes Stehen

- Kopfüber aufhängen
- »An der Wand stehen« (Hände sind mit dem Kopf an die Wand gefesselt, eine Metallstange ragt aus der Wand und drückt auf den Rücken)
- Ausreißen der Fingernägel, von Haaren/Bart
- Verwendung von Säure, um die Haut zu verbrennen
- Ausdrücken von Zigaretten auf der Haut
- Anhaltende Nacktheit

Eine unvollständige Liste 6
- Rustom Ghazali
- Burhan Qadour
- Yousef Abdou
- Muhammad Khallouf
- Loai al-Ali
- Nawfel al-Hussein
- Jawdat al-Ahmed
- Abdul Salam Fajr Mahmoud
- Qusay Mihoub
- Suhail Al-Abdullah
- Khudr Khudr
- Firas Al-Hamed
- Ibrahim Ma'ala
- Hussam Fendi

Einmal hatte er einen Text von seinem Vater online entdeckt. Er hatte ihn gegoogelt, den Namen seines Vaters, auf gut Glück, vielleicht würde er doch etwas erfahren, und war auf einen Text gestoßen. Vielleicht hieß der Autor aber auch einfach nur wie sein Vater. Jedenfalls schrieb er: »Nicht die Reihen geschlossen halten, sondern Platz für Lücken lassen.«

Ein Hase wird vom syrischen Geheimdienst gefoltert.
Warum?

Der Hase soll gestehen, dass er eigentlich ein Esel sei.

Sie redete nicht gern über ihn. Sie redete eigentlich kaum über ihn. Wenn sie ihn erwähnte, meist um Aras etwas zum Vorwurf zu machen, dann sagte sie: »Yellʒan abouk«, oder: »Yellʒan zib abouk«, oder: »Yellʒan zibak wu yiallieh 5alafak.«
Das Schweigen, das über seinem Namen, über ihn, seinem Vater lag, war spürbar, wenn andere nach ihm fragten. Es lag in ihren Antworten gebettet, die Laken festgespannt, sie sei immer alleinerziehend gewesen, syrische Männer, der Vater sei schuld, dass sie hier seien, hieß Deutschland, den Kommunisten hätte er sich angeschlossen und dann sei er verschwunden. In ihren Augen war nichts Heroisches, auf ihren Lippen der scheinbare, mühselige Alltag. Sie wechselte dann immer das Thema, ihr Gegenüber hatte kaum Zeit für Rückfragen, für Beileidsbekundungen. Aras hörte in diesen Momenten aufmerksam zu in der Hoffnung, eine neue Information zu erhalten, eine andere Betonung der Worte, ein zusätzliches Wort, aber meist blieb es dabei. Welcher Partei er sich angeschlossen hatte? Woher sie wusste, dass er verschwunden war? Was sie gemacht hatte, um ihn zu finden? Warum sie aufgegeben hatte?

Franz Rademacher war Diplomat und Leiter des Judenreferats des Auswärtigen Amts. Er war an den Madagaskar-Plänen beteiligt, er nahm an der Wannseekonferenz teil. Er veranlasste die Erschießungen der Juden in Serbien, die Reise rechnete er mit den Worten »Liquidation von Juden in Belgrad« ab. Nach dem Krieg floh er nach Syrien, wo er für den BND arbeitete, für den syrischen Geheimdienst auch. Ein Vorwurf der Spionage führte ihn ins Gefängnis, wo er gefoltert wurde, zwei Herzinfarkte später stand er noch zweimal vor einem deutschen Gericht. Einmal galt seine Strafe als bereits verbüßt, für das zweite Mal starb er rechtzeitig.

Nur fünf Minuten.

Wir sind nicht alle:

Es fehlen die Gefangenen.

Denkt an die
Gefangenen,
als wäret ihr
mitgefangen.
(Hebr. 13,3)

Eine unvollständige Liste 7
»Frag mich nicht.«
»Ich weiß es nicht.«
»Niemand weiß es.«
»Gott weiß es.«
»Nicht mal Gott weiß, wo er ist.«

Sie saßen im Wohnzimmer ihrer Eltern. Er war mit seinem Onkel und seinem Cousin gekommen, um um ihre Hand anzuhalten. Hatte sie vorher gefragt, hatte ihr gesagt: »Wirst du mich lieben, auch wenn ich nicht aufhöre, mich, dich und unsere Kinder in Gefahr zu bringen?« Sie hatte ihm in die Augen geblickt und genickt. Keine Gefahr war zu groß. In ihren Augen war die größte Gefahr, es nicht zumindest probiert zu haben. Sie hatte noch nie so geliebt, dass es auf sie selbst nicht mehr ankam. Fast totalitär, vielleicht war ihre Liebe vom Regime inspiriert. »Khater oder ich brenne das Land nieder. Zumindest in meinem Herzen«, hatte sie ihm geantwortet, und er hatte gelacht. Jahrzehnte später würde sie sich an ihre Worte erinnern und die Diktatur in sich erkennen.

»Woher soll ich es wissen?«
»Ich wüsste es auch gern.«

Als sein Onkel nach Deutschland kam, fragte Aras ihn vorsichtig. Ob er ihm erzählen könne, weil Nadia dies kaum getan habe, über seinen Vater. Was mit ihm geschehen sei.

Er hatte genug gewartet, der Polizeibeamte bat ihn in einen Raum. Da war ein Tisch zwischen ihnen, an der Seite ein Computer. Der Polizeibeamte setzte sich und sagte nichts, also sprach Aras: »Meine Schwester ist seit Montagabend verschwunden. Wir machen uns Sorgen, dass ihr etwas zugestoßen ist. Sie war bei der Arbeit, bei ihrem Praktikumsplatz und danach auf dem Weg nach Hause, aber da ist sie nicht angekommen. Am nächsten Tag war sie auch nicht bei der Arbeit. Ich habe all ihre Freunde angerufen und ihre Arbeit. Ich war auch bei der Unterkunft. Sie arbeitet bei einer Flüchtlingsberatung. Ich habe Fotos dabei und eine Liste, wo sie sich sonst aufhalten könnte. Ich fürchte, ihr ist etwas zugestoßen. Telefonisch ist sie nicht zu erreichen. Da geht der Anrufbeantworter ran. Bitte, ich möchte sie als vermisst melden. Sie würde nicht einfach verschwinden, wissen Sie, so was würde sie nicht tun. Sie geht immer sofort ans Telefon.«

Von Alois Brunner hatte Aras im Geschichtsbuch erfahren und sich erschrocken, dass dort die Rede von Syrien gewesen war, dass er in Syrien sei, was hatte ihn nach Syrien geführt. Für Aras waren Syrien und Deutschland damals so weit voneinander entfernt. Doch hatten sich Wehrmachtsoffiziere mittleren und höheren Rangs unter den wachsamen Augen Großbritanniens, der USA und Frankreichs als Schutz vor der Einflussnahme der Sowjetunion in Syrien niedergelassen. Sie hatten das syrische Militär ausgebildet, bis Deutschland das Wiedergutmachungsabkommen mit Israel abgeschlossen hatte. Die, die dann noch blieben, vertraten den BND, die deutsche Wirtschaft oder bildeten den syrischen Geheimdienst aus.

»Wir waren Parteigenossen. Er war klug, dein Vater. Von russischer Literatur bis Marx hatte er alles gelesen. Ich habe ihn sogar mal mit einem Buch über schiitische Rechtslehre erwischt. Er schrieb für die Parteizeitung und war sich nicht zu schade, sie auch selbst auszutragen. Neben dem Studium hat er in einer Autowerkstatt gearbeitet. Die gehörte seinem Onkel. Da haben sich die zwei kennengelernt. Ich habe ihr erstes Treffen arrangiert«, sein Onkel lachte kurz auf: »Ohne ihn säße wohl auch ich nicht hier.«

Ein Häftling wird in den Neunzigern aus Tadmor entlassen. Kurz bevor es rausgeht, befiehlt ihm der Gefängniswärter ein Gebet der Dankbarkeit für den Präsidenten »Abu Basel« zu halten. Der Gefangene kann sein Glück kaum fassen und fragt freudig: »Was, der Hund Abu Suleiman ist schon weg?«

Seine Freiheit war nur von kurzer Dauer.

Eine unvollständige Liste 8
- Franz Stangl
- Walther Rauff
- Hyazinth Graf Strachwitz
- Franz Roestel
- Rainer Kriebel
- Heinz Heigl
- Hans-Georg von Tempelhoff

30. August – Tag der Verschwundenen

Die Wärme der aneinandergedrückten Unterdrückten, die Aras manchmal im Wohnzimmer seiner Mutter spürte, wenn all ihre Freund*innen zusammensaßen, nach dem Grillen im Gemeinschaftsgarten, wie sie da zu zwanzigst saßen, eng aneinander noch den letzten Tee tranken, das letzte Bier, den letzten Apfel aßen, vielleicht, den letzten Versuch seiner Mutter, ein syrisches Dessert nachzukochen, sie verspeisten ihre letzten Erinnerungen. Wenn da noch jemand war, der ein Lied anstimmte, dessen Melodie Aras so verdammt bekannt war, dass er sich immer wunderte, warum er denn nie sich die Worte merken könnte, manchmal kannte er ein paar Zeilen aus dem Refrain, dieses Gefühl, da dazuzugehören, ja, ein Anrecht darauf zu besitzen, weil er sie kannte, die Wärme. Doch auch das Gefühl, zugleich, im selben Moment, sie nicht verdient zu haben, eben doch nicht genug gelitten zu haben für diese Wärme. Nur ein

01. April 2022 – Folterverbot in Syrien

Zuschauer zu sein, nein, fast schon ein Dieb, ein Schauspieler, wer spielte denn wem etwas vor, er war ein Paria, ein Außenseiter, und man sah es ihm an, wie er da ruhiger saß als alle anderen, das Leben, die Freude und das Leid weniger teilend. Nicht wissend, saß er dort, dass diese Wärme keine paar Stunden tatsächlicher Ruhe überleben würde. Denn sobald die Aufenthaltstitel geklärt waren, die Sprache erlernt, die Arbeit begonnen, dann würden diese Treffen eine Ausnahme bilden, sie wären eine Wiederaufführung einer Erinnerung.

Was übrig blieb,
als er verschwand,
war eine Wunde
von Schuld, eine Schande,
weil ihre Vorstellung
einen Geschundenen vor sich hatte,
in sich immerwährend trug.
Wenn diese Wunde verschwindet,
war ihre Angst,
als hätte es ihn nie gegeben;
Schweigen konserviert den Schmerz,
hält ihn lebendig in ihr.

In Blau liebte sie, in Blau weinte sie. Blau war der Himmel, blau war das Meer, blaue Flecken erinnerten sie an ihn. Sie hatte manchmal welche, manchmal, wenn sie ihn sehr vermisste, dann rannte sie aus Versehen gegen eine Bettkante,

»Freiheitsentzug scheint eine egalitäre Strafe, doch in einer Gesellschaft, die fortwährend gefangen gehalten wird, ist das Gefängnis nur das Brennglas, auf das alle blicken, sich erblicken, fragen, was ist richtig, was ist falsch, was hätte ich getan, ist Flucht nicht die einzige Lösung, ist Rückzug ins Private nicht die einzige Antwort auf ein totalitäres Regime, in der Hoffnung, dass Zeit, dass es sich selbst auflöst, wie Säure brennen sich diese Gedanken durch die Nervenbahnen, machen

gegen die Kommode, fuhr ungeschickt
mit dem Rad, nie zu gefährlich.

paranoid, machen
ängstlich, machen fügsam
und widerständig,
widersprüchlich. Fair war
das Leben nie.«

Dann hatte er den festen Griff seiner Mutter gespürt, seine kleine Hand in ihrer, sie tat weh.
»Wir müssen jetzt gehen, Aras. Pack deine Sachen.«
Hatten sie sich wieder gestritten? Würden sie wieder zu Oma gehen? Der Griff war zu fest, fester als sonst. Er fing an zu weinen. »Aras, du musst jetzt ein großer Junge sein. Wir haben keine Zeit. Hör auf, hör auf mich. Hör auf zu weinen.«
»Wo ist Papa?«
Sie schwieg. Sie biss die Zähne zusammen, er sah, wie die Muskeln im Gesicht leicht zitterten, dann sah er den Entschluss in ihren Augen, die Muskeln im Gesicht wurden steif.

Eher unbeschrieben,
daher zu vergessen,
unbemerkt.
Er ist verschwunden,
er redete nicht darüber.
Lang aus Wut sagte er, er habe keinen Vater, seine Mutter sei beides. Wer soll er sein?
Er hatte nicht wirklich nennenswerte Erinnerungen an ihn.
Zu jung, gerade noch so Kind, noch nicht jugendlich. Die Erinnerungen verschwommen. Dass er sein Vater war, ja.
Aber sie hatten kein wirkliches Vater-Sohn-Verhältnis.
Was ist ein Vater?
Fahrradfahren hatte er Aras beigebracht, daran konnte Aras sich erinnern, wie er ihm sagte, dass er die Stützräder

abmachen müsste, wenn er wirklich Fahrradfahren lernen wolle. Dann hatte er die Stützräder abgeschraubt und ihn gehalten, bis er ihn nicht mehr gehalten hatte. Überrascht, dass er von alleine fuhr, stürzte Aras, die unasphaltierte Straße hatte sich seiner angenommen. Seine Mutter hatte seinem Vater einen bösen Blick zugeworfen, als sie durch die Tür hereinkamen. Das Knie blutete Staub.

Lamia sei verschwunden, die Worte klangen nach, hatte ihm Nadia am Telefon gesagt, aber dass es seine Schwester war, um die es ging, das wollte Aras nicht verstehen. Er konnte nicht weit genug in die Zukunft denken, um sich vorzustellen, was geschehen sein könnte. Daher stellte er sich Lamia als eine andere Person vor. Mechanisch hatte er angefangen, eine Liste mit allen Kontakten zu erstellen, die er der Polizei geben könnte.

Denn wenn er sich vorstellte, dass wirklich seine Lamia verschwunden wäre, der Schreck, der in dem Moment entstand, glich einem Schritt ins Leere, plötzliche Tiefe, die nicht endete. Er hatte die Nummern ihrer Arbeitskollegen aufgeschrieben. Er hatte aufgeschrieben, was er wusste, wo sie zuletzt gewesen sein könnte, wo sie sich normalerweise aufhielt.

Er wusste nicht, wo sie war, und er konnte seiner Vorstellungskraft keinen Einhalt bieten, unweigerlich war sie dort, wie sein Vater, und dieser Ort, ob er wollte oder

»Als Gott die Welt erschuf, paarte er alle Dinge. ›Ich werde nach Syrien gehen‹, sagte die Antwort. ›Dorthin gehe ich auch‹, sagte die Frage.«

nicht, war die Hölle auf Erden, und sich vorzustellen, seine Schwester wäre an ebendiesem Ort, das konnte er nicht, und doch war es seine einzige Vorstellung, denn die Angst, die aus dieser Verweigerung entstand, sich vorzustellen, wo sie war, war dieselbe Angst, wie zu glauben, sein Vater wäre an diesem Ort. Wissen und Unwissen waren Doppelgänger, zwei Seiten einer Medaille, Zwillinge. Er suchte nach zwei Fotos, eine Nahaufnahme, eine Ganzkörperaufnahme.

Einmal war er nach Hause zurückgekehrt, Blut klebte ihm unter der Nase, sein Hemd. Er hatte es sich weggewischt, ein bisschen war am Handgelenk. Sie hatte die Augen geschlossen für ein paar Sekunden, für sich, um aus sich herauszutreten, sie konnte es ihm nicht vorwerfen, sie schluckte die Worte, drehte sich um, setzte Wasser auf, holte ein paar Tücher. Er war ihr in die Küche gefolgt, hatte sich an den Tisch in der Mitte des Raumes gesetzt. Sie nahm den Topf vom Herd, tunkte das Tuch ins Wasser und fing an, sein Gesicht zu säubern. »Willst du darüber reden?«
»Willst du?«
Es gab nichts zu sagen.

Die Angst, sie war betäubend schwer und zugleich auch so leicht.
Eine Papierschnittwunde, am Finger, zwischen den Fingern,
Wie ein Zigarettenfunken im Dunkeln,
oder ein ganzer Stummel
immer und überall an verschiedenen Körperstellen.

Er war immer wieder mit
blauen Flecken übersäht
zurückgekehrt.

Es war leicht, ihn einfach unerwähnt zu lassen. Wenn Aras neue Menschen kennenlernte, dann fragte niemand, was sein Vater arbeitete, wo er war. Warum sollten sie danach fragen, diese Frage schien einer anderen Gesellschaft anzugehören, die sich über Aufstiegspotenziale definierte. Seine Mutter stellte diese Frage, wenn Aras von seinen Freunden erzählte, aber deren Eltern fragten ihn selten und wenn doch, dann sprach er von seiner Mutter und wenn sie dann immer noch nicht genug hatten, dann fragten sie manchmal nach seinem Vater. Mal fragte ein Freund, nach Jahren, was mit seinem Vater sei, dann war die Antwort, er sei verschwunden, man sei sich nicht sicher wie und wo, aber vermutlich sei er im Gefängnis in Syrien. Manchmal fragte sich Aras, ob es nicht die bequemste Antwort war. Wäre es nicht schmerzhafter, wenn er sie einfach verlassen hätte. Was wäre, wenn er eben auch nur mal schnell Zigaretten holen gewesen wäre.

Wo ist die Grenze, dachte Aras, zwischen Leid zufügen, nicht wiederholt, weil es schmerzt, sondern Lust bereitet, entschied es sich durch die Person, der der Schmerz zugefügt wurde? Er hatte Angst davor, wenn er dieses Gefühl verspürte, ein kleines Vergnügen dabei, jemanden zu ärgern, sich einen Spaß zu machen daraus, es war ein kleiner Spaß, dessen Ursprung sich Aras nicht sicher war. Er dachte an Rhea und ihre Lust.

Aus Hühnerknochen lassen sich Ketten basteln.

Folter umfasst keine Schmerzen oder Leiden, die sich aus rechtmäßigen Sanktionen ergeben, mit diesen verbunden sind oder mit ihnen einhergehen.

Folter bezeichnet jede Handlung, durch die einer Person vorsätzlich große körperliche oder seelische Schmerzen oder Leiden zugefügt werden, z. B. um von ihr oder einem Dritten eine Aussage oder ein Geständnis zu erlangen, um sie für eine von ihr oder einem Dritten begangene oder vermutete Tat zu bestrafen oder um sie oder einen Dritten einzuschüchtern oder zu nötigen, oder aus einem anderen Grund, der auf einer Diskriminierung gleich welcher Art beruht, oder wenn diese Schmerzen oder Leiden von einem Amtsträger oder einer anderen in amtlicher Eigenschaft handelnden Person oder auf deren Veranlassung oder mit deren Zustimmung oder Duldung zugefügt werden.

Ein Vertragsstaat darf eine Person nicht in einen anderen Staat ausweisen, abschieben oder an diesen ausliefern, wenn stichhaltige Gründe für die Annahme bestehen, dass sie dort Gefahr liefe, gefoltert zu werden.

Aras erwischte sich einmal bei dem Gedanken, dass sein Vater sie wirklich verlassen hätte, dass er eine neue Familie gegründet hätte, dass er mit dieser Familie nun in Deutschland wäre und herausgefunden hätte, wo Aras wohnte.

Nur fünf Minuten.

Aus altem Brot lässt sich ein Oud herstellen.

Das Gefängnis ist eine Universität.

Asche, dachte Aras, war ein schönes Wort. Es entsprach sich selbst. Dass es scheinbar fest und doch so leicht aufzuwirbeln war. Asche lag über Aleppo, yallah tnam, hatte er zum Schlafen gehört und dabei sich das erste Mal erlaubt zu weinen, weil es weh tat und er gar nicht anders konnte, wieder war er an den Bildschirm gefesselt, ja, nicht einmal metaphorisch, sondern ganz real, es betraf zwar nicht die Gegend, in der er aufgewachsen war, aber er versuchte, das kleine orangefarbene Männchen von Google Maps durch die Straßen zu jagen, da, wo sie gewohnt hatten, da, wo gerade die Belagerung stattfand. Das Männchen zappelte an seiner Mouse, bis er es losließ, es landete nicht in den Straßen, es flog in die rechte Ecke zurück an seinen Platz, immer wieder zog er es über die Karte, aber keine Straße färbte sich, in der er das Männchen hätte landen lassen können. Er ging also die Straßen mit der Mouse ab. Viel ließ sich nicht sehen, nur die Hauptstraßen, er ging ab, wo seine restlichen Verwandten noch lebten, das alte Schwimmbad, den Park, wo er seinen ersten Schneemann gebaut hatte, das schien ihm trivial, aber diese Erinnerungen drückten auf sein Herz und versuchten, es wiederzubeleben, mit jedem Beben, das durch seinen Körper ging, dachte er nur, warum, warum es denn weh tat, warum tat es ihm weh, was hatte er getan, wofür wurde er bestraft, verdiente er diese Strafe, diesen Schmerz, alles hatte eine Bedingung, wie die Liebe so der Schmerz. Es war lähmender Schmerz, hoffnungslos, und gleichzeitig war es das erste Mal, dass sich Freunde nach ihm erkundigten, als wüsste man, dass es nun weh tat, dass die Zerstörung nicht auf die Gebäude zielte, sondern auf die Seelen, Genozid, davon war die Rede, und die kleine Kundgebung, auf die Aras gegangen war, ja, die hatte keine große Wirkung, die hundert Menschen, die sich dort versammelt hatten. Aber er verstand das erste Mal, dass der Protest nicht immer einen Adressaten brauchte, sondern sich selbst genügen konnte. Sie forderten den Sturz des Regimes und sangen, dass er verschwinden solle, aber er, er würde sie gar nicht hören, mehr als dreitausend Kilometer entfernt, Aras aber, er nahm die Worte in sich auf, in seinem Herzen wurde es warm für einen Moment, dass sie hier alle nicht allein waren.

Sein Facebook-Feed war voll von Aufrufen an die UN, an die deutsche Regierung, an diese und jene andere Regierung, dass Busse bereitgestellt werden sollten. Renommierte Journalist*innen meldeten sich zu Wort und boten zur Vorsicht, denn wen würde man dort retten, wenn nicht auch Islamisten, dass es nie eine syrische Opposition gegeben habe, dass diese Rebellen, von denen die Rede war, ja, nun, da es sich zu entscheiden schien, wer siegen würde, wer bereit war, alle Mittel einzusetzen, da änderte sich etwas und machte Aras' Verzweiflung größer. Denn wo war die Opposition, wenn nicht in den Gefängnissen und unter der Erde, und wie arrogant wäre es zu behaupten, es gäbe sie nicht, wenn doch immer noch Menschen auf die Straßen gingen, jedes Jahr aufs Neue, immer weniger, aber sie waren noch da. Aras bildete sich das nicht ein. Er sah doch die Bilder. Und er sah, wie auf der einen Seite die Bilder mehr wurden und die Busse kamen und auf der anderen Seite die Gegenargumente, und es so schien, als würde man auf einer Pumpe sitzen, aber nur einen Eimer reichen, um das Wasser aus einem sinkenden Boot auszukippen.

Von Strom, Wasser und Medikamenten abgeschnitten, nicht einmal Hilfskonvois waren erlaubt. Es ging um die Evakuierung von 200000 Menschen. Dass dem Regime nicht zu trauen sei, Zivilistinnen nicht anzugreifen, wusste man seit Homs, grüne Busse wurden zur Verfügung gestellt.

Aus Olivenkernen und dreckigen Bettlaken lässt sich eine Gebetskette fädeln.

»Folter ist keine Strafe oder Verhörtechnik. Folter dient der Negierung des Subjekts, nicht einmal seiner Zerstörung, sondern seiner Negation. Nicht deine Existenz ist wertlos, schlecht, überflüssig, sondern wer bist du, dass du sprichst, diesen Raum einnimmst, überhaupt denkst zu existieren.«

Als Abdul Baset al-Sarout gefragt wird, ein paar Worte an seine imaginäre Verlobte zu richten, welche schönen Worte würde er seiner Zukünftigen schenken, abseits von Revolution und Krieg, antwortete dieser: An jene, die danach sucht, mein Herz zu besitzen, möchte ich sagen, der Tod ist mein Recht, und ich verlange mein Recht.

Die Zwei gilt als passiv, symbolisiert die Materie im Gegensatz zum Geist, überhaupt die Gegensätze, das Vorhandensein von Unterschieden, während die Eins abgeschlossen ist, eine Einheit, ist die Zwei ohne Grenze, unscharf umrissen, sie steht für die Liebe, für

Relation.urz nach der Belagerung Aleppos verlangte Aras' Ohr nach einem Lied, welches ihm Umstände bereitete, denn sein Verlangen, dieses Lied zu hören, führte ihn dazu, sich immer wieder ein Video anzuschauen, auf YouTube, was bedeutete, dass er das Handy, während das

Lied lief, nicht ausstellen konnte, und wenn die bewegten Bilder liefen, obwohl er nur die bewegenden Worte hören wollte, dann schaute er sich auch die Bilder an. Das Video war von al-Sarout, aufgenommen während der Belagerung von Homs. Er singt: »Wer hat die Ehre der Araber gerettet, wenn nicht Homs? Ich opfere mich für deinen Boden morgens und nachts! Das Blut des Märtyrers wird nicht vergessen werden.« In einem Wohnzimmer steht er in der Mitte umgeben von anderen Kämpfern. Sie rufen immer wieder rhythmisch dazwischen: »Ya, Homs!«. Er reißt sie mit, das steht außer Frage. Er singt: »Ich weine um die Gefallenen, aber ich werde zu euch zurückkehren.« Und Aras konnte nicht umhin zu bewundern, dass die Männer um ihn herum anfingen zu tanzen und zu klatschen. Doch hatte das Lied einen Beigeschmack, denn er singt: »Wir werden uns nicht den Schiiten beugen. Wir folgen Omar und Abu Bakr auf ihrem Weg«, wenn er singt: »In Homs brodelt das sunnitische Blut. Wenn ich meiner Liebe wegen für Homs sterbe, worin besteht dann das Problem?«

Eine unvollständige Liste 9
- Yassin al-Haj Saleh
- Omar Alshogre
- Anwar al-Bunni
- Mazen Darwish
- Yara Badr
- Samar Yazbek
- Rosa Yasin Hassan

Eine unvollständige Liste 10
- die Arabische Revolutionäre Arbeiterpartei
- Arabische Sozialistische Bewegung
- Assyrische Demokratische Organisation

- Kommunistische Aktionspartei
- Partei der Demokratischen Union
- Kurdische Progressive Demokratische Partei
- die Kurdische Zukunftsbewegung in Syrien
- Kurdische Demokratische Unionspartei in Syrien
- Demokratische Partei Kurdistan-Syrien
- Syrische Kommunistische Partei (Büro Bakdash)
- Syrische Kommunistische Partei (Büro Faisal)
- Syrische Kommunistische Partei (Büro Riad al-Turk)

Aus Blut und Rost lässt sich Tinte mischen. Aus Tee auch.

Eine unvollständige Liste 11
- Bara Sarraj
- Hanna Mina
- Sidqi Ismail
- Salma Ubayd
- Said Hawraniyya
- Muta al-Safadi
- Sami al-Jundi
- Mustafa Khalifa
- Muhammad Salim Hammad
- Faraj Bayrakdar

Ein Mann wird zu schwerer Arbeit verurteilt. Er wird in ein Zimmer gebracht. Dort sitzt ein anderer Mann. Er hat eine Zeitung vor sich liegen, guckt Fernsehen und raucht eine Zigarette. Der Neuverurteilte wundert sich und fragt: Ich wurde zu schwerer

Arbeit verurteilt, und ich sehe dich hier
sitzen mit Fernseher, Zeitung und
Zigarette. Was ist los? Der andere
Mann antwortet: Mein Freund, die
Zeitung ist al-Watan. Im Fernseher läuft
nur der Staatskanal und die Zigaretten,
die sind al-7amra.

- Hasiba Abd al-Rahman
- Sonallah Ibrahim
- Marwan Othman

Sie schreiben, ein Jemand im Gefängnis fühle sich wie ein Gaul, wie ein Fass, nackt, wie ein Tiger am zehnten Tag, eine Taube im freien Fall, wie im Schneckenhaus, in einem Kokon, betrogen durch Sprache und Schweigen, würde sich wundern, wie aus fünf Minuten neun Jahre werden, tanzt auf einem Fest für Algen, für einen brennenden Wald, hat Schwierigkeiten zu vergessen und steht vor der Unmöglichkeit, sich zu erinnern, schaut der Überraschung eines grausamen Blicks entgegen, reist ins Ungewisse, tausend Kilometer weit, läuft bei einer Prozession der unschuldigen Enten mit, verrät sein Vaterland, spricht mit dem buckligen Spatz, erinnert sich an Kaki, sieht dabei zu, wie der Schnee durch das Fenster kommt, lächelt an schwierigen Tagen, trauert bis zum Tod, spuckt, verelendet im Paradies des Teufels, ist der Frühling in der Asche, sei ein Vater, der keiner mehr wäre.

Ein Nagel kann
ein Stift sein.

Nur fünf Minuten.

Zwiebelschalen lassen sich als Zigarettenpapier nutzen oder als Papier zum Schreiben.

Das Gefängnis verpflichtet zum Leben, verpflichtetes Leben, wer aufgibt, stirbt. Nicht aus freien Stücken. Wer freikommt, beklagt nicht die verlorene Zeit, nein, man hat Zeit gewonnen, sie erschlagen, die Zeit, man hat sie sich erschlichen und erkauft, nur so lässt es sich überleben, in dem die Zeit ausgenutzt wird, indem der Koran auswendig gelernt wird, indem Englisch gelehrt wird, indem gesungen und geschrieben, politische Bildung betrieben wird. Man muss sich Sisyphos als einen tätigen Menschen vorstellen.

Die syrische Revolution hat nicht nur wieder einmal eine der brutalsten Formen der Gewalt zum Vorschein gebracht, sondern auch eine der absurdesten. Die Leon-Sedov-Brigade, benannt nach dem Sohn Trotzkis, ist eine argentinische Kampfeinheit, die erst in Libyen gekämpft hatte, dann in Aleppo versuchte, eine zweite Oktoberrevolution zu initiieren. Aras war auf sie gestoßen, als er recherchiert hatte, welcher Gruppierung sich ausländische Männer anschlossen.

Zu zweit waren sie auf dem Bild, das einzige Bild, welches Aras von seinem Vater noch kannte, außer seiner Erinnerung, aber glich die Erinnerung immer mehr dem Bild, bis es nur noch das Bild gab. Er hatte es im Portemonnaie seiner Mutter entdeckt, er hatte erst einen schnellen Blick drauf geworfen, dann später und immer wieder heimlich ein bisschen länger. Sie saßen im Wohnzimmer seiner Großeltern. Sein Vater hatte sich zurückgelehnt, hatte die Arme links und rechts ausgestreckt, ohne sie um seine Mutter zu legen, seine Mutter war nach vorne gelehnt, hatte die Hände auf seinem Oberschenkel. Sie blickten beide nach oben in die Kamera. Sie waren noch jung, seine Mutter hatte einen Pferdeschwanz, eine weiße Bluse und einen Jeansrock, ihr Blick war frech.

Eine unvollständige Liste 12
- Hama 1982
- Tadmor 1980
- Aleppo 1980
- Jisr al-Shughour 1980

Es wird gesagt, dass Gott Azrael, den Engel des Todes, gebeten hat, auf die Erde hinabzusteigen und die Seele von Hafez al-Assad in Empfang zu nehmen. Der Engel protestiert und erinnert Gott an Hafez al-Assads Stärke und Tyrannei. Schlussendlich gehorcht er dem Befehl seines Herrn und steigt hinab. An der Tür des Präsidentenpalastes verhaften ihn die Geheimagenten, schlagen ihn zusammen und foltern ihn, so dass er mit blutverschmiertem Gesicht zu Gott zurückkehrt. Gott fragt ihn, was passiert sei, da antwortet Azrael: »Schau es dir mit eignen Augen an, der Geheimdienst hat mich erwischt.«
Gott antwortet ihm und sagt: »Wehe dir, wenn du erzählst, dass ich dich geschickt habe.«

Wenn es in Moskau regnet, öffnen
die Kommunisten ihre Regenschirme
in Damaskus.

Vor Aras' Tür stand ein Mann Ende Fünfzig. Er hatte graue Locken und blaue Augen. An seinem Blick erkannte ihn Aras. Er fragte nicht, wie er den Weg vor seine Tür gefunden hatte. Er sagte nichts, wartete. Der Mann schien nicht sprechen zu können. Aras verlangte aber nach Worten. Doch der Mann sprach nicht. So standen sie da, eine Weile lang. Dann öffneten sich Aras Lippen und schlossen sich wieder. Er konnte auch nicht sprechen. Doch er wusste, was er wollte. Er wollte eine Entschuldigung. Er wollte eine Entschuldigung von ihm. Er spürte die stille Wut in sich, die in ihm schrie, so laut, dass er glaubte, bereits taub geworden zu sein.

Er konnte sehen, wie der Mann vor ihm versuchte, sich zu erklären. Dass doch der politische Kampf immer bedeute, das Private zu opfern, aber dass er doch eben dafür gekämpft habe und ob Aras es nun nicht besser hätte, da wo er war, hier.

Aras spürte, wie die Worte langsam aufstiegen, sie sammelten sich in seiner Brust und in seinem Kopf und trafen am Gaumen aufeinander, dann sprangen sie aus seinem Mund: »Birîndar kirim xerîbiyê. Ez ji xwe re kuştim xerîbiyê.« Die Worte stellten sich im Halbkreis um sie herum auf, hakten sich an ihren

Eine unvollständige Liste 13
- Mütter des Plaza de Mayo
- Großmütter des Plaza de Mayo
- Equipo Peruano de Antropologia Forense
- Samstagsmütter
- Mütter von Diyarbakr
- Committee on Missing Persons in Cyprus
- Families for Freedom
- Mothers of Khavaran
- Association de Parents et Amis de Disparus au Maroc
- Breaking the Wall of Silence

kleinen Fingern ein und fingen an, mit den Schultern auf- und abzuwippen, sie blieben für ein paar Takte so, dann zückte das B ein buntes Tuch aus der Tasche. Alle fingen sie an, mit dem linken Fuß einen Schritt zur rechten Seite zu machen, der rechte Fuß zog nach, der linke ging in die Luft, dann der rechte und wieder von vorne. Linker Fuß ein Schritt zur rechten Seite, der rechte Fuß zog nach, der linke ging in die Luft, dann der rechte. Seinen Vater schien der Anblick nicht zu wundern, im Gegenteil, er schien seine Worte gefunden zu haben und sagte: »Ez ne melekim xwediyê tacê.« Auch diese Worte gesellten sich in den Halbkreis und kannten den Tanz und tanzten mit. Und wie Aras die Worte beim Tanzen beobachtete, da merkte er, dass seine Verluste keine Leerstellen waren, sondern der Beweis ihrer Existenz.

»Dein Vater, bevor er verschwand, wurde mehrfach erwischt. Er war immer wieder verprügelt worden. Sie waren sogar einmal bei euch zu Hause. Deine Mutter hatte sogar mit ihrem Hochzeitsschmuck bezahlt, damit sie wieder gingen.« Sein Onkel hatte gesagt »shabaʒu darb«. Sie hätten ihn mit Schlägen gesättigt. Diese Worte hatte Aras mehrfach gehört.

»Shabaʒuna zul.«

»Shabaʒna ʕara.«

»Shabʒuna ihaneh«

Es erinnerte ihn an einen Witz, den er nie richtig verstanden hatte. Ein syrischer Soldat wartet an der Grenze zu den Golanhöhen auf seine Ablöse. Dort wird er von israelischen Soldaten zum Essen

eingeladen. Er lehnt die Einladung mit den Worten ab: »Wir haben einen Assad (Löwen), habt ihr einen Assad?« Am nächsten Tag laden sie ihn wieder ein. Er antwortet erneut: »Wir haben einen Assad, habt ihr einen Assad?« Am dritten Tag kommen die israelischen Soldaten dem syrischen zuvor und besorgen sich einen Löwen. Sie laden ihn wieder ein. Er antwortet wieder: »Wir haben einen Assad, habt ihr einen Assad?« Und sie sagen, sie hätten nun einen Löwen. Dann sagt der syrische Soldat: »Dann werdet ihr von heute an nie wieder satt werden.«
Was bedeutete also eine Revolution, wenn die Machthaber ihre Bevölkerung nicht mit Kuchen, sondern mit Schlägen füttern wollen?, fragte Aras seinen Onkel, der lachte und sagte, Fortschritt ist schon immer eine Illusion gewesen, ya ro7i.

Sein Telefon klingelte. Es war eine unbekannte Nummer. »Spreche ich mit Herrn Aras Halaq?« – »Ja.« – »Wir haben ihre Schwester gefunden. Sie liegt im Viktoria–Krankenhaus. Autounfall. Ihr geht es den Umständen entsprechend, gebrochene Rippen, gebrochenes Bein. Sie konnte niemanden erreichen. Das Handy ist hin. Sie wusste keine Nummer auswendig. Sie können sie morgen abholen.«

Drei Busse senkrecht aufgestellt, zweimal. Einmal dienten sie dem Schutz vor Scharfschützen in Aleppo, das andere Mal als Mahnmal in Dresden.

Als man entdeckte, dass die Busse einst die Fahne einer terroristischen Einheit trugen, sagte man, *es sei nicht die Aufgabe des Kunstwerkes, auf die komplexe Situation der unterschiedlichen Parteien dieses Krieges Bezug zu nehmen.*

Ein seltener Anblick wird sich in der Zukunft auf den Straßen Damaskus abspielen, am Sednaya-Platz. Tausende von Menschen werden kommen, nicht zum Protest, sie werden kommen auf der Suche nach Verwandten, ihren Geschwistern, Vätern, Ehemännern, Cousins, Söhnen, all jene, die verloren gegangen sind, die verschwunden sind, gefangen genommen. Eine Massenentlassung wird angekündigt werden, doch ohne Listen, ohne zu wissen, wer entlassen werden würde. Sie werden also suchen müssen, sie werden hoffen müssen zu finden, wie auch die, die verschwunden waren, nun entlassen, nun existierten sie wieder, sie werden sich ebenso auf die Suche nach ihren Geschwistern, Ehefrauen, Töchtern, Söhnen und Cousins begeben. Tage wird es dauern, bis sie sich gegenseitig finden würden, wenn denn jemand gekommen ist, wenn denn die gesuchte Person unter den Entlassenen wäre. Die Trauer über die vergangene Zeit, über die nicht erlebten Freuden, das trennende Leid, die Geduldsprobe, die verzweifelte Hoffnung, dass unter den Entlassenen die gesuchte Person wäre, dass man entlassen wäre, aber nicht allein, all dies wird nicht in Wut umschlagen, zu müde für Wut, zu müde für alles, werden die, die sich gefunden haben, nach Hause zurückkehren. Diejenigen, die gekommen sein werden und niemanden vorfanden, und diejenigen, die entlassen wurden und niemanden vorfanden, der sie abholen würde, sie hätten vielleicht noch sich gegenseitig. Aras wird vor den Bildern sitzen und sie sich anschauen, vielleicht würde er jemanden wiedererkennen, wie, wusste er nicht, aber was blieb ihm anderes als zu suchen. War es nicht besser zu glauben, er sei tot, vergessen wäre ein Segen.

Die Amnestie wird ausgesprochen werden, zum Ende des Ramadans, Fastenbrechen, 3id, kurz nachdem ein Video viral gegangen sein wird, welches ein Massaker des Regimes belegt, in Tadamon, 288 Menschen sprangen in eine Grube, 288 Schüsse, Feuer.

Aras wusste nicht, wann genau, wahrscheinlich war es ein schleichender Prozess, vielleicht war es, als Vorwürfe gegen die YPG laut wurden, sie würden mit dem Regime zusammenarbeiten, er feststellte, dass das, was jenseits der Norm steht, Verschwindenlassen, Folter, Flucht, die Liste war lang, dass all das eine menschliche Grundbedingung sei, denn auf die ein oder andere Art wartete der Tod auf alle. Wenn er also akzeptierte, dass auch Vergewaltigung, Genozid, Belagerung Teil des Daseins seien, dann erschien ihm all das nicht als Schock, würde nicht zwangsläufig zum Trauma werden für ihn. Trauma setzte voraus, dass es ein gesundes Gewebe gegeben hat, ein unverletztes, ein Gewebe, in welches erst eine Wunde hineingetragen wurde, aber was, wenn wir schon immer eine Wunde waren? Beginnt die Geburt nicht mit einer Wunde, und ist der Bauchnabel nicht die erste Narbe? Dass der Wille zum Leben aus Schmerz geboren ist, dem Schmerz zu entfliehen, kann man nur für einige wenige Momente oder in die Ewigkeit, eine traurige Einsicht, zu der Aras gekommen war, die doch auch zugleich befreiend wirkte. Er war weder zur Trauer noch zum Glück verpflichtet. Er konnte sich weder das eine noch das andere einbilden. Er hatte endlich eine Wahrheit, an der er sich festhalten konnte.

2018 – Rede, sprich, ich

»Liebe Mitstreiterinnen und Mitstreiter, liebe Mitglieder der Flüchtlingsräte, liebe alle,

der Grund, weshalb ich heute zu euch spreche, liegt mehr als fünf Jahre zurück. Damals rief ich Jörg an, um mich über das Verfahren der Verpflichtungserklärungen für syrische Angehörige zu informieren. Ich war mit meiner Mutter enttäuscht nach Hause zurückgegangen, weil uns gesagt worden war, dass für die Abgabe einer Verpflichtungserklärung ein Mindestnettoeinkommen von 1450 Euro erforderlich sei. Wenn meine Mutter mehr Menschen, nämlich meinen Onkel und seine Familie, nach Deutschland bringen wolle, dann müsste ihr Einkommen bei mindestens 2400 Euro netto liegen. Meine Mutter arbeitet als Aushilfe in einer Reinigung; so wurde aus der anfänglichen Euphorie, einen legalen Fluchtweg gefunden zu haben, die Erkenntnis, dass nur Syrer*innen wohlhabender Verwandter gewollt waren. Der Rest war sich selbst überlassen und, wie wir alle wissen, immer öfter auch dem Meer.

Ich hatte also Jörg angerufen, und er erklärte mir, was die Ausländerbehörde ausgelassen hatte, nämlich, dass die Verpflichtungserklärung auch von einer Bürgin unterzeichnet werden könnte. Ich erspare euch die Details, denn um eine einzige Kernfamilie nach Deutschland zu holen, bedurfte es für die Eltern einer Bürgin, für die zwei volljährigen Söhne zweier weiterer Bürgen. Ihr könnt euch den zeitlichen und emotionalen Aufwand vorstellen, wenn ich euch noch verrate, dass meine Mutter vier weitere Geschwister hat und unzählige Freundinnen und Bekannte. Dass meine Mutter ihre Geschwister überzeugen musste, denn diese wollten zu Anfang gar nicht nach Deutschland, sondern in der Türkei oder im Libanon bleiben, zeigt auch, dass erst, wenn die Lage in den umliegenden Ländern eines Krisengebiets nicht mehr lebenswert ist, die Menschen sich überhaupt erst entschließen, nach Europa oder Deutschland zu fliehen. Deutschland ist eben nicht das Sozialamt der Welt, wie gern behauptet wird.

Diese Erfahrung mit Jörg zeigte mir zweierlei: 1. Es braucht Menschen wie Jörg. Menschen wie euch, die ihr Wissen teilen und aufzeigen, dass es einen Ermessensspielraum der Ausländerbehörden gibt. Dafür möchte ich meinen Dank aussprechen (Pause). Und 2. Dass es nicht nur Menschen mit Fluchtgeschichte in der Familie sind, die diesen politischen Kampf alleine führen. Diese Erfahrung mit Jörg, dass es Organisationen und Initiativen gibt, die sich mit dem Kampf für Bewegungs- und Bleibefreiheit solidarisieren, bringt mich zur Frage, über die ich heute sprechen möchte: Warum engagieren sich Menschen für Menschen auf der Flucht, wenn sie selbst nicht davon betroffen sind oder waren?

Ich will mit euch also über Haltung sprechen und fange bei mir an: Ich bin Sohn eines Mannes, der eines Tages aus politischen Gründen in Syrien verschwand. Das ist eine Erfahrung, über die ich nicht oft und nicht gerne spreche. In Syrien zu verschwinden bedeutet meist politische Gefangenschaft. Meine Mutter hatte Glück, denn ihre Familie war reich genug, um einen Schlepper zu bezahlen, der uns gefälschte Papiere besorgte, in ein Flugzeug setzte und nach Deutschland verabschiedete. So schlecht das Bild von Schleppern auch sein mag, sie sind in Fällen wie unserem nichts anderes als Fluchthelfer, wie es sie in der DDR gegeben hat. Ohne einen Schlepper wäre meine Mutter wahrscheinlich ebenfalls in einem Gefängnis verschwunden.

Wir kamen zu einer Zeit, da die Residenzpflicht, die 2015 wiedereingeführt wurde, noch bestand. Genauso das Sachleistungsprinzip statt der Bargeldauszahlung, Arbeitsverbot, es gab keine Sprachkurse. Im ersten Asylheim waren wir am Rande der Stadt in einer ehemaligen Kaserne untergebracht. Stacheldraht und ein offenes Tor sind das Sinnbild der halb offenen Lagerstruktur dieser Orte. Es ist nur eine der zahlreichen Absurditäten dieses Landes, welches selbst so viele Flüchtlinge produziert hat und anschließend das Recht auf Asyl im Grundgesetz verankert hat, aber Asylsuchende wie Straftäter*innen auf Bewährung behandelt.

Meine Mutter machte sich also daran, ihre Geschichte einzustudieren, denn Fehler, so hatte man ihr erklärt, konnten schnell in Duldung enden, und das wäre, wie wir alle wissen, eine Zukunft auf Raten. Abschiebungen nach Syrien standen damals nicht zur Diskussion, wie sie heute bei jeder Innenminister*innenkonferenz erwogen werden. Wie heute auch drohte nämlich bei Rückkehr die Todesstrafe. Dass meine Mutter vom Entscheider gebeten wurde, die syrische Nationalhymne zu singen, und sie stattdessen die Internationale auf Arabisch anstimmte, zeigt eine weitere Absurdität des Prozederes. Der Entscheider hatte das Interesse zu überprüfen, ob meine Mutter wirklich Syrerin sei. Sie wiederum hatte kein Interesse daran, sich zu einem Staat zu bekennen, der ihren Mann hatte verschwinden lassen. Wir können uns nur den armen Übersetzer vorstellen, wie er zwischen den zweien versuchte zu vermitteln.

In der Zwischenzeit verbrachten meine Schwester und ich die Zeit auf den Gängen des Asylheims. Es ist kein Ort für Kinder, es ist ja nicht einmal ein Ort für Erwachsene. Asylheime, Flüchtlingsunterkünfte, Erstaufnahmeeinrichtungen, Abschiebelager sind eine recht moderne Erfindung und in ihrer Funktion doch alt: Sie dienen der Festsetzung, Verwaltung, Stigmatisierung und Ausgrenzung. Debatten über Asylmissbrauch, über kriminelle Ausländer, jede rassistische Debatte über Parallelgesellschaften führt und führte stets zur Verschärfung und weiteren Unterdrückung von Menschen, die unter diesen Verhältnissen leiden. Ihr könnt euch also die Wirkung vorstellen, die die Erfahrung im Asylheim auf mich hatte, als meine erste Erfahrung mit dem Umstand, dass ich in einem Land leben werde, welches mich am liebsten abschieben würde.

Aus dem Heim entlassen, war für mich diese ganze Geschichte also abgeschlossen. Mit Asylheimen wollte ich nie wieder etwas zu tun haben. Mit dem deutschen Pass war auch die Ausländerbehörde für mich ein Relikt der Vergangenheit. Wir wissen, dass die sogenannten Willkommenszentren, wie die Ausländerbehörden vom Staat zynisch bezeichnet werden, eine Farce sind. Beschämt kann ich daher nur sagen, dass ich mich in meine Integration geworfen hatte. Ich wollte Abstand. Bis 2011. Eigentlich war es 2012.

Ich war im Supermarkt, um für eine Grillparty noch die restlichen Zutaten zu kaufen. Da lernte ich Said kennen oder vielmehr Said war auf mich zugekommen, weil er mich am Telefon Arabisch sprechen gehört hatte. Er suchte Milch, ich suchte Joghurt. Und so unterschiedlich und zugleich ähnlich sich diese Produkte sind, so ist auch mein Verhältnis zu Syrer*innen, die seit 2011 nach Deutschland gekommen sind.

Ihr müsst es euch so vorstellen: Ich war jung, politisch interessiert, aber in Deutschland sozialisiert. Die Euphorie meiner Mutter teilte ich nur bedingt. Sie fing an, Demonstrationen zu organisieren, ja, sie wurde zu einer Anlaufstelle für Neuankömmlinge. Ich jedoch bildete mir ein, die Geschehnisse in Syrien auf Abstand halten zu können. Said zeigte ich also die Milch und wollte ihn sich selbst überlassen. Ich wollte mich einfach an die Kasse stellen, da hörte ich mich in meinem Kopf sagen: Aras, wie kannst du dich seit Jahren für emanzipatorische Politik einsetzen, und dann steht da jemand vor dir, der offensichtlich etwas Unterstützung braucht, wahrscheinlich nur ein bisschen Gesellschaft möchte, und das Einzige, woran du denkst, ist, wie schnell du verschwinden kannst.

Es ist diese widersprüchliche Bewegung zwischen Abstand halten und Nähe schaffen oder in sie hineingeworfen zu werden, die ein Gefühl der Verpflichtung in mir kreierte. Denn gleichzeitig wurde ich natürlich immer wieder von Menschen in Deutschland danach gefragt, was denn in Syrien los sei, was meine Einschätzung wäre, die Lage sei ja recht kompliziert und unübersichtlich. Mir stellte sich also unweigerlich die Frage, wie viel von dem, was ich tat und sagte, ich war und meinte. Wie viel war der Druck von außen, wie viel Pflichtgefühl?

Ihr seht, der Grund, weshalb ich hier stehe, ist nicht nur das Telefonat mit Jörg. War der Anfang das Verschwinden meines Vaters? Unsere Flucht? Oder die seit knapp fünfzig Jahren anhaltende Assad-Diktatur? War es der Arabische Frühling? Meine Erfahrungen als Kind im Asylsystem? Oder war es der Wunsch, ganz konkret jemandem zu helfen? Die

Gründe sind eine Aneinanderkettung verschiedener Ereignisse, die teils zeitlich und geografisch weit auseinanderliegen und sich in ihrer Reihenfolge nicht ganz ordnen lassen. Jeder Punkt für sich ein Anlass zum Sprechen, und es gibt noch unzählige mehr.

Insbesondere heute am 15. März, dem Jahrestag der syrischen Revolution, erscheint mir die Absurdität einer Chronologie am klarsten. Seit langem beschäftigen mich daher auch die Ideen, die hinter Konzepten wie Zeit, Nation, Individualität, freier Wille, Recht und Pflicht stehen. Nun bin ich Jurist in der Ausbildung und kann euch sehr viel über die rechtliche Auffassung dieser Begriffe erzählen (kurze Pause). Ihr habt aber Glück, dass ich euch das erspare. Stattdessen möchte ich meine Ausgangsfrage erweitern: 1. Welche Motivation gibt es, sich für die Rechte geflüchteter Menschen zu engagieren? 2. Welche Gründe sprechen dagegen, und damit meine ich, gibt es überhaupt noch Gründe zur Hoffnung? Und 3. welche Rolle spielen Beziehungen im politischen Engagement?

Zur ersten Frage: Welche Motivation gibt es, sich für die Rechte geflüchteter Menschen zu engagieren?

Oft wird in der Debatte um die Rechte von Geflüchteten auf Empathie gesetzt. Es wird an die Menschlichkeit der sogenannten Gastgeber*innen appelliert. Dieser Appell bestätigt meiner Meinung nach, dass Geflüchtete eben nicht als Menschen gesehen werden, sondern sich das Menschsein durch besonders viel vorher erlebtes Leid und großen Integrationswillen verdienen müssen. Dabei vergessen wir, dass das Recht auf Bewegungsfreiheit ein Menschenrecht ist. Was das Narrativ vom gut integrierten Ausländer kreiert, ist in manchen Fällen eine politische Psychose. Denn die gesellschaftliche Frage der Identität, ihrer Emanzipation von einschränkenden Kategorien, wird zu einer individuellen verkehrt. Wer angepasst ist, fällt nicht auf, tötet aber zugleich ein Teil seiner selbst ab und schafft damit einen fiktiven Charakter für die Welt um sich herum.

Es ist sicherlich eine Errungenschaft der Flüchtlingsräte, in den Härtefallkommissionen der Landesregierungen zu sitzen und Last-Minute-Abschiebungen zu verhindern. Doch wir alle wissen, was dort zählt: die Reproduktion dieses exkludierenden Narrativs. Wir sollten uns bewusst sein, dass der Integrationserfolg von Menschen mit einem sogenannten Migrations- oder Fluchthintergrund kein selbst gewähltes Schicksal, sondern ein erpresstes ist. Nicht nur sind wir unfreiwillig hier in Deutschland, wir müssen für dieselbe Anerkennung doppelte Arbeit leisten, noch dazu gibt es eine Korrelation zwischen der Verschärfung von Einwanderungsgesetzen und Migrant*innen in prekären Arbeitsverhältnissen. Es ist eine traurige Erkenntnis, dass mit der Ankunft die Flucht eben nicht endet. Also wenn nicht Empathie, welche Motivation gibt es, sich für die Rechte geflüchteter Menschen zu engagieren?

Da wären die Geschwister der Empathie, schlechtes Gewissen und Schuldgefühle. Ich halte sie für schlechte Berater. Aber sie haben sicher viele seit 2015 motiviert. Der eigene Wohlstand ist angesichts der Zufälligkeit, mit der Leid verteilt ist, nicht zu ertragen. Die Eltern der Empathie sind Verantwortungs- und Pflichtgefühl. Es ist eine Ironie der Geschichte, dass ein Land, welches zwei Weltkriege angefangen hat, zu einem der fünf größten Waffenexporteur avanciert ist. Es wird gesagt, man wolle Fluchtursachen bekämpfen. Wir wissen jedoch, dass seit Jahrzehnten eine Regierung nach der anderen nur dazu beiträgt, sie überhaupt erst zu produzieren. Zwar lieferte Deutschland keine Waffen direkt an syrische Rebellen, sehr wohl aber an Saudi-Arabien und die Türkei. Damit produzieren sie die Geflüchteten, die sie mit einem Gestus der Nächstenliebe aufnehmen, nur um sie bei nächstbester Gelegenheit wieder abzuschieben, wie wir es mit unseren Freundinnen und Freunden aus dem Balkan erleben durften. Verantwortungs- und Pflichtgefühl haben eben eine Halbwertszeit. Nehmen wir also all diese Gefühle als Grundlage raus.

Womit ich zu meiner zweiten Frage komme: Welche Gründe sprechen dagegen, gegen das politische Engagement, und damit meine ich, gibt es überhaupt noch Gründe zur Hoffnung?

Wenn wir uns das Asylrecht anschauen, dann müssen wir leider feststellen, dass wir in den letzten Jahren eine Niederlage nach der anderen einstecken mussten. Ich möchte euch an dieser Stelle nicht mit Zahlen und Fakten demotivieren oder langweilen. Es ist jedoch eine erschreckende Entwicklung, deren Zeug*innen wir sind. Angesichts der umfangreichen Dokumentation der Repressionen des syrischen Regimes gegenüber der eigenen Bevölkerung kann es nur befremden, dass mit der Zunahme der Brutalität das Asylrecht in den meisten europäischen Ländern immer mehr ausgehöhlt wurde und wird. Auch die vermehrte internationale Beteiligung änderte nichts an dieser Entwicklung, die Zurschaustellung von Gräueltaten, wie sie der IS betrieb, ebenso wenig. Im Gegenteil: Von den EU-Abkommen bis hin zu jedem Asylpaket werden Menschen auf der Flucht mit Gesetzen und Vorschriften, mit Waffen und Zäunen bekämpft.

Was das Hoffen für mich seit der syrischen Revolution daher schwer macht, und ich glaube, da spreche ich nicht nur für mich, ist das Wissen darum, dass es also Menschen gibt, die aufrichtig für ein besseres Leben gekämpft haben und als Resultat vor dem Tod (in den Tod) fliehen mussten, vor ungeheuerlichen Ungerechtigkeiten und Gräueltaten, die ich nicht imstande bin zu begreifen, und dass diese Gräueltaten keine Ausnahme sind, sondern die Regel. In ihrer Regelmäßigkeit schlichen sie sich in meinen Alltag, verletzten auch meine Würde, jemand, der nicht direkt beteiligt ist. Als Zuschauer dieser niedergeschlagenen Revolution und ihrer Bilder bleibt mir nur übrig, mich selbst anstelle des anderen Körpers zu sehen. Bei diesem Anblick entweicht daher die Vorstellung, je Schönheit gekannt zu haben, je Gutes, je Wahrheit, denn was verschwindet, ist die eigene Menschlichkeit.

Da hilft es nicht, um mich zu blicken und anzuerkennen, dass das Bild auf dem Bildschirm vor mir nicht dem Bild der Realität um mich herum entspricht, dass meine Realität, dass das, was ich direkt berühren kann, diese Gewalt nicht kennt, nicht in dieser Unmittelbarkeit. Es stellt sich die Frage, was Realität ist. Was ist Wirklichkeit? Warum kommen andere Menschen nicht zu denselben Schlüssen, beim Anblick dieses Aufbegehrens und Leids? Sehen sie es nicht?

Kann also Hoffnung unsere Motivation sein, wenn es kaum Gründe zur Hoffnung gibt? Ich glaube, es braucht sie nicht, weder die Gründe zur noch die Hoffnung selbst. Denn um regelmäßig Sport zu betreiben, und nichts anderes ist politische Arbeit, bedarf es nicht der Motivation, sondern eines einfachen: Just do it!

Ich glaube, als Menschen müssen wir handeln. Wenn wir nicht handeln, erleben wir uns selbst nicht in unserer Wirkmacht, erleben wir uns selbst als ohnmächtig. Das Leben widerfährt uns, aber wir sind nur Handlungsträger darin, keine Handelnden. Dabei ist das Leben ein Wille. Wenn wir etwas wollen, dann stellen wir uns das Gewollte vor. Es ist eine wechselseitige Bewegung: Meine Vorstellungskraft von einer Welt, in der Menschen sich frei bewegen können, motiviert mich tagtäglich, eine Welt zu schaffen, in der dies möglich ist. Indem ich jeden Tag eben dafür kämpfe, hoffe ich, dieser Vorstellung näherzukommen. Das versuche ich, mir jeden Tag vor Augen zu führen, dass ich zu keiner Politik verpflichtet bin, sondern mich jeden Tag für sie entscheide. So wie ich mich jeden Morgen dazu entscheide, überhaupt aus dem Bett aufzustehen.

Aber damit ist nicht geklärt, wie jemand zur Haltung kommt, die er*sie vertritt. Womit wir bei meiner letzten Frage wären: Welche Rolle spielen Beziehungen im politischen Engagement?

Auch wenn ich gerne glauben würde, dass ich aus freien Stücken und mit gutem Gewissen mich dafür entschieden habe, diesen politischen Kampf zu führen, so muss ich doch auch gestehen, dass ich unfreiwillig in diese Position gekommen bin. Wie schon erwähnt, ich hatte mich in meiner Welt hier in Deutschland eingerichtet. Syrien gehörte der Vergangenheit an. Nur drängte es sich seit 2011 immer mehr in meine Gegenwart: Said, meine Familie, Geflüchtete am Bahnhof, die Gewalt in den Medien, Zeug*innenberichte. Diese Erfahrung lehrte mich, dass meine Vorstellung von Individualität als eine in sich abgeschlossene Einheit so nicht existierte, dass sie trügerisch ist, denn sie bedingt die Idee der Nation an sich. Gleichzeitig lässt sich ohne das Individuum der freie Wille nicht denken, und erst recht nicht das Recht, welches wiederum von der Nation garantiert wird. Unsere Gefühle, Vorstellungen und Haltungen sind eben nichts Natürliches, so wenig wie die Wälder Deutschlands. Sie sind ideologisch konstruiert und beziehen sich aufeinander. Gesetze verfestigen jene Vorstellungen von Individuum, Nation, freier Wille, Rechten und Pflichten.

Die Struktur, in der meine Mutter aufgewachsen ist, in der es kein richtiges Rentensystem gibt, keine Sozialversicherung, kreiert eine Familie, deren Mitglieder einander brauchen, die aufeinander angewiesen sind, ohne die eine Existenz kaum vorstellbar ist. Wenn ein Familienmitglied vom Regime verfolgt wird, wird die ganze Familie zur Zielscheibe. Dadurch lässt sich das Individuum mit eigenem, freien Willen, welches für sich persönlich Entscheidungen trifft, nicht praktizieren. Es ist auch vor dem Gesetz als solches nicht geschützt. Es steht in einem andauernden Zwangsverhältnis. Zu erkennen, dass daher mein Pflichtgefühl und Schuldbewusstsein stammen, war emanzipierend. Diese gesellschaftliche Struktur können manche Syrer*innen in Deutschland nicht so einfach hinter sich lassen, da sie überlebenswichtig war und bleibt.

Ich erzähle dies nicht, um Syrien und Deutschland als Gegensatzpaare darzustellen: kein Ost und West, keine erste Welt und dritte Welt, kein globaler Norden oder globaler Süden, Morgen- und Abendland. Menschen in Syrien kennen selbstverständlich die Konzepte Individualität, Rechte und freier Wille. Wenn dem nicht so wäre, würden wir nicht seit sieben Jahren von einer Revolution und ihrer Unterdrückung sprechen. Manche Menschen in Deutschland empfinden ihre Freiheit als Belastung, die schiere Überfülle an Möglichkeiten wirkt lähmend. Vielleicht lässt sich auch so der Wunsch nach der harten Hand des Staates erklären. Ich spreche vor euch als Vertreter*innen von Solidaritätsinitiativen.

Ich kann mir gut vorstellen, dass sich einige verpflichtet fühlen, diese Arbeit zu leisten. Es kann nur unsere Aufgabe sein, uns dessen bewusst zu werden, dass es eben diese Strukturen gibt, die diese Gefühle erst hervorbringen und wir gleichzeitig eine Entscheidungsfreiheit in ihnen haben.

Ich glaube nämlich, dass es an den Beziehungen liegt, die wir eingehen, in die wir teils hineingeboren werden, die wir uns teils freiwillig aussuchen. Sie prägen unsere Haltung. Durch sie erhalten wir verschiedene Einblicke in unterschiedliche Realitäten. Ich glaube, wenn man Zugang zu verschiedenen Realitäten hat, dann ist die Wirklichkeit nie ein einziges Bild, nie abgeschlossen, nie unumstößlich. Sich diese Offenheit zu bewahren, die Ambivalenz, die Widersprüche auszuhalten, ist dringend notwendig, denn Beziehungen sind eine langatmige und mühselige Angelegenheit. Sie sind keine kurze Begegnung, sie sind wiederkehrende, langjährige Arbeit. Menschliche Beziehungen sind daher weder ganz ideell noch materiell, sie sind weder ganz Vergangenheit noch nur Gegenwart, doch die Zukunft spielt eine Rolle. Sie können meist angenehm und wohltuend sein, und doch können sie etwas Gespenstisches entwickeln, weil sie Enttäuschungen und Verletzungen bergen. Uns als soziale und politische Wesen zu verstehen, die in einer Abhängigkeitsbeziehung zueinander stehen, ist der erste Schritt, wenn wir unsere Gegenwart verändern wollen.

Ich habe meine Rede mit meinem Onkel begonnen, und ich möchte sie mit ihm beenden. Als seine Familie und er in Deutschland eintrafen, holte ich ihn gemeinsam mit meiner Schwester am Flughafen in Frankfurt ab. Ich hatte ihn seit mehreren Jahren nicht gesehen. Unsere Telefonate der vergangenen Monate bestanden darin, dass ich ihn über den Stand der Verpflichtungserklärung informierte, ihm sagte, welche Papiere wir noch benötigten, oder um Geduld bat. Seine Antworten waren meist Fragen darüber, ob ich glaube, dass er schnell die Sprache lernen würde, einen Job finden könne, was er mit nach Deutschland nehmen solle. Er fragte mich sogar einmal, ob er den guten Internetrouter mitnehmen solle, den er vor einem halben Jahr erst gekauft hatte. Nach langen, zehrenden Monaten stand er also nun vor mir. Es war dieser Moment, da ein Stress von mir abfiel, dass mir die Tränen kamen, diese Erleichterung, man hätte sie auch gut mit Freude verwechseln können, von der ich selbst nicht erwartete, dass sie in mir war, machte mir erst die Wirkung von Beziehungen bewusst: Sie waren endlich in Sicherheit, und ich hatte dazu beigetragen. Dieser Moment verband uns mehr, als jede Blutsbande es hätte je tun können.

Liebe Anwesenden, unsere Beziehungen und wie wir uns in ihnen verhalten, bestimmen, welche Haltung wir einnehmen. Sie leiten unser politisches Handeln. Ich möchte damit nicht sagen, Nazis, rechte Politiker*innen, Wutbürger*innen müssten nur mal ein paar Ausländer kennenlernen oder mit Zeitzeug*innen sprechen, damit sie vom Gegenteil überzeugt werden. Es bedarf viel mehr. Es braucht eine flächendeckende Strategie, die die Abschiebeblockade und die Unterschriftensammlung mit einschließt, die tiefer in die gesellschaftlichen Strukturen eingreift durch eine gerechte Umverteilungspolitik. Wann immer es uns also möglich ist aufzudecken, dass wir in einem menschenunwürdigen System leben, welches versucht, sich als alternativlos darzustellen, müssen wir aktiv werden.

Wir werden das Sterben im Mittelmeer und an den Grenzen Europas beenden können, aber nicht morgen oder übermorgen. Wir werden verhindern, dass Menschen sich bekriegen, sich gegenseitig ausbeuten, aber nicht morgen oder übermorgen. Was wir jedoch tun können, bereits heute, ist: tätig bleiben, weitermachen. Denn Aufgeben ist nur eine Option, wenn wir wieder neu anfangen.

Der Einzelfall zählt!

Danke für eure Zeit! Eure Aufmerksamkeit, eure Arbeit und euren Mut!«

Gedankenreste

Jörg nach der Talkshow: »Du warst gut! Beim nächsten Mal darfst du aber nicht so viele arabische Namen benutzen, so viel historischen Hintergrund, da geht man verloren wie im Labyrinth.«

In *Wir Flüchtlinge* beschreibt Hannah Arendt nicht nur den Assimilationswillen jüdischer Flüchtlinge der Naziverfolgung, der sie teils traurig stimmte, sondern sie erklärte sie auch zur »Avantgarde der Völker«, denn ihnen sei bewusst, dass das Nationalgefühl so schnell gewechselt werden konnte wie die Unterwäsche/???. Die Existenz von Flüchtlingen ist für Arendt der Beweis, dass die Art und Weise, wie wir uns als Menschen organisieren, nämlich in Nationalstaaten, zum Untergang verdammt ist. Nun kann man mit Biegen und Brechen an der Idee der Nation festhalten, die Beweise vernichten oder wegsperren, wie es die Politik tut, oder wir nehmen die über 65 Millionen Flüchtlinge (laut UN) als Anlass zu begreifen, dass wir Menschen schon immer in Bewegung waren und bleiben werden.

jemand, der nicht als Mensch behandelt wird, sucht den Weg, als Mensch gesehen zu werden. Er wird sein Leid darstellen wollen, er wird seine Kultur erklären, um gesehen zu werden. Wie viele Filme, Theaterstücke gesehen, Bücher haben wir gelesen, in denen individuelle Schicksale dargestellt werden, zum Zweck, politisch aufzuklären. Doch wir können uns nicht in den individuellen Schicksalen und Schicksalsschlägen verlieren.

Mir ist bewusst, dass es nicht so einfach ist. Mir ist bewusst, dass der emanzipatorische Kampf sich noch lange auf Gesetzesreformen und Repräsentation berufen wird.

Repräsentation löst das Problem genauso wenig, wenn es nicht die strukturellen Probleme gleichsam aufhebt. In diesem Sinne ist Repräsentation immer ein Zerrbild, es hält fest, was sich schon längst im Prozess der Veränderung befindet.

Brecht: »Als wir zum ersten Male berichteten, dass unsere Freunde geschlachtet wurden, gab es einen Schrei des Entsetzens und viel Hilfe. Da waren hundert geschlachtet. Aber als tausend geschlachtet waren und des Schlachtens kein Ende war, breitete sich Schweigen aus, und es gab nur mehr wenig Hilfe. So ist es. Wenn die Verbrechen sich häufen, werden sie unsichtbar. Wenn die Leiden unerträglich werden, hört man die Schreie nicht mehr. Ein Mensch wird geschlagen, und der zusieht, wird ohnmächtig. Das ist nur natürlich. Wenn die Untat kommt, wie der Regen fällt, dann ruft niemand mehr: Halt!«

Protest wird einerseits von Geflüchteten selbst organisiert, aber er ist auch begleitet von einer immer wachsenden Solidaritätsbewegung mit Migrant*innen. Seit 2015

Die Wurzel des Faschismus reicht tief, wogegen wir kämpfen, ist kein neuer Rechtsruck

Gründe, den politischen Kampf aufzugeben: insgesamt glücklicher und zufriedener leben.

In diasporischen Communities, (queere Communities) entdecken wir, dass sich aus Not und Freiheit Begriffe außerhalb des Gesetzes neu zusammensetzen. Zum Beispiel der der Familie. Familie ist dann nicht mehr nur als Blutsverwandtschaft zu verstehen, sondern als emotionales Beziehungsgeflecht, Netzwerk aus emotionaler Verbindlichkeit. Emotionen entstehen durch wiederholte Begegnungen, sozial erlernt, verschiedene Praktiken. Emotionen als verkörperte Erinnerungen ... Abiturfeier mit Said von Lamia

nichts Neues, Worte bilden unsere Realität ab, aber noch viel wichtiger ist: Sie schaffen unsere Wirklichkeit auch zugleich. Und was sie nicht abbilden können, das bleibt als Gefühl zurück.

Die Revolutionäre des 15. März fragen sich nach all den Verlusten schuldbewusst, ob es das wert war ... so weit ist es gekommen mit der Hoffnung. Hoffnung unausgelebt ist erdrückende Bringschuld → Russische Beteiligung, Beschuss von Krankenhäusern, Waffenruhe, Schulen, kaum Proteste, Belagerungen, Yarmouk, Gebiete zurück an Regime, Idlib, Nordsyrien, Abschuss russischer Pilot, Türkei Invasion, Afrin, Ceaser-Bilder

Syrianization of the World: »no longer a Syrian one. It is a crisis of the world.« → Krise der Institutionen, des Rechts etc. → Trump, Brexit

Warum ich es nie zur Soli-Demo am 15. März geschafft habe?

So viel ich gesehen habe, so habe nur ich all dies gesehen. Wir können festhalten, dass die Wirklichkeit nicht für jeden Menschen dieselbe ist, was für die Philosophie nicht nur ein bekanntes, sondern auch ein altes Problem darstellt. Aber wie entscheidet sich, was wir als Wirklichkeit wahrnehmen?

Rechte Parteien haben es richtig beobachtet, wenn sie glauben, dass Migration das Thema des 21. Jahrhunderts ist. Es ist das Thema, mit dem Wahlkämpfe entschieden werden. Es ist der neoliberal verkleidete jahrhundertealte Rassismus. Rassismus ist nicht einfach nur Diskriminierung plus Macht, eine Art des Denkens

der antifaschistische Kampf während der Nazizeit für mich ein Anknüpfungspunkt war an ein anderes Deutschland. Eins, das sagte: Nie wieder Faschismus! Nie wieder Krieg!

Die eine Realität zu negieren bedeutet, auch den Widerspruch gleichsam zu opfern.

Hörsäle einstürzen sehen, in Schutt gelegte Häuser, Scharfschützen, die auflauern, wie Leichen aus Trümmerhaufen geborgen wurden. Ich habe aber auch zugleich Jura studiert, ein Praktikum in Jordanien gemacht, ich war in Ausländerbehörden, ich habe Abende in Bars verbracht. … all dies gleichzeitig erlebt. Man müsste verrückt sein, eine psychische Krankheit haben …

aber wie hatte es Erich Fromm einst gesagt, die Kranken sind die Normalen, und die Normalen sind die Kranken. Denn diese Gesellschaft ist bei gesundem Verstand nicht zu ertragen. Ich bin aber weder normal noch krank. Ich sehe die Welt durch die Beziehungen, die ich zu anderen Menschen eingehe.

ich kann mich nicht »deutsch« fühlen, was auch immer das sein soll, und gleichzeitig mit dem Wissen leben, dass Menschen, aus diesem Land in den Tod abgeschoben werden. Ich kann nicht »Syrer« sein, in dem Wissen, dass die Grenzen von Kolonialherren gezogen worden sind und dieses Land von einer Überfülle an Kulturen, die in keiner nationalen Einheit zu fassen sein könnte. Ich kann aber auch nicht ignorieren, dass sich Menschen zusammengeschlossen haben, am 15. März vor sieben Jahren und sich als Volk bezeichnet haben, welches die eigene Regierung stürzen will. Durch meine Beziehungen zu ihnen kann ich weder die Naivität noch den Mut an mir vorbeiziehen lassen, ohne ihn auch zu spüren, als wäre es ein Samen in meiner Lunge, der wächst und mich gleichsam mit erstickt.

Die Erfahrung, die viele Migrant*innen als Kinder machen, wenn sie für ihre Eltern in den verschiedenen Ämtern übersetzen müssen. Die Rollenumkehrung, die dabei stattfindet, indem das Kind plötzlich die Verantwortung trägt, mit einem Beamten über die Auszahlung von Sozialleistungen zu verhandeln, führt zu familiären Abhängigkeitsbeziehungen. Während die Eltern aufgrund von Sprachbarrieren keinen Zugang zum Beamtendeutsch haben, werden ihre Kinder zu Expert*innen, die so den Lebensunterhalt bestreiten, mit jedem Brief, den sie in ihren Händen halten und versuchen zu entziffern.

Was bedeutet ein Schwur? Ein Schwur ist ein Versprechen. Nietzsche schrieb einst, dass uns die Fähigkeit zu versprechen von den Tieren unterschied. Diese ist uns gegeben, weil wir uns erinnern können und weil wir vergessen.

Buchenwald-Überlebender Pierre Durand: »Aber, liebe Freunde, wir sind nicht die Klageweiber der Weltgeschichte. Wir sind der noch lebende Beweis dafür, dass der Kampf für Frieden, Freiheit und Glück immer möglich ist. Unser langes Leben hat uns gelehrt, dass man nie aufgeben darf, dass man im Herzen die Flamme der Hoffnung und den Willen bewahren muss, eine bessere Welt aufzubauen. Eine Welt, die der Menschheit würdig ist.«

2019 – Der Himmel trank das Meer

Er öffnete die Augen und blickte auf Holz. Der Wecker klingelte leise. Er griff sich ins Ohr, entfernte die Ohrstöpsel, mit der einen Hand, mit der anderen stellte er den Wecker aus. Das Rauschen der Maschine kehrte zurück, die Lüftungsanlage auch. Die Decke war nicht einmal einen Fuß entfernt, er konnte sich nicht aufsetzen. Er hatte tief geschlafen. Es überraschte ihn nicht, dass er hier so gut schlief, am Ende des Tages war er immer müde gewesen. Heute aber wachte er weniger munter auf, heute, das merkte er, war er angespannt. Das Gefühl, diese kleine Aufregung, diese kleine freudige Aufregung, mit der er die ersten Tage gelebt hatte, sie war ein bisschen getrübt.

Er kletterte aus der oberen Kajüte raus, eine Treppe gab es nicht, also stützte er ein Bein auf dem Waschbecken ab und ließ sich dann auf den Boden fallen. Bird, sein Kabinengenosse, lag noch im Bett, das konnte er durch die kurzen Vorhänge sehen. Es würde nur noch eine halbe Stunde Frühstück geben, dann fing das morgendliche Putzen an. Bird war das Gegenteil seines Namens, und Aras war sich nicht sicher, ob Bird so lange schlafen wollte oder nicht anders konnte, vielleicht hatte er auch seinen Wecker überhört, schließlich beschloss Aras, ihn zu fragen, leise: »Bird, are you awake? It's half past seven.« Er konnte nur ein leises Murren hören.

Aras suchte nach einer Jeans, seinen Arbeitsschuhen, Socken, dem Funkgerät, er hatte zwar versucht, alles so hinzulegen, dass er nicht viel suchen musste, aber die Müdigkeit hatte den Vorsatz aufgeweicht. Seine Kleidung lag auf dem Stuhl, das Funkgerät im Bett, sein Handy auch, seine Kontaktlinsen im Kulturbeutel im Schrank. Keine Brille hier zu tragen fühlte sich ungewohnt an, aber es schien ihm eine gute Idee, sie könnte schnell runterfallen.

Er ging ins Badezimmer, hebelte den Haken an der Tür hoch, um die Tür zu schließen. Er setzte sich auf das Klo, gegenüber war ein Schild angebracht: »Don't throw toilette paper into the toilette. The engineers will know and come after you.« An die Handbewegungen musste er sich noch gewöhnen. Statt das Klopapier in die Toilette zu werfen, musste es in einen kleinen Eimer neben seinem rechten Fuß. Er dachte daran, dass er unter Stress sicher etwas vergessen würde. Jede Tür einzuhaken oder zu schließen, das Klopapier, beim Treppenhoch- und runtergehen sich festzuhalten, weil sie ein bisschen zu steil waren, die Türen leise zu schließen, weil noch jemand schlief, den Kopf einzuziehen, um sich nicht zu stoßen, auf Stufen zu achten, auf keinen Tauen zu stehen, nichts liegen zu lassen, das Funkgerät zum Beispiel. Die Etikette musste er noch lernen: immer Ordnung zu halten, beim Abräumen, die Teller der anderen mitnehmen, vor dem Einräumen in den Geschirrspüler alles einmal abwaschen, die Wäsche aus der Waschmaschine immer in den Trockner zu werfen, er fragte sich, wann er Zeit haben würde, Wäsche zu waschen, die Flusen aus der Maschine zu entfernen, es drohte Feuer.

Er trat in den mess room ein. Die meisten hingen noch über ihren Schüsseln und Kaffeetassen, manche unterhielten sich, andere wichen sich in ihrer morgendlichen schlechten

Laune aus. Das Frühstück hatte er noch nicht verstanden. Für Mittag- und Abendessen war Kitty zuständig, aber für das Frühstück sie selbst. Doch er wusste nicht, wo er was finden konnte, alles, was er auf dem Tisch sah, waren Müsli und Brot, aber auf beides hatte er in den letzten Tagen keine Lust gehabt. Er hätte sich am liebsten ein Ei gebraten, war sich jedoch nicht sicher, ob er sich diesen Extrawunsch erfüllen durfte. Er würde Tage später feststellen, dass das Essen unter den Bänken verstaut war und dass er einfach in den Großraumkühlschrank gehen durfte, sich alles auf der linken Seite nehmen könnte.

Er holte sich Kaffee, als ihn Leo fragte, wie er geschlafen habe. Leo hatte langes, welliges, schwarzes Haar, eine große Nase und schmale Lippen. Sie war Ärztin, und er hätte sich gerne zu ihr gesetzt, wäre da noch Platz, dort saßen bereits der Rettungssanitäter Ari und der RHIB-Fahrer Corbin und einer der able seamen, ein etwas älterer Mann, Fox, klein, der von seinem früheren Job auf einer Luxusyacht erzählte. Nun sei er hier, weil er sich ein eigenes Bild von der Lage machen wolle. Er habe auch Freunde, die das alles nicht so positiv sehen würden und ihn zur Rede gestellt hätten, warum er jetzt hier sei. »Tief und fest«, antwortete Aras Leo: »Aber ein Kaffee ist trotzdem nötig«, er lächelte sie an. »Weißt du, wo die Milch ist?«, fragte er. Sie deutete auf den Tisch daneben. »Nur Sojamilch«, sie zuckte mit den Schultern.

Der mess room war ein schöner Raum in L-Form. Das Alter verlieh ihm Charme. An der einen Seite war ein Bücherregal, bei dem ein Holzbalken die Bücher vor dem Rausrutschen bewahrte und damit auch die Titel verdeckte. Dann waren da sogar ein Fernseher und ein DVD-Player. Drei Tische und entsprechende Sitzbänke, die Tische hatten einen

Rahmen, so konnte nichts runterrollen, sie waren aus Holz, es war ein tiefes Braun, Bilder hingen an den Wänden, Hinweisschilder, ein Erste-Hilfe-Kasten, ein Feuerlöscher, eine Löschdecke, ein Plüschdelfin versteckte sich in einem Balken, der den Raum teilte, ein Plüschhai hing von der Decke, Stühle auf der Seite ohne Bänke, alle aus schwarzem Plastik. Der Raum war funktional, zusammengewürfelt und hatte doch etwas sehr Gemütliches, wie eine linke WG. Der Kühlschrank in der Ecke war übersät mit Aufklebern, auf einem stand: Crew Love is True Love.

Head of mission, bosun und die Kapitänin kamen herein. Es wurde still. Bird huschte schnell hinter ihnen durch die Tür. Der head of mission, Jonah, fing an zu sprechen: »Good morning, everyone! I hope you slept well. As you all know, one of the engines broke yesterday. This lovely ship is an old lady. It happened before, and we got it fixed. However, we still don't know what the exact problem is, but I'm sure we will find out today.« Er machte eine Pause, blickte aufmunternd in die Runde, erklärte ihnen, dass er verstünde, wie schwer es sei, nicht zu wissen, ob es rausginge oder nicht, es sei schwer, weil es nicht in ihrer Hand läge, wohl aber in den Händen der engineers, dass sie alle nur hoffen können, dass die engineers ihre Magie walten lassen würden. Derweil sei es wichtig, weiterzumachen mit den Vorbereitungen, für heute stünden nach dem Putzen die große Feuerübung an, das erste RHIB-Training, stationäre Arbeit und das Anti-Piraterie-Training.

Der bosun, Zvi, übernahm: »Good morning from my side as well. First of all, let's give it up to the engineers, they are carrying a big burden right now.« Er hielt kurz inne, ein Applaus brach sich Bahn, dann, er wisse, dass das Warten schwer sei, auch psychologisch, dass es härter sei als das meiste, was ihnen draußen passieren könne, es sei härter zu schlucken als eine Mission ohne Rettung überhaupt, aber: »It does not mean that we will not prepare ourselves with the same energy, okay? Either way, you will learn a lot! And either way, we want to get this lady clean and ready for the next mission. Even if we are not part of it ... If you need to tap out, that's fine, I understand, but do give me a heads-up, so we don't wait for you endlessly. For everybody else, I want you all to keep up the energy. We have a lot to do! ... For the morning cleaning, I think it's important to give a deep clean to the recovery area ...«

Aras' Blick fixierte Leo, er wollte mit ihr putzen, zumindest eine scheinbar vertraute Person um sich haben. Sie hatte eine warme Ausstrahlung, als würde sie sich gut um ihn kümmern. Es war auch nicht ihre erste Mission wie seine, sie gehörte zu den alten Hasen, ihre fünfte Mission in drei Jahren. Er sah ihre Hand nach oben schnellen, er tat es ihr gleich, er wusste nicht einmal, für welchen Bereich sie sich gemeldet hatten, aber es waren nur die beiden, wahrscheinlich waren es die Toiletten. Kitty erinnerte Zvi an die Spülmaschine.

»Ah, and we need two people for ... I refuse to say it, Kitty.«

Kitty lächelte ihn feixend an: »I think you mean the Dishy Wishy.«

»Yeah, that. Not gonna say it.«

Ein allgemeines Gelächter brach aus, zwei meldeten sich für den Dienst. Es kam Bewegung in die Gruppe, alle gingen Richtung laundry room. Der Raum war klein und eng und heiß, von Waschlappen bis Besen, von WD40 bis Fore & Aft war dort alles zu finden. Leo scherzte mit Corbin über Zvi:

»He finally gave up on forcing us to use WD40. You

would think the coast guard is his enemy, but actually he hates rust more«, sagte sie.

»Well, he gave up because he knows the fight against rust can't be won, but the one against the coast guards has at least some moments of victory«, antwortete ihr Corbin. Leo erwiderte nur: »LOL, yeah, in both cases it's a matter of time«, dann griff sie nach Bacillol 30, einem Eimer, einem Mopp, Gummihandschuhen, Waschlappen. Sie füllte den Eimer mit Fore & Aft und verließ den Raum.

»Come with me«, Aras folgte ihr in den horse shoe. Als er das erste Mal an Bord ging, und es war das erste Mal auf einem Schiff in seinem Leben, vor drei Tagen, und Worte wie mess room oder horse shoe oder cargo hold oder bridge um ihn flogen, er das Schiff einmal abgegangen war, und es hörte nicht auf mit den Worten, monkey deck, starboard, port side, hatte er die Sorge, es würde ihn mindestens eine Woche kosten sich zurechtzufinden, obwohl das Schiff von außen doch recht klein und überschaubar wirkte. Die Begriffe setzten sich in seinem Kopf ab, nachdem er seine ersten Trainings absolviert hatte: ship familarisation, line handling, mooring. Womit er noch Probleme hatte, war aftdeck, weather deck und boat deck auseinanderzuhalten, wobei zwei Namen einen Bereich beschrieben, und es schien ihm ebenso banal wie wichtig, sich die Namen zu merken.

Er hatte auch ein handover mit der Person, die seine Position auf der vorherigen Mission innehatte, er war mit ihr jede seiner Stationen abgegangen, wo er sich umzuziehen hatte, wenn er es denn wolle, es gäbe einen drysuit, wo sein PPE zu finden wäre, ein Helm, ein Licht, ein Funkgerät, inflatable lifejacket. Er wurde durch den cargo hold geführt, wo er Essen für die Gäste finden würde, Tee, Zucker, BP5, er probierte es, es war trocken und viel zu süß, Kleidung, ein

Hygiene-Kit, wenn sie denn die Zeit haben würden, Handtücher zum Abtrocknen, wenn er noch mal im Kopf durchging, was er innerhalb von drei Tagen gelernt hatte, wie er sich bei einem approach zu verhalten habe, die Begrüßung, die Abfolge der Anweisungen, die er geben müsste, dann konnte er Zvi nur recht geben, selbst wenn sie nicht rausfahren würden, er hatte Zugang zu einer neuen Welt bekommen.

Leo zückte eine Bluetoothbox aus ihrer Tasche, fragte, ob es ihn stören würde, spielte zu seiner Überraschung Rihanna. Sie drückte ihm den Wischmopp in die Hände, er begann, den Boden zu wischen.

»Du musst noch Wasser holen«, unterbrach sie ihn.

»Ah, wo?«

»Boat deck, port side.«

Er schaute sie fragend an, lächelte verlegen.

»Da, Treppe hoch, direkt in der Ecke.«

Sie zeigte auf die Tür, nach links.

»Sorry, ich schlafe noch.«

Er ging durch die Tür, die Treppe. Der Himmel war herrlich blau, die Sonne schien, es war noch angenehm kühl, er spürte jedoch das warme Versprechen. Er hörte es knallen und sah die Rauchwolken am Himmel, erst eine einzelne, dann mehrere kleine, dann wieder eine große, Salutschüsse, hatte ihm der bosun erklärt, das sei hier Tradition. Die Rauchwolken wurden vom Wind verweht, da hörte er es erneut knallen, sie versetzten ihn in keine Aufregung, keine Angst.

Der horse shoe war ein einfacher Teil zum Putzen. Sein Nachteil war jedoch, dass immer wieder andere durchliefen. Leo wischte mit dem Lappen, alles, was an den Wänden Staub fangen konnte. Auch hier hingen Hinweisschilder, zum Beispiel eins, das den Drogenkonsum während der Missionen verbot, Fluchtpläne, und dann waren da viele Haken und ein Schuhregal. Eigentlich hätten sie vorher staubsaugen müssen, es gab aber nur zwei Staubsauger.

Von hier kam man auch in den Maschinenraum, dort war er noch nicht gewesen, dort waren die engineers. Wenn die Tür aufging und eine_r von ihnen herauskam, dann wurde es plötzlich laut. Die Maschine griff um sich, aber in ihren blauen Overalls umwehte die engineers ein Schleier des Wissens und der Unerschrockenheit. Obwohl es den Anschein machte, dass es keine Hierarchie an Bord gebe, so gab es sie doch – wie so oft. Da nahmen sich die engineers und RHIB-Fahrer nichts, in dieser nicht so geheimen Hierarchie hielten sie die Position unterhalb, aber doch nahe bosun und head of mission. Der bosun war der eigentliche Kapitän dieser geheimen Hierarchie. Der head of mission war zwar höhergestellt als die Kapitänin, er wäre der Einzige, der ihr hätte Befehle geben können, aber wahrscheinlich würde er es nicht drauf anlegen, geschweige denn, dass es überhaupt nötig sein würde. Die drei able seamen folgten der Kapitänin, wie die zwei Offiziere, sie hatte schon rein rechtlich das Sagen. Anders als die restliche Crew gehorchte die nautische aus beruflicher Gepflogenheit ohne Wenn und Aber. Es waren kleine Gesten, wie die Kapitänin zum Beispiel eine Diskussion beendete oder in der Besprechung Aufgaben verteilte und dabei einen der Fünf auswählte, dieser einfach zustimmte. Und dann waren da die Ärzte, guestcare und er, Aras, als cultural mediator. Da er Teil der RHIB-crew war, würde zumindest ihre Coolness abfärben, schließlich wäre er so mitten im Geschehen, aber an Bord und ohne jegliches nautische Wissen war er das Lamm der Mannschaft. Er wäre gern eine Ziege gewesen.

Ihm war mal eine Ziege erschienen auf dem Weg zu einem Haus aus Ziegelsteinen, unverputzt war es, ein Raum nur, die Tür hing in den Angeln. Er war auf dem Weg dorthin und meinte, das Haus zu kennen. Er hatte das Gefühl, irgendwo auf dem Land seines Großvaters zu stehen, dem Vater seines Vaters, und diese karge Landschaft, die nur Wiese und Hügel war, sie war das Zuhause dieser einsamen, weißen Ziege. Sie hatte Aras angeschaut auf dem Weg in das Haus. Dort hatte er dann gestanden, unfähig einzutreten. Er wusste, dass dort etwas, irgendwer war, dem er nicht begegnen wollte. Er wusste aber, dass es gut wäre einzutreten. Tage später war er dann wieder zurückgekehrt und reingegangen. Hatte sich hingesetzt und war gefallen. Er hatte alles rückwärts an sich vorbeiziehen sehen, wie er sein Abitur bekommen hatte, wie er Rhea begegnet war, wie er auf der Straße spielte, immer nur kurze Momente, dann saß er dort neben einer alten Frau, die Nachrichten schaute. Im Fernsehen liefen Bilder, und Aras hatte gewusst, dass es seine Großmutter war, Nana, die da schaute und dass sie die Zerstörung mit ansah, die sie nie erlebt hatte, die er nie selbst erlebt hatte. Er hätte ihr am liebsten die Augen zugehalten, sich entschuldigt, verteidigt, gefleht, er wollte sie umarmen und in ihrem Schoß liegen, aber er schaute sie nur an, während sie die Nachrichten schaute, in seiner Brust breitete sich eine derartig tiefe Trauer aus, dass sein Körper angefangen hatte zu beben, unkontrollierbar, er hatte noch versucht, es zu unterdrücken, hatte die Zähne aufeinandergebissen, den Atem angehalten, alles spannte sich an, doch auch diese Anspannung hatte er nicht unter Kontrolle, sie wendete sich gegen ihn, er bekam keine Luft, er hatte Angst, dass er vielleicht nicht mehr aufhören würde, die Tränen pressten sich aus seinen Augen, und sie pressten sich durch jede Pore, er löste sich in kleine Partikel auf, das ging eine Weile, bis es aufhörte und Aras die Augen aufgemacht hatte. Es war kein Traum, er hatte nur dagelegen, und seine Gedanken hatten ihn zu dieser Ziege geführt. Wie sie ihn jetzt wieder zu ihr geführt hatten, und er dachte kurz, er wäre wirklich gern die Ziege.

»Wenn du ein Tier wärst, welches wärst du?«

»Ein Löwe, natürlich.«

»Warum?«

»Ich liege sehr gerne in der Sonne rum.«

»Ich fand das Training gestern sehr hilfreich«, sagte er nach einer Weile. »Also vor allem, weil ich meinen letzten Erste-Hilfe-Kurs wahrscheinlich in der Schule hatte. Die Herzdruckmassage zu *Stayin' Alive* zu machen, war irgendwie lustig, obwohl na ja also in Realität …«

Sie hatten gestern mehrere Stationen durchlaufen, um zu verstehen, was die Mediziner*innen an Bord leisten würden und bei welchen Tätigkeiten sie eventuell Unterstützung bräuchten oder im Notfall von anderen durchgeführt werden müssten. Da war die Wahrscheinlichkeit, bei einer deck watch jemanden zu finden, der nicht mehr bei Bewusstsein wäre, da war jemand, der eventuell eine Desinfektionsdusche brauchen würde, wie Haut von Haut abgeschrubbt werden musste, sie lernten, eine Infusion zu halten, legen dürften sie sie nicht, Blutsauerstoff zu messen, Insulinwerte, jemanden in einer Trage festzuschnallen und fortzubewegen für den Fall einer medizinischen Evakuierung.

»Ja, ich glaube, wir werden dich sicher bei der einen oder anderen Sache brauchen, wenn du eh zum Übersetzen da bist. Ich glaube, ich wäre jetzt fertig.«

Er nickte.

»Das dreckige Wasser musst du wieder dahin bringen,

woher du es geholt hast. Dann sehen wir uns gleich zum fire drill.«

Er brachte den Eimer weg, sprang dabei die Treppe hoch, ging in seine Kabine, zog sich Helm und life jacket über, wieder hinaus zum boat deck. Seit er hier war, verspürte er eine andere Energie durch seinen Körper fließen. Es schien ihm, als müsste er viel weniger nachdenken, da war nur Handlung, die auf Handlung folgte. Es verlieh ihm ein anderes Selbstbewusstsein, auch wenn ganz leise die Angst schlummerte, manchmal aus dem Schlaf aufblickte, sie war nur Verunsicherung, aber keine tiefgreifende, um sich greifende, sie schien ihm recht natürlich an ihren Platz gebannt zu sein, als Wache, damit er keinen Fehler machte. Sie würde ihm notfalls über die Finger schauen. Es war immer noch blauer Himmel, es knallte immer noch im Hintergrund, er sah immer noch graue Wolken, kleine und große. Zvi trat aus dem bosun store, einem kleinen Raum voller Werkzeuge, Leinen, Farbe. Er hatte eine Aura, die einem das Gefühl gab, lange mit ihm befreundet zu sein und ihn doch nicht zu kennen. Diese Aura machte es möglich, Befehle als Wünsche zu verschleiern. Am Abend zuvor hatte er von seinen früheren Jobs erzählt, vom Jäger im Wald zum Schatzjäger auf den Meeren, dann wollte er etwas Ruhiges, Spotter auf Lesvos, und nun war er hier, zurück auf dem Wasser. Er mochte die Weite, in die er blicken konnte, und die Enge des Schiffes, in der er lebte, dass sein Dasein sich zugleich auf nur dreißig Metern abspielte und über mehrere Kilometer erstreckte.

Das Training begann: »For the fire drill, I will split you into four groups: the firefighters, the assistances, the venting group, and boundary cooling. Additionally, we will have an on-scene commander and the bridge. If we have a fire, we will hear this alarm«, Zvi sprach in sein Funkgerät, ein

Alarm ging los, ein kontinuierliches Ringen, zehn Sekunden, dann kehrte Erleichterung zurück, der hohe Ton war verflogen, er kam wieder für zehn Sekunden und verschwand dann endgültig.

»The first group will be Fox and Raoul. They are going to be the firefighters. As you will see, they will be wearing some heavy outfits. That's why they will be assisted by lovely Finch and Lynx. They must check that the breathing apparatus is sealed; otherwise, Fox and Raoul will just suffocate themselves instead of the fire. The boundary cooling gang will try to lay the water hose above the area where the fire is located. They will water that area. These would be Yara, Raven, Jamal and Ursula.« Er wandte sich an den Rest, Archane, Kitty, Orson, Aras, Leo, Bram, Tora, Ari and Bird, gab ihnen die Luftventile als Aufgabe, sie müssten sie schließen, so dass kein Sauerstoff unter Deck gelange, gab ihnen einen Plan zur Übersicht. Er fügte hinzu: »Sometimes the vents are a bit hidden. Do let me know if you can actually close them. You know, rust. I will be the on-scene commander. The captain, HOM and Ralph as the second officer will be bridge.« Sie teilten die Luftventile untereinander auf. Aras war zuständig für jene auf dem bridge deck. Dort ging er hin, um sie sich genauer anzuschauen. Es waren insgesamt sechs Stück, alle waren verschließbar. Er kehrte zum boat deck zurück. Dann gingen sie den drill zweimal durch. Erst ging der Alarm, sie stellten fest, dass alle anwesend waren, dann rannten sie los und wieder zurück. Beim ersten Durchlauf hatte Aras etwas zu lange gebraucht, weil er überprüfen wollte, dass er die Lüftungsventile auch wirklich fest verschlossen hatte, er verfluchte seine Genauigkeit, denn er musste sie auch wieder öffnen. Beim zweiten Durchgang schloss er sie nicht ganz so fest, um sie direkt wieder zu öffnen, vergaß dabei aber einen und musste dann noch mal zurück. Sie besprachen den drill kurz nach. Archane erklärte Zvi, dass es zwei Lüftungsventile am Ankerdeck gebe, die zu rostig gewesen seien, um sie zu schließen.

Sie erhielten eine Zehn-Minuten-Pause, um auf die Toilette zu gehen, eine Zigarette zu rauchen, eine Banane zu essen, dann würden sie die RHIBs ins Wasser setzen, das erste RHIB-Training. Während Aras auf dem Klo saß, ging er noch mal seine Rolle durch. Er erinnerte sich daran, was ihm Corbin am ersten Abend auf die Frage geantwortet hatte, was er von den Einsätzen zu erwarten hätte. Corbin hatte diese Art, die Welt zu erklären, als müsste es doch klar sein, und gleichzeitig erklärte er gerne: »Rule number one: Humans are irrational. Never expect them to behave logically. Rule number two: Expect the unexpectable, and nothing will surprise you. I mean, if you think about it: The most critical part of a rescue is the approach. It's the moment when people know that they will be safe when they start to behave like idiots.« Corbin war Mitte dreißig und schön, wie er da auf Aras einredete. Sein Haar wurde grau, er hatte ein Irokese, sein Gesicht bekam die ersten Falten, die blieben, noch jung, aber das Alter hatte angefangen, Spuren zu hinterlassen, oder die Sonne, Aras hatte die Falten um seine Augen beobachtet: »It's the submarine effect: Jumping into the water trying to reach you even if they can't swim. You can't just get them out of the water. If you do, another one will do the same and jump. You can't let them sink either. You wait, throw a life jacket and speak so they listen to you and accept you as the authority. It's fucked up, but that's your job. Make them listen to what you say. That's rule number three.«

Wieder an Deck, diesmal mit Handschuhen, in drysuits,

begannen Corbin und Bird, die Motoren, den Treibstoff und das Navigationssystem zu überprüfen, Zvi erklärte, dass für diese Operation, wie eigentlich für jede Operation, die Kommunikation zwischen den einzelnen Crewmitgliedern essenziell sei, am besten sei es, die Kommandos zu wiederholen, dann könne man sich sicher sein, dass die andere Person sie auch verstanden hat, dann fing er an zu beschreiben, wie sie die RHIBs ins Wasser lassen würden: »We will release the safety hook. I will be at the hydraulic system as your crane commander. We will first let the boat down to the gunnels, let the RHIB crew disembark, then check the radio communication one last time and set them off. It's important to keep eye contact, especially when it comes to the painter line. The bow line handler will have to reach for the painter line by holding the tack line.« Dies sei der kritischste Moment der Operation, unterwies Zvi die Crew, denn zur selben Zeit müssten Fox oder Finch die painter line lösen, diese diene nämlich dazu die RHIBs parallel zum Mutterschiff zu halten, bis die Motoren der RHIBs in Gang gesetzt worden seien. Wenn die painter line nicht in der richtigen Reihenfolge gelöst werde, könne dies dazu führen, dass das RHIB angezogen würde, sich mit Wasser fülle und kentere, letztendlich bedeute das, Zvi machte eine dramatische Pause, dass die RHIB-Besatzung sterben würde, dies gelte es natürlich zu verhindern. »The same goes for attaching the line back during the recovery process of the RHIB. We also need to be careful because the painter line can snap back, which is dangerous for the deck and RHIB crew, too.«, fügte er hinzu und fragte in die Runde: »So, who wants to handle the lines?«

Leo meldete sich, Yara auch. Die RHIB crew ging starboard runter. Dazu gehörten Corbin, Orson, Tora, Raoul, Aras, Lynx, Bird und Ari. Heute würden sie nur ein RHIB ins Wasser setzen. Die Prozedur nahm ihren Lauf. Der bosun ging an die Steuerung, erfragte die lines, die lines waren ready, dann begann das Boot, sich langsam nach unten zu bewegen. Die Leinen wurden aufgeschossen. Leo ging die Treppe runter. Die RHIB-crew stieg ein, es war gerade mal vier oder fünf Meter lang, das RHIB, darin würden sicher an die zwanzig Personen passen, vielleicht maximal fünfundzwanzig. Die Aufregung stieg in Aras' Körper, als er hörte, wie Raoul in sein Funkgerät sprach und die bridge antwortete. Nun würde Zvi sie ins Wasser lassen. Weil es eine Trockenübung war, das Schiff ankerte nur, die painter line zu lösen, würde niemanden umbringen, aber es war die erste Fahrt, das erste Training. Sie hatten einen Dummy eingepackt, life jackets und einen Rettungsring, mit dem sie human overboard und mass casualty üben würden. Die Aufregung, die Aras da spürte, war so neu und anders, wie keine, die er zuvor erlebt hatte.

Er hielt sich an den tubes des RHIBs fest, Bird hatte ihm empfohlen, sich nicht auf sie zu setzen, sondern nur anzulehnen, die Knie leicht gebeugt, so würde er später weniger Knieschmerzen haben. Das Wasser war ruhig, kaum Wellen, der Aufprall von RHIB auf Wasser daher kaum zu bemerken, das Ausbalancieren kein Problem. Sie fuhren aus dem Hafen hinaus, vorbei an den Schiffen der Marine, der Küstenwache, der anderen NGOs, Fischer und Touristen waren in einem anderen Hafen untergebracht.

Orson stand neben Aras. Gestern hatte er mit ihnen zusammen ihren Blutsauerstoff- und Insulinwert gemessen, ihnen erklärt, wann sie diese bei den Gästen messen würden, Aras hatte es wieder vergessen, denn es war recht unwahrscheinlich, dass er es tun müsste. Orson war auch das erste Mal auf einem Schiff.

Was noch an Müdigkeit war, verflog, als sie außerhalb des Hafens ankamen. Der Motor wurde ausgemacht. Sie warfen den Dummy ins Wasser, das Training begann, sie entfernten sich vom Dummy. Raoul stand vorne und rief: »Human overboard.« Dann fuhr Corbin langsam an, wobei Raoul ihnen demonstrierte, wie sie Corbin die geschätzte Entfernung mit einem ausgestreckten Arm nach oben und den Fingern anzeigen sollten, mit dem anderen Arm wies Raoul ihm die Richtung. Dann bildete er eine Faust, was bedeutete, dass Corbin anhalten musste. Raoul griff nach dem Dummy und erklärte: »So, you want to try to hold them with one hand under the armpit, and with the other one at their wrist. We can train that now. If you have only a few people in the water, it's easy. But if we are dealing with a shipwreck, I want you all to grab people out of the water who are close to the RHIB and throw life jackets and flotation devises for those who are further away. If you have to grab them by the ass, just do it. But be careful, I had a guy once who was so heavy, he almost got me out of the RHIB. In this case, don't hesitate to free yourself. I had to slap him in the face. It's always crew first. If we are not safe, we cannot save anyone.«

Dann gab er ein Kommando an Aras, der versuchte, den Dummy aus dem Wasser zu holen. Es war schwer, und Aras wusste nicht, wie viele Menschen er eigentlich aus dem Wasser holen könnte, bevor er zu erschöpft wäre. Vielleicht würde das Adrenalin das Übrige tun, hoffte er, denn dieses Gewicht zu tragen, die Schwere eines vermeintlich durchschnittlichen Menschen, das fühlte sich real an, er hatte jeden Moment vor sich, wie er den Dummy drehte, um unter seine Achselhöhle zu kommen, natürlich war da kein Widerstand, keine Arme, die um sich schlugen, oder Geschrei, überhaupt hatte Raoul gesagt, wer mit den Armen um sich schlug und schrie, der könne sich über Wasser halten, man müsse erst Ausschau halten nach den Ruhigen, das hatte auch Bram über die guestcare wiederholt, dann die Lauten, die Kräftigen. Tora fotografierte, während Aras nach dem Armgelenk des Dummys griff und sein Gewicht verlagerte, nach hinten schritt. Er zog den Dummy aus dem Wasser, hatte er zu lang gebraucht?, sah er ungeschickt aus?, sah es zu schwer aus? Aras blickte in Toras Gesicht, es blickte ernst zurück, selten sah man sein Gesicht, er war der Fotograf der Mission, es war seine zweite. Aras bildete sich ein, Tora bewege sich wie ein Tiger, langsam und unauffällig, bis das richtige Motiv erschien, dann war er plötzlich flink und griff zu.

»Yeah, it's heavy«, nickte Raoul Aras zu. »Lynx, Taro, then one after the other«, führte er die Anweisungen fort. Der Dummy wurde immer wieder ins Wasser geworfen, das RHIB fuhr weg, es saß immer jemand anderes im Bug, dann fuhren sie an, der Dummy wurde gerettet. Zum Schluss ließen sie ihn im Wasser und warfen Rettungsjacken. Das Centifloat hatten sie nicht dabei, dieses würden sie ins Wasser schieben, wenn sie rausfahren würden. Corbin gab an Bird ab, sie sammelten alles ein, auch den Dummy, geschickt umfuhr Bird die Westen, um zum Dummy zu gelangen. Auf dem Weg zurück zum Schiff beobachtete Aras den nassen Dummy, wie er auf und ab sprang, wenn das Boot von einer Welle getroffen wurde, es waren nun ein paar mehr als zuvor. Irgendwann tat Aras der Dummy leid, er griff nach ihm, hielt ihn in den Armen.

»Yeah, Bob did well«, sagte Raoul.

»Who is Bob?«

»The guy you are holding in your arms. You should have asked him for his name before being so intimate!«

Aras lachte.

Raoul, der erste Offizier, hielt sich nicht wie die anderen

an den tubes fest, sondern an der Stange vor dem Lenker, er stand und blickte in die Ferne, zwischendurch hörte er in sein Funkgerät rein. Er liebte die Arbeit auf den RHIBs, weil sie ihm die Möglichkeit bot, möglichst nah am Wasser zu sein. Er wäre gern ins Wasser gesprungen, in diesem Augenblick, er wäre gern eingetaucht und tiefer geschwommen, immer tiefer. In Gedanken tat er dies nun, er trieb auf und schwamm wieder tiefer, so stellte er es sich vor, die Ruhe, die er beim Tauchen spürte, strahlte er in diesem Augenblick aus, während seine braunen Locken unter seinem Helm hervorschauten und der Wind sie zum wilden Tanz aufrief. Er stand mit breiten Beinen da. Er war Ruhe. Wenn Aras gern eine Ziege wäre, dann wäre Raoul gern ein Wal.

Zurück an Deck erhielten sie jeweils einen Schulterklopfer vom bosun und ein »Well done!« Sie zogen die life jackets aus, die drysuits, die Helme, so schnell, und waren dann auch schon im mess room, wo die anderen bereits mit dem Essen vor sich saßen. Aras ging in die Küche, und der Hunger war nun mehr als spürbar, er schaufelte sich Nudeln und zwei verschiedene Pestosorten auf den Teller, nahm sich direkt noch einen zweiten Teller für den Salat.

Aras setzte sich neben Bram und Ari, aß und überhörte ihr Gespräch:

»Ich muss noch mal herausfinden, was der Unterschied zwischen Vokü und Küfa ist und warum ich früher immer öfter Vokü gehört habe und heute mehr Küfa? Generationssachen? Regionale Unterschiede?«

»Weil Volksküche wohl zu völkisch war, hat man's umbenannt in Küche für alle.«

»Aber eigentlich sollte es efa heißen, weil niemand kriegt bei der Küfa eine Küche.«

»Küchen sind teuer.«

»Bestimmt hieß irgendwer Eva und deshalb hätte es Verwirrung gegeben, und man hat sich für Küfa entschieden oder war es nicht auch zeitgleich mit dem Eva-Hermann ARD-Skandal?!«

»What are you talking about, guys?«, mischte sich Ursula ein.

»Ah sorry, we were just wondering about a German … ah, how do you call it … you know, like people cooking for others.«

»Soup kitchen?«

»Yeah, something like that but kinda more political.«

»Kitty did it for years; that's why she is so good at cooking for larger groups.«

»I thought she is a trained chef.«

»Nah. Just a good one.«

Zur Linken fing die Kapitänin an, laut zu lachen:

»Yeah, let's get a Jacuzzi in the engine room. It would be such a good investment. The engineers would love it!«

»It wouldn't be expensive. You just take the donkey raft, a tarp, make two holes, one for a water hose and the other for the pump to create a circle. There you go.«

»What do you think, Raven?«

»I would definitely sign up for that.«

»Finally, that heat down there would pay off!«

Aras hatte seine beiden Teller leer gegessen und war doch noch etwas hungrig. Er ging wieder in die Küche, da stand Ralph und lächelte ihn an. »How was it?«

»Exciting. I was a bit afraid that I would get seasick, but I guess the waves were still too friendly for that.«

»Yes, the first time is exciting. Maybe you'll get lucky, and they'll get the engine fixed. The first RHIB training on open water is one of a kind.«

»I can imagine.«

»During my first training, we were even accompanied by dolphins.«

»Really?«

»Yes, it was incredible. Supposedly, the bubbles of the engines tickle them.«

»Do you think they will get the engine fixed?«

»It's not the first time, so I'm confident. If we are lucky, we might as well see a turtle on the way to the SAR Zone. Ah, man! There used to be so much more wildlife out there.«

Sie unterhielten sich über die verschiedenen Tiere, die Ralph bereits gesehen hatte, dann tat sich Aras noch mal eine kleine Portion Nudeln auf, Ralph auch.

»If we go back to Spain, you might even see a whale. Sometimes they get lost at the Strait of Gibraltar.«

Dann gingen sie wieder in den mess room. Aras setzte sich diesmal zu Zvi, der mit Yara und Fox sprach.

»You know, piracy was an honorable way of making a living back in ancient times«, erklärte Zvi.

»Yeah, like why is stealing always only bad when the state is not doing it?«, erwiderte Yara.

»Normally, if you think about pirates, you would think of the Caribbean, but the Central Med was full of pirates. Pirates were escape societies. They had a redistribution system and everything. And it makes total sense, the conditions for seafarers were horrible back in the day. Not only was it easy to just fall overboard, get sick, hurt yourself, but captains had all the power«, führte er fort.

»Well, they still do, but they can't flog you anymore«, unterbrach ihn Fox.

»I think if you ask Ava politely, she would do you the favor«, erwiderte Zvi. Sie lachten.

»Anyway, I would like to actually rename the anti-piracy training into something like anti-coast guard training.«

»So-called«, fügte Fox hinzu.

»Okay, I need to get up. Are you finished?«, fragte Zvi Aras, dessen Teller nun wieder leer war.

»Ah, yeah. Thank you.«

»I think we didn't really have the time yet to talk. What do you do, in ... was it Germany?«, fragte ihn Yara.

»Yeah, I finished my law degree. Just waiting for the graduation ceremony. So, I thought I might as well use my time, you know, reasonably. Is that the right word? My English is as rusty as this ship«, er lachte und schob hinterher: »And you?«

»Actually, almost the same. I finished my bachelor in IT, and they always need IT people on board, and I won't start my master's before September, so here I am. You speak Arabic, right?«

»Yeah, I was born in Syria and grew up speaking it with my family. I was a bit afraid at first to give it a go in this environment because ... like ... I didn't even know what life jacket means in Arabic. I had to look it up and learn it by heart. But a friend of mine told me that sometimes there are no Arabic speakers onboard, so any kind of Arabic will be useful and now we even have two onboard. I think Jamal also speaks Arabic.«

»Yeah, he told me my name means little butterfly in Arabic.«

»Oh really, I didn't know. Isn't your name Arabic?«

»Ha, no. It's Portuguese. It means the mother of the water or lady of the lake. It's based on the old Tupi mythology. It's a mixture of mermaid and siren. The myth says that she was a fierce warrior, and her brothers became jealous and tried to kill her. She killed them and unluckily, was punished to death by being drowned in a lake or river. A fish saved her on a night of the full moon, and she decided to take revenge on all men by seducing them. They would fall in love with her and leave everything behind to die underwater.«

»Good story, almost as good as mine!«, sagte Aras und erzählte ihr die Geschichte von Arash dem Bogenschützen. Nun fiel ihm auch auf, dass Yara hübsch war, mit ihren Locken und dem runden Gesicht. Er fragte sich, was mit ihm sei und warum er sich zu so vielen Frauen an Bord hingezogen fühlte, das war ihm neu, er hatte sogar das Gefühl, Corbin ungewöhnlich attraktiv zu finden, und dachte an Rhea und dass er sie heute Abend anrufen wollte, wenn geklärt wäre, ob sie nun rausfahren würden oder nicht. Er schaute auf die Uhr. Sie würden noch eine Dreiviertelstunde Pause haben. Ein Applaus entbrannte vom Tisch nebenan für Kitty, die Köche waren immer die Beliebtesten, mit ihnen stand und fiel die Stimmung der Crew, Aras und Yara stimmten mit ein in den Applaus. Dann fragte Yara: »Do you want a cigarette on the bridge deck?« Aras nickte. Sie gingen hoch. Archane und Ursula unterhielten sich dort.

Sie hatten sich dafür beglückwünscht, dass es eine außerordentliche Crew sei, die da rausfahren würde, ein hoher Frauenanteil und auch noch hoch in den Führungspositionen. Als Yara dazustieß, klatschten sie nochmals ab, ein hoher Anteil in den männerdominierten Berufen, kam als Errungenschaft hinzu. »Aras, you can join. At least you are not a white man«, sagte Archane mit ausgestrecktem Arm zu ihm. Er kam näher.

Archane lebte auf Lesvos, wo sie auch Zvi kennengelernt hatte. Sie erzählte von der gemeinsamen Zeit und von der Oberfläche des Wassers, denn am liebsten hatte sie das flache Wasser gehabt, genau wie hier im Hafen, es bedeutete wenig Arbeit, wenn die Boote auf der Insel ankämen. Nur Rettungsdecken verteilen, vielleicht mal nach einer schwangeren Frau Ausschau halten, die tanzenden Männer beruhigen. Dass sie als Hebamme stundenlang auf Boote statt auf Babys warten würde, hätte sie im Leben nicht gedacht. Manchmal, während sie auf das Wasser schaute, hatte sie gedacht, man könne meinen, die Oberfläche wäre langweilig und eindimensional, aber sie verbarg die Tiefe unter sich und ermöglichte erst die Überfahrt, sie bot Sicherheit. Ursula entgegnete, diese Ruhe an einem abgelegenen Strand könne sie sich nicht vorstellen, würde sie nicht aushalten. Sie liebe die Gefahr und den Schmutz, das Laute und den Schreck, der Maschinenraum war ihre Heimat, sie pflege die Maschinen wie Kinder, die sie nie hatte, gab ihnen Öl wie Milch, wenn sie es brauchten, wusch sie und heilte ihre Wunden, wenn ihnen etwas fehlte, dann kümmerte sie sich darum. Ursula war Mitte vierzig, und ihre blauen Haare waren ein Farbton greller als der Blaumann, den sie trug, ihr amerikanischer Akzent hatte sie sofort verraten.

»A lot of people are probably asking this, but how is the engine doing?«, fragte Aras.

»Oh well, we know what the problem is. Do you want me to explain the technical details or just the summary?«

»Summary would be enough. I'm clueless when it comes to mechanics. I don't even have a driver's license.«

»We need to replace a little part. Only problem is, we need to find out where to get it. If you haven't heard it multiple times, this lady is old and there aren't so many places that produce, sell or deliver replacements.«

»I see.«

»So, it's looking rather bad?«, hakte Yara nach.

»No, not necessarily. We are still researching. The land crew is on it.«

Die vier wippten mit den Köpfen, hatten die Lippen aufeinandergepresst, ein ausgequetschtes Lächeln, das bisschen Hoffnung und die positive Energie sollten dazu dienen, dass die Land-Crew schneller fündig würde.

»You wanted to have a cigarette, right?«

»Ah, yeah. Thanks!«

Aras drehte sich eine Zigarette. Archane reichte ihm Feuer. Er hatte lange nicht mehr geraucht, vielleicht ein Jahr. Er war nie zum Raucher geworden, mit Jan hatte er ein paar Zigaretten in den Pausen zwischen Vorlesungen geraucht, mal eine Zigarettenschachtel gekauft, wenn er einen Joint rauchte, dann mit Tabak, aber er hatte aufgehört während seines Referendariats. Er hatte gemerkt, dass dieses langsame Abtöten, diese kleinen destruktiven Handlungen, die er manchmal vollführte, gegen sich, dass er das nicht mehr wollte, wenig Sport, öfter mal zu viel zu trinken, sie waren nie groß oder wirkungsvoll, zu klein, aber in ihrer Summe, meistens ja zu sagen, wenn er lieber nein gesagt hätte, sich zu häufig zu entschuldigen, so viel zu machen, dass er unweigerlich irgendwen enttäuschte, als er aus seinem Tief über die Belagerung Aleppos aufgewacht war, hatte er realisiert, dass das nun mal so war, dieses sein Leben, es war eine simple Entscheidung, in ihrer Auswirkung nicht immer leicht zu tragen, aber sie hatte ihn auch hierhergeführt, und die Zigarette in seiner Hand war keine Entwicklung, sondern ein Moment, kein vorwärts oder rückwärts. Er genoss die Zigarette, sie war nun eine Pause. Er zog den Rauch ein, hielt ihn in sich und atmete aus. Das Knallen konnte er wieder hören. Den Rauch am Himmel konnte er sehen. Er fragte sich, wozu? Es zählte einzig, dass es geschah.

Sie waren zurück im mess room, Jonah stand vor ihnen und klatschte in die Hände: »Okay, everyone. Before I hand over to Ralph for the anti-piracy training, I have a difficult request. In case we encounter dead bodies out on sea, the policy so far is that we don't take them on board if they are not a relative of someone in a shipwreck that we witness. In all other cases, it has been decided to take pictures and mark the position. For that, we would need a few people who feel like they could do the job. Just come after the piracy drill, I mean, anti-piracy to me and let me know. Ralph, it's your stage.«

»Hey everyone, so it's been decided that we rename the anti-piracy drill into counter unfriendly approach drill«, ein strenger Blick von Ava flog durch den Raum. Ralph nickte kaum merklich, erklärte weiter, dass sie im Falle einer solchen Annäherung, auch wenn es wirklich sehr unwahrscheinlich war, dass je jemand ihr Schiff ohne Zustimmung der Kapitänin betreten würde, in die Zitadelle gehen würden, ja, an Bord gebe es eine Zitadelle. Von dort aus könnten sie nämlich das Schiff weiterhin steuern und seien vor den Eindringlingen geschützt. Aras merkte, dass er kaum zuhörte, als die anderen begannen sich zu bewegen. Er folgte ihnen. Sie setzten sich Gehörschutz auf, bevor sie in den Maschinenraum gingen, dann stiegen sie hinab. Der Raum war erstaunlich weiß, was Aras überraschte, und laut, trotz Gehörschutz, und an einigen Stellen waren die Maschinen grün und blau und gelb, sie waren wirklich überall, und Aras fragte sich nur, wo die kaputte Maschine sei, zwischen all diesen Rohren und Ventilen, wo ein Jacuzzi hinpassen sollte, in der Mitte war ein kleines Häuschen, darin saßen die engineers. Sie mussten immer wieder Runden drehen, Messungen vornehmen, Öl wegwischen, Maschinen reparieren, putzen.

Die Arbeit hörte nie auf, solange die Maschinen liefen. An der Wand hingen Werkzeuge, an einem Beil stand »Attitude Adjustment Device«.

Durch den Maschinenraum durch, sie gingen eine kleine Treppe hoch, in einen kleinen Tunnel, dort mussten sie sich setzen. Dann geschah erst mal nichts, Ralph kämpfte sich durch den engen Tunnel und vorbei an der sitzenden Crew bis zum stearing gear room. Da saßen sie und warteten.

Aras gegenüber war Jamal. Mit ihm hatte er bisher kaum gesprochen. Er entdeckte an seinem Handgelenk ein kleines Tattoo, er versuchte, es zu lesen und gab schließlich auf. Er fragte, Jamal antwortete: »It's a cliché. It says ba7r ... But you know, I was young and fascinated by the various meanings of the word.« Raven bat ihn zu erklären, das ließ sich Jamal nicht zweimal sagen: »As a verb the sea, in Arabic, is the thorough immersion, the in-depth study, taba7ur, is like swimming in words. In the sea of years, translates into a period of time. The sea captures time, it lasts, it tells you stories. He who swam in those, a mutab7er, was a sailor not, wise, but who sank too deep in the metre of poetry, in the bu7ur, he could be confused by the shock that wisdom offered him, ba7ira. He would then sink and sink and never again reveal the secrets of the sea. He would keep them to himself. I mean, yeah, I think that's all. It's such a simple word, ba7r, but bears lots of meaning. I liked that. Working on a ship, you sometimes forget the beauty by which you are surrounded.«

»Well, can't compete with that poet, can you?«, sagte Raven. Jamal lächelte schüchtern.

»I wish I would have picked up a bit more Arabic«, sagte Aras. Sie unterhielten sich darüber, wo Aras Arabisch gelernt hatte, in der Grundschule, dann später in Deutschland hatte seine Mutter ihn erfolglos unterrichtet. Jamal erzählte von seiner Schule in Tunesien und dass er die Welt sehen wollte, er habe in Thailand studiert und sei dann mit allen möglichen Schiffen um die Welt gefahren, aus Langeweile habe er angefangen, jedes Buch zu lesen, das er in den mess rooms fand, die Kapitäne auf diesem Schiff seien bisher die nettesten gewesen, einen habe er nicht ausstehen können, er sei auch relativ schnell gegangen, die anderen aber seien sehr respektvoll. Ihm sei zu langweilig gewesen auf den Frachtschiffen, den Reiseyachten, Geld habe er nun genug, er wollte etwas Sinnvolles tun. Die Unterhaltung floss, sie hatten Zeit, sie saßen in diesem engen Tunnel, und die, die sich nicht kannten, lernten sich kennen. Orson mischte sich ein, fragte Jamal über seine früheren Missionen aus, ob er auch auf dem RHIB gewesen sei, was er empfehlen würde gegen Seekrankheit.

»It's foremost a mindset to me. Just go with the flow, don't fight it. If you have to puke, just puke. But apart from that: Eat even though it feels wrong, but not too much. Bread is great, banana, potato, no soup! Drink lots of water, sleep, laying down helps. No phones, laptops, reading, just the horizon«, antwortete er.

»Did I forget anything?«, fragte er an Finch gewandt.

»Don't puke into the wind«, lachte dieser.

»You could try this«, wandte Bram ein, drückte mit seinem Daumen auf einen Punkt zwei Zentimeter unterhalb seines Handgelenks, zwischen die Sehnen. »You can do that for a minute from now and then. It's apparently an acupuncture point against nausea«, fügte er hinzu. »It works for me, plus eating ginger.«

»Or just use a patch«, sagte Leo. »That's what I will do.«

Sie diskutierten, bis Ralph irgendwann bekannt gab, dass

der drill nun zu Ende sei. Sie verließen den Tunnel, den Maschinenraum. Aras zog es an Deck, nach dieser Enge und Dunkelheit, dem Lärm. Es knallte am Himmel, wieder Rauch. Bram stellte sich zu Aras. Sie blickten beide nach oben. Bram war zuvor auch in Griechenland gewesen, auch er hatte am Strand gesessen und in die Ferne geschaut. Was er Aras gern erzählt hätte, was er jedoch verschwieg, dass genau da, wo das Meer immer dunkler und der Himmel heller wurde, wenn man aufblickte, dann war der Himmel satt blau über einem, wie jetzt, und je nach Tageszeit verfärbten sich beide, Himmel und Meer, wurden rot und gelb, und schwarz und rosa und zartblau und die Grenze zwischen Meer und Himmel, dass es genau dort war, genau an der Grenze, da trafen Schönheit und Grausamkeit aufeinander. Genau an dieser Linie trafen sie sich, wenn Bram mit den Ferngläsern durchgeblickt hatte. Wie konnte das Leben nur so schön sein und so grausam zugleich? Wie war es möglich?, hatte sich Bram dann immer gefragt, wenn er sich bereit machte, die Menschen zu empfangen, die dachten, dass nun ihre Reise zu Ende ging, oder wenn sie dachten, dass dies die erste Etappe war, wenn es doch die letzte wäre. Er war sich ungerecht dabei vorgekommen, das wollte er Aras sagen, dass ihre Arbeit an Bord oft diesen Beigeschmack haben würde, sie würden es niemals allen recht machen können, wie damals, wäre er nicht da, würden sie nicht später im Camp sitzen, dann könnten sie einfach weiter, aber gerade die letzten Meter waren die gefährlichsten. Da konnte das Boot sich noch an den Felsen verletzen und die Wunde so schmerzhaft auseinanderklaffen, dass sie ein Bein oder einen Arm fraß, dass es so fern und so nah aussah, die Rettung, der Strand, war der Trugschluss, deshalb hatte er es selbst verlernt, Abstände abzuschätzen, und hatte fortan stets damit Probleme. So stand er zu nah neben Aras, als wollte er ein Gespräch anfangen, aber weil Bram nichts sagte, wirkte er auf Aras merkwürdig unnahbar. Umso glücklicher war Aras, als sich Zvi zu ihnen stellte: »Aras, do you already have a job for the next hours?«

Er schüttelte den Kopf.

»How do you feel about rust?«

»I hate it.«

»Yeah, that's my boy.«

Zvi fing an zu erklären, was zu tun wäre. Aras müsse mit dem Hammer, dann mit der needle gun, einer Art Presslufthammer, recht klein sei das Ding, aber laut, damit müsse er so lange den Stahl bearbeiten, bis alles an Rost entfernt sei und das Metall wieder glänze, dann müsse er mit Säure darübergehen, neu streichen, eine Schicht Primer, eine Schicht Farbe, eine Schicht proxy top coat. Es sei eine anstrengende, monotone Aufgabe, aber »rewarding«, beendete Zvi seine Ausführung. Wo er anfangen solle, fragte Aras.

»I think the vents at the anker deck need some lovin'. Let's get the equipment. Bram, do you wanna join?« Bram nickte. Sie gingen erst in den recovery room, wo sie sich einen Blaumann überzogen, Gehörschutz war im horse shoe, im cargo hold besorgten sie sich die Schutzbrillen, Atemmasken, Handschuhe, Bram hatte seine in der Kabine, die needle guns und die Hämmer waren im bosun store.

Das Hämmern strengte Aras an, er ging irgendwann über zur needle gun. Der Druck der Maschine zitterte durch seinen ganzen Körper. Er hielt die Maschine mit beiden Händen, die eine Hand etwas weiter vorne als die andere, dann wechselte er immer wieder die Hände. Der Rost regnete zu Boden, Funken begleiteten ihn, die Nägel der Maschine drehten sich im Kreis, brachen sich durch den Rost. Es war eine befriedigende Tätigkeit, auch wenn Aras' Hände immer mal wieder eine Pause brauchten und er das Zittern noch als Nachbeben spürte. Zum Glück war das Ventil nicht sonderlich groß, und er konnte nach einer Weile bereits mit dem zweiten Schritt beginnen. Nachdem er die Farbschicht aufgetragen hatte, die über Nacht trocknen musste, begab er sich in seine Kabine und dann unter die Dusche. Sein Gesicht war voller Rost, seine Haare beweinten seinen Körper rot. Dann schäumte er sich in eine Wolke, und auch sie verabschiedete sich in den Abfluss. Das Wasser fiel weiter herab, es war so warm, und er liebte es, das Wasser, wie es auf seinen Nacken traf, jetzt merkte er, dass er zu lange den Kopf nach unten gehalten hatte. Er genoss die Dusche noch ein wenig, dann wusste er, dass er langsam raus sollte, denn es gab für zweiundzwanzig Menschen nur zwei Duschen und zwei Klos, da konnte er nicht eine dauerhaft versperren, kurz vor dem Abendessen.

Im mess room saß Aras neben der SARCO. Erst dachte er, sie wäre einfach Teil der Crew, aber sie war eine Möwe, sie würde sie von Land aus betreuen. Zwischen Schiff, Land-Crew, backoffice und lokalen NGOs koordinierte sie die Mission, die rechte Hand des head of mission. Aras mochte das Wort Möwe nicht, kein schönes Wort, fand er, es wurde dem Tier nicht gerecht. Es klang, als wäre etwas aus Versehen ins Wasser gefallen, dabei war an der Möwe nichts zufällig, Möwe, dabei müsste man sich doch eher vorstellen, man wäre tagelang auf hoher See herumgeirrt, und irgendwann wäre einem eine Möwe erschienen, die frohe Botschaft, die einzig frohe Botschaft, Land in Sicht, Rettung, die Möwe war ein Vorbote, ein Kompass, ein nawras, kein seagull. Das Englische war in dieser Hinsicht ebenso ungerecht, fand Aras. Er wusste nicht, warum er so viel über

Wörter und Tiere nachdachte, es mussten die Müdigkeit und der Informationsüberfluss sein, vielleicht sollte er Jamal fragen, ob nawras noch andere Geheimnisse in sich trugen. Er aß weiter, neben ihm, um ihn herum, wurde angeregt gesprochen. Irgendwann stand Raven auf: »Hey everyone, I have good news and bad news. Which one do you want first?«, er wartete ihre Antwort nicht ab. »Good news is we know the problem. We found a company who can send us a replacement.« Eine kurze Pause, dann: »Bad news is that it will take minimum up to two weeks to get it on board.«

Jonah sprang auf und erklärte: »I know that's not what we all expected and not what we signed up for. I guess everyone needs a minute to swallow that pill and check with themselves how they feel. But again, not going out does not mean that we did not do a great job and we can still do something meaningful. So, if you want to spend the rest of the mission time on board, I'm pretty sure Zvi has lots of great jobs for you, and it's not all rust grinding. I would suggest for all who don't want to spend the night with their feelings alone, we meet on the bridge deck with a couple of drinks together. Tomorrow, you let me know whether you want to stay or leave.«

Es war still. Alle aßen weiter. Niemand sprach. Langsam rutschten einige Seufzer aus manchen Mündern, dann Worte der Enttäuschung, man hörte Hände auf Schultern klopfen. Aras stand irgendwann auf und ging in seine Kabine. Er hatte den ganzen Tag nicht auf sein Handy geschaut. Rhea hatte ihm geschrieben, seine Mutter auch, Khalid, Haidar. Thomas hatte ihm ein Bild von der Fridays-for-Future-Demo geschickt: »Fast wie beim Bildungsstreik damals. Aber waren wir auch so klein früher?«

Dann war ihm erst aufgefallen, was für ein Tag heute war,

er schaute auf Facebook, ob irgendeine Seite etwas gepostet hatte, er fand nicht viel, nur kleine Demos, nicht einmal viele Artikel. Er hatte es ja selbst fast vergessen, in keinem der vergangenen Jahre hatte er es geschafft, an eben diesem Tag zu einer Demonstration zu gehen, einem Protest beizuwohnen, einem Gedenken. Er kam sich falsch vor in seinen Bemühungen, dabei war er Jahr um Jahr verhindert worden, hatte seine Zeit in Bibliotheken, Seminaren, Ausländerbehörden verbracht, wenigstens in Jordanien war er drei Tage später zur Kundgebung am 18. März gegangen, der andere Jahrestag, Prüfungen, Versammlungen, die Mission, immer kam etwas dazwischen.

Er begrüßte die herannahende Trauer, sie war ein unbekannter Mann, er blieb an der Kabinentür stehen, trat nicht ein. Aras schrieb Rhea, dass er nicht rausfahren würde, die Reparatur würde zu lange dauern. Er schrieb seiner Mutter, sie antwortete direkt, war überraschend enttäuscht, dabei hatte sie ihn noch abhalten wollen, gemeint, es sei doch zu gefährlich, warum er denn überhaupt auf das Schiff wolle, nicht weil sie mit dem, was das Schiff tat, nicht einverstanden war, aber warum er es denn sein müsste. Warum er das machen wolle?, war keine Frage, die er sich bewusst gestellt hatte. Er wusste, dass er es tun wollte, dass es einfach Zeit war.

Aras verließ seine Kabine, der unbekannte Mann folgte ihm, sie stiegen erst die Treppe hoch auf das bridge deck, dann die Leiter zum monkey deck. Der höchste und einsamste Ort auf diesem Schiff. Es war voll gestellt mit Säcken voller Rettungswesten, Aras schmiss sich in einen der Säcke, es war unbequem nicht, er blickte in den Himmel. Er hatte sich überwunden, seine Angst, sie führte keine Diktatur mehr, sie war vielleicht noch im Parlament seines Körpers, aber sie herrschte nicht mehr uneingeschränkt. Er wusste, hier zu sein, war keine Konsequenz, sondern nur ein Punkt, bevor er den nächsten Satz begann. Wenn Schmerz einen erst zum Subjekt macht, dann macht die Zeugenschaft des Schmerzes einen zum Objekt. Wenn er ehrlich mit sich war, dann war er das erste Mal egoistisch gewesen, hier an Bord zu gehen. Er wollte wissen, wie es wäre, einmal mittendrin zu sein, nicht nur Zuschauer, Begleiter, Mittler.

Der unbekannte Mann räusperte sich: »Auf strukturelle Probleme gibt es nur strukturelle Antworten. Das hier ist keine strukturelle Antwort. Aus der Nummer kommst du nicht raus.«

»Ich weiß, ich mache mir nichts vor.«

»Gut, ich wollte dich nur daran erinnern.«

»Ich bin trotzdem traurig.«

»Ja, deshalb bin ich hier.«

»Kennen wir uns?«

»Nein, aber wir werden uns wiedersehen.«

Der unbekannte Mann ging die Leiter wieder runter. Aras war allein mit dem Gedanken, überwiegend *weiße* Menschen retten überwiegend Schwarze Menschen aus den Krisen, die der Kolonialismus und Neoliberalismus erst erschaffen haben, deren, zumindest strukturell, Profiteure sie waren, dass dieses Schiff nicht die Lösung war, dieses Schiff war die Konsequenz aus der Verzweiflung, institutionell keine Veränderung mehr zu erwarten. Es war der Versuch zu tun, was der Staat unterließ, Seenotrettung, Recht auf Asyl, dachte Aras wütend, aber wenn man anfing zu tun, was der Staat unterließ, wie sollte man dann den Staat wieder dazu bringen zu tun, was seine Aufgabe war.

»Was wäre dann die Lösung?«, fragte Aras in der Hoffnung, der unbekannte Mann könne ihn hören und würde wiederkommen, antworten. Aras konnte die Trauer nicht abschütteln, der unbekannte Mann konnte nicht weit sein. Enttäuscht war Aras, aber er wusste, dass er sein Ziel erreicht hatte. Er war hier, auf dem Schiff, er hatte sich dafür entschieden und hatte es geschafft. Die Trauer in ihm war das Schiff, das nie rausfahren würde, das festgesetzt war, dem genommen wurde zu tun, wofür es bestimmt war, ihn seine Verluste verarbeiten lassen. Stattdessen warten, immer warten, nicht leben, nicht sterben, dazwischen, geisterhaft, sehen. Der Mond war grell heute Nacht. Er wurde größer. Aras hörte das Knallen. Diesmal sah er auch das Feuerwerk. Es war bunt und schön. Es regnete Licht. Es regnete auf ihn herab. Er dachte, wenn das Ende naht, flieht das Wasser in den Himmel. Was dort unten wohl hochkam, jetzt da es dunkel wurde? Er schloss die Augen kurz. Das Meer verbirgt keine Wahrheit, es deckt nur die Lügen auf.

Intermezzo – »... die Welt ist in jeder Seele gefaltet ...«

Ein Stück Papier vor sich liegend haben, beginnt die Faltung in zwei Hälften. Eine Falte reduziert die Größe, verdoppelt die Menge. Ich schlage die Hälften auf und falte die oberen Ecken zur mittleren Falz. Nun falte ich die entstandenen Kanten erneut zur Mitte. In der Wiederholung des Vorgangs, in der Abweichung der Form, entsteht die Geschichte, nicht als Neues, sondern als Einfaltung einer Entwicklung.

Ich falte die zwei Seiten, Flügel mögen es werden, aufeinander, dann lege ich die obere, vordere Kante deckungsgleich auf die untere Kante. Ich drehe das Papier, oben wird unten und unten wird oben, umgekehrt, aber nur so lässt sich auch die andere Seite falten, der andere Flügel, auch hier die obere, vordere Kante auf die untere Kante. Nun sind Figur und Grundlage vereint, untrennbar, nicht zu unterscheiden.

Was verborgen bleibt, ist impliziert. Entfaltet man das Papier, sind die Verbindungen wieder sichtbar:

dass sich zwei gegenüberliegende Punkte derartig miteinander verbinden, dass aus ihnen etwas entsteht, was es so vorher nicht gegeben hätte. Kein Außen und kein Innen, kein Objekt mit fester Form, sondern ständiges Entstehen.

Die *Ausnahme* hat ihre Wurzel im Wort ثنى: doppeln, falten, wiederholen, dazugehören, umdrehen, brechen, unterdrücken.

4020 – Wo kein Anfang, da kein Wort, wo kein Ende, da ein Gespenst

da öffneten sich
Augen und sahen

erst ist da nur
Licht

dann wird das
Licht die Form
von Partikeln
annehmen

nichts Festes, keine
klaren Linien
Wellen

kurze und lange

da sich die Augen
öffnen, bewegt
sich um sie
herum, für sie
unsichtbar, im
selben Moment
das Glasfeld und
gibt preis

was es ohnehin
bereits preisgege-
ben hat

lange wird er nicht
bewegt worden
sein

ich stand noch
neben ihm

immer noch
Nebel auf der
Netzhaut

die letzte Erin-
nerung an eine
Berührung

so wie ich jetzt
vor ihm sitze

der Raum ist leer,
so leer wie ein
Raum sein kann

das Bett eine
Liege aus Wasser,
der Körper nass
und warm

da wird der
Körper noch
liegen, der sich
selbst nicht mehr
kennen würde,

auf der Bühne der
Innerlichkeit wird
sich der Moment
abspielen, allein

ich werde noch
neben ihm ge-
sessen haben

so werden wir es
gewollt haben

so werden wir es
wollen

ein silberner, elas-
tischer Stoff
umspannt seinen
Körper

ein Tisch vor ihm,
dort werden wir
sitzen, drei
Schemen, so wird
er uns sehen

kein Zeichen, das
ihm bedeutete, wo
er war

leise dringen
Laute in den
Raum, kaum
wahrnehmbar für
ihn

wir werden warten

wir warteten

Worte

diesmal hörbar für
das Ohr an diesem
Kopf für diesen
Körper bestimmt
gewesen

ich war die

bin die kosmische

die kosmische
Instanz

keine Reaktion

der Körper lag
immer noch

die Rekonfigura-
tion kann dauern

Geduld

langsam hoben
sich die Hände
Richtung Gesicht

die Hände zu
Fäusten graben
sich in die
Augenhöhlen

werden den über
tausendjährigen
Schlaf aus den
Augen holen

sie graben und
wühlen

fast wäre jemand
eingeschritten

so gewaltvoll
sieht der Anblick
aus

nur wer hätte
dieser jemand sein
sollen

wenn es nieman-
den mehr gab

dann kann gesehen
werden, was zu
sehen sein wird

der Kopf drehte
sich hin und her

der Körper
richtet sich auf

wo bin ich?,
werden seine
ersten Worte sein

Stille

wenn es keine Zeit
gegeben hätte

erinnerst du dich
an das Haus,
welches du
gesehen hast,
immer wieder?

in den Feldern?

unverputzt

da fing es an und
irgendwann bist
du reingegangen

darin löst sich
Zeit und Raum
auf

dort werde ich dir
erschienen sein,
und du wirst
geweint haben

mich hörst du
zuerst während
deiner Prüfungen

und ich war auf
dem Schiff mit dir

erinnerst du dich
an meine
Stimme?

an mein Gesicht?

an mich?

seine Schultern
zuckten

Pause

die Übung des
Todes

er nickt

langsam

zögerlich

in

unsere Richtung

das Zeichen

er ist noch nicht
bereit, sich zu
viele Fragen zu
stellen, deshalb
fragen wir an
seiner statt

ARAS, hast du
dich einmal

gefragt, was das

Universum
eigentlich ist?
den Kopf wird er
schütteln

wir warteten eine
Antwort ab

die wir schließ-
lich erhalten

Ich weiß nicht, aber es hat mich auch nie so wirklich interessiert.

das ist gut

das ist sehr gut

warum?, wird er
fragen

nun, es ist einer
der vielen Gründe,
weshalb du jetzt
hier bist

dass mich das
Universum nie
wirklich interes-
siert hat, will er
sagen

du warst offen, für
das

was wir dir
erzählen werden

zuerst müssen wir über Raum und Zeit sprechen, ARAS,

sie sind der Schauplatz, auf dem alles stattfindet,
der Raum hat keine Wände, keinen Boden oder eine Decke,
und die Zeit vergeht nicht überall gleich
Körper verändern den Raum,
und die Veränderung des Raums bestimmt,
wie sich die Körper bewegen
je größer die Körper, desto stärker die Schwerkraft
je stärker die Schwerkraft, umso langsamer vergeht die Zeit
das sind die Grundregeln

auch wenn ich
Rhea mochte, so
lag sie in einem
Punkt falsch, sie
hat die Mathema-
tik als geheime
Sprache des
Universums
verstanden

das Universum
spricht aber keine
geheime Sprache,
es gibt keinen
geheimeren Sinn

was sein wird,
darüber lässt sich
keine Aussage
treffen

was war, lässt sich
mutmaßen

wo sind die
anderen, ist meine
Familie, ist
Rhea … sind sie
tot?, fragte er

ja, wenn du es so
verstehen
möchtest

aber ist der Tod
nicht der Ereignis-
horizont, den wir
sehen, bevor wir
das schwarze Loch
umkreist haben?

er verstand es
nicht

die Rekonfigura-
tion braucht ihre
Zeit
er sitzt da und
blickt um sich

wir werden warten

er wird sich vieles
fragen in diesem
Moment,
seine ganze
Wahrnehmung
wird so fein sein,
dass er jedes Detail
in sich aufnehmen
wird, jede Hand-
bewegung, jede
Falte in meinem
Gesicht, als wäre
er rau, aufge-
schürft, und doch
wird es so viel
nicht zu sehen
geben

er sah mich und
erkannte mich
nicht, wie hätte er
mich auch erken-
nen können, wenn
er mich eigentlich
nie kannte, er
erinnerte sich auch
nicht an unsere
letzte Begegnung
auf dem Schiff

als Mann erkannte
er mich, er ver-
suchte, meine
Kleidung einer
Zeit zuzuordnen,
und ihm blieb nur
die Zukunft

mich schaut er
mit einem
Unglauben im
Gesicht an, er
kennt mich, nicht
persönlich, er
glaubt seinen
Augen nicht
doch wieder
schaut er mich
an, ich bin bereits
tot

du weißt es
selbst, antworte
ich

wie auch ich schon
gestorben sein
werde, er wird sich
in meine Arme
hingezogen fühlen,
wie er einst in
ihnen gelegen
haben wird, er
wird mein Gesicht
erkennen und
meinen alten
Körper, gleichzei-
tig wird da ein
Zögern sein

wer seid ihr?, wird
er dann fragen

er wird meinen
Namen nicht
sagen, mich aber
so nennen, wie er
mich immer
genannt haben
wird, wie alle, wie
ich genannt werde:
Nana

zögerlich, fast
schon schüch-
tern, sagt er
meinen Namen:
Hannah Arendt,
ich nicke

ich stellte mich vor
und blieb, der ich
war für ihn, ein
unbekannter
Mann

er nickte

ich werde ihm
erklären, dass sein
Gehirn noch nicht
bereit sei, all dies
zu akzeptieren, als
eine Realität, aber
dass er Vertrauen
brauchen wird

wir erklären ihm,
dass dies unsere
individuelle Hülle
für ihn sei, dass
dies die Körper
sind, die ihm am
ehesten erklären
können, was als
nächstes gesche-
hen würde, dass
das Vertrauen,
welches er zu uns
spürt, echt sei
und er darauf
setzen kann, und
keine Angst
braucht, wir
seien die kos-
mische Instanz,
wiederholen wir,
er sei, wie er rich-
tig feststelle

in der Zukunft

wir werden ihn auf
eine Mission
schicken

ich fragte ihn, ob
er sich an die
Entführungen und
Bomben erinnere,
und daran, dass er
sich gefragt habe,
wie es sein konnte,
dass er all dies
erleben konnte

Ja, ich bin einfach verrückt geworden. Wie ich es jetzt anscheinend auch bin.

nicht die Verrück-
ten sind die
Blinden, ARAS

Aber Nana, es ist ja nicht wirklich passiert, was ich gesehen habe. Du saßt doch nicht wirklich neben mir, in diesem Haus, als wir es gemeinsam im Fernsehen gesehen haben. Das warst doch nicht wirklich du, und das bist doch nicht wirklich du, jetzt, hier.

nun, für das
Gehirn ist unwich-
tig, ob es wirklich
passiert oder
imaginiert ist

aber doch nicht
für den Rest der
Welt, wird er
sagen

nun, im Krieg
traut niemand den
Augen

Aber es war ja Frieden, da, wo ich war.

die Abwesenheit
von Krieg heißt
nicht Frieden,
ya ro7i

Aber was heißt es dann?

die Welt hat
aufgehört, in
Kategorien zu
existieren, sie war
nicht mehr
Realität und
Einbildung

die Welt ist deine
Vorstellung

die Welt ist,
wofür wir uns
entscheiden

er wird lachen

Bin ich Gott?

nein er lacht nein

Gott gibt es nicht

Ah.

Warum ich?

du hast angefan-
gen, mit mir zu
sprechen, du hast
mich gehört und
hast angefangen,
meine Sprache zu
denken, zu fühlen,
eine Sprache, die
es dir möglich
machte, Ereignisse
zu sehen und zu
erleben, die
zeitlich und
geografisch,
woanders waren,
und

das ist für einen
Menschen bemer-
kenswert

du warst nicht
mehr das Subjekt
des Satzes, du hast
deine Stellung im
Satz mit den
Objekten ge-
tauscht, und dann
warst du bereit zu
sehen, was für
andere getrennt
ist, für dich
wurden die
Grenzen sichtbar,
nicht als Linien,
sondern als Räume

so fließen Zeiten
ineinander,
Körper, Gescheh-
nisse, nur so
siehst du den
Bruch

für dich werden
die Grenzen deiner
Welt nicht mehr
die Grenzen deiner
Sprache sein

ARAS, du hast
dich gefragt, ob es
überhaupt je einen
Unterschied
gegeben hat
zwischen Realität
und deiner Ein-
bildung, ob die
Realität je unver-
mittelt sich dir
hätte offenbaren
können, ob alles
nur deine Vor-
stellungskraft sei,
ob du verrückt
geworden seist

denn es muss eine
Realität geben,
eine gemeinsame,
sonst gebe es kein
Richtig oder kein
Falsch, keine
Freiheit und
keinen Willen

was du aber seit
der Revolution
erlebst, ist der
Zusammenbruch
der Einheiten, der
Kreise, der
Gegensätze

du hast angefan-
gen, das Implizierte
zu sehen, und das
Explizierte, die
Entfaltung der
Ereignisse in ihrer
Komplexität, in
Jordanien, da hast
du es noch nicht
verstanden, die
Komplexität hat
dich ohnmächtig
werden lassen

aber du bist
schnell gewach-
sen, ein Jahr
später habe ich
angefangen, mit
dir zu sprechen,
und du konntest
mich hören, es
hat dir keine
Angst mehr
gemacht

was du eingebüßt
haben wirst an
Vertrauen in die
Ordnung der Welt,
wirst du als
Einsicht in die
Mannigfaltigkeit
ihrer Erscheinun-
gen gewonnen
haben

du fragst dich,
wozu?

das wird nicht die
Frage sein, ya
2albi, man wird
nicht gefragt,
womit man
beschenkt werden
soll, das gehört
sich nicht

und der Kaffee

der Kaffee?, fragt
er ungläubig,
ja, antworte ich,
der Kaffee, du
hast dir Mühe
gegeben, in dieser
Sinnlosigkeit und
Katastrophe doch
einen Moment zu
finden

wie soll man es
denn sonst
ertragen

wenn man sich
einmal bewusst
geworden ist, dass
man ein endlicher
Körper in einer
überwiegend
schmerzhaften
Realität in einem
unendlichen
Universum ist,
dann bleibt einem
nicht viel außer
der Morgenröte
entgegen und
bereit sein für den
Augenblick, wo
immer dieser sich
offenbart

wir werden es ihm
sagen

er war so weit

hör gut zu, ARAS

wenn es
Schwarze Löcher
gibt, wenn
Schwarze Löcher
Teil des Univer-
sums sind, dann
ergibt alles Sinn,
alle Regeln, nach
denen das
Universum
funktioniert,
gelten in ihnen
nicht, sie sind
unendliche
Raumkrümmung,
unendliche
Dichte, kein
Volumen, das wir
ausrechnen
können, die Zeit
um sie vergeht
schneller als in
ihnen, kein Licht
dringt hinaus,
blickst du in sie
hinein, siehst du
deinen Hinter-
kopf, sie sind
die Auflösung
jeglicher
Bedeutung

in ihnen hat es
keine Zukunft
gegeben

in ihnen wird es
keine Vergangen-
heit geben

Schwärze Löcher,
noch bevor sie
entdeckt und
bewiesen wurden,
waren der Wunsch
nach dem Ausnah-
mezustand

sie werden wie die
Menschen selbst,
sie werden keiner
Logik folgen

sie sind der
Beweis, dass
Menschen nicht
nur politische
Wesen sind, sie
sind revolutio-
näre Wesen,
was ist die
Revolution, wenn
nicht der Wunsch
neu anfangen zu
können?

im Alten, im Alten
einen neuen
Anfang setzen,

wie Schwarze
Löcher unterbre-
chen Revolutio-
nen jegliche
Kausalität,
eine Lücke in
der Zeit,
sie sind der Bruch
selbst und die
Ausdehnung des
Bruchs

dafür hast du
meine Sprache
gelernt

die syrische
Revolution, der
Krieg, sie haben
doch gezeigt, dass
die Vergangenheit
allgegenwärtig ist

und die Zukunft
nicht vor uns,
sondern hinter uns
liegen wird,
nicht aus der
Vergangenheit
werden sich die
Schlüsse ziehen
lassen, sondern
aus einer Zukunft,
die in Trümmern
liegen wird,
im Bruch werden
wir eins

wir sahen die Welt untergehen
der Anfang war schnell und warm, dicht
das Ende ist langsam und kalt, lose

Wir blicken in meine Augen,
und ich blicke in unsere.

Schweigen gärt zwischen uns.

das Nichts ist reines Potenzial
wir haben dich ausgewählt

wir brauchen das Nichts, ARAS
wir haben dich gelehrt

die Null ist unendlich
das Ende der Geschichte

um Ja sagen zu können,

um Nein sagen zu können,
erst dann gilt Freiheit

und nun stehst auch du vor dieser Frage,
vor der nächsten Mission:
Ja oder Nein

willst du ins neue Universum
wir stehen kurz davor
vor dem nächsten großen Knall
du hast es ja schon gehört
vor Tausenden Jahren
ständig und immer wieder
es knallte am Himmel
erinnerst du dich?
auf dem Schiff
wenn du Ja sagst
dann begehen wir einen neuen Versuch, alle Verhältnisse,
in denen der Mensch ein einsames, verlassenes, geknechtetes
Wesen ist, zu überwinden
wenn du Nein sagst, dann wartet das Ende

In interstellaren Gaswolken, abgeschirmt vom Licht,
im Geheimen, in kaltem Nebel, verdichtet sich das Sein,
Molekül für Molekül, in den Sternen steht die Geschichte
geschrieben. Strahlen von außen graben sich Säulen aus,
während der innere Druck steigt.
Die Gaswolke beginnt, um sich selbst zu kreisen, bis sie ganz
flach daliegt. Aus zwei Seiten wird hinausgeschoben, was im
Inneren noch verborgen blieb, bis alles ineinanderschmilzt.

Staub zu Staub

Schaum zu Schaum

Ja oder Nein

Als sich der 15. März 4020 dem Ende zuneigt, gibt er ein Versprechen ab. Denn jedes Ende ist ein Wagnis, spricht der Tag zum Tod. Aber Geister sterben nicht, antwortet dieser, sie sind das ständige Vergehen im Werden, sie sind die Bejahung des Lebens trotz des Unglücks. Und so entschied sich ARAS, einer zu werden, *ein Gespenst geht um,* so war es doch, eine Erinnerung an morgen.

Shukran, ya 7abayeb

Schreiben ist keine einsame Tätigkeit. Meine Gedanken und ihren Ausdruck verdanke ich der Auseinandersetzung mit zahlreichen Menschen. Ihnen gilt mein unendlicher Dank, auch jenen, die ich hier nicht namentlich nenne, ohne sie wäre es nicht möglich gewesen dieses Buch zu schreiben. Zuerst danke ich meinen Eltern, die mich auf diese Welt gesetzt haben, mich mit Nährstoffen und mentalem Futter versorgt haben, unermüdlich mit Liebe und Fürsorge. Ich danke meiner Familie, dass sie mich trotz der Schwere das Lachen lehrten. Ich danke meinen Mitbewohner*innen, die sich immer wieder die verschiedenen Höhen and Tiefen des Schreibprozesses anhören mussten, insbesondere Lea für ihre unermüdlichen Ohren und ihre Stimme, die mir den Roman gleich zwei Mal zur Korrektur vorlas. Ein Dank an meine geistige Zwillingsschwester Inana, die mir immer wieder den Roten Faden hochgehalten hat, wenn ich ihn verloren glaubte, danke für deine liebevolle Klugheit. Danke an Alex, der als einer der ersten die Anfänge des Romans gelesen hat und dessen Neugier mich anspornte weiterzumachen. Man jammert beim Schreiben unglaublich viel, daher ein Riesendank an meinen liebsten Paul, der meine zahlreichen Selbstmitleidsmonologe ertragen musste. Früheren Bekanntschaften gilt ein besonderer Dank. Da wären Maxi, Guy, Mehdi, Julia, Albert, Mathias und Daniela ohne deren Zusprüche und Unterstützung ich wahrscheinlich nicht daran gedacht hätte, mich Autorin nennen zu können.

Für die harte Schule des Handwerks bedanke ich mich bei den andcos, auch wenn sich die Formen unterscheiden, so sind doch das Gespür und das Feingefühl für Text, Rhythmus, Politik und Theorie ein ähnliches.

Heike danke ich, die mich als Mentorin durch einen Großteil des Buches beriet und ermutigte. In diesem Zusammenhang danke ich auch der Stiftung Niedersachsen, die diese Begleitung mit einem Stipendium erst möglich machte, vor allem danke ich Gesa für die Konzeption eines wunderbaren Programms und Simone, die mich dort vorgeschlagen hat.

Ein Dank geht an die verschiedenen Textwerkstätten, die ich besuchen durfte, und ohne deren Kritik ich nicht hätte so viel lernen können, um dieses Buch zu schreiben.

Frau H. und Frau R. danke ich, ohne die ich Deutsch wahrscheinlich doch zu sehr gehasst hätte, um es als meine literarische Sprache zu nutzen. Diese Liste ist lang und ich könnte sie leicht fortführen, danke an:

Mari
Chris 2x
Miri
Patrick
Ronya
Julian
Dilan
Elias
Henry
Alfio

Vor allem aber danke ich allen politischen lebenden und toten Gespenstern und Geschwistern, dem Erfinder von

Schreibtischaufsätzen und der Faszienrolle. Ein Gruß geht raus an meinen Steuerberater, ohne den meine Selbständigkeit schon längst im finanziellen Ruin geendet wäre. Und last but not least, tausend Dank an meinen inspirierenden Bruder. Ich kenne niemanden, der so unermüdlich und undogmatisch für eine bessere Zukunft kämpft.